父子书

父子书

李西岳　著

北京燕山出版社

图书在版编目（CIP）数据

父子书 / 李西岳著 . -- 北京：北京燕山出版社，

2025. 4. -- ISBN 978-7-5402-7386-6

Ⅰ . I267

中国国家版本馆 CIP 数据核字第 2025K1D396 号

父子书

作　　者：李西岳

策　　划：孙 玮

责任编辑：谢志明

书籍设计：张志奇工作室

出版发行：北京燕山出版社有限公司

社　　址：北京市西城区椿树街道琉璃厂西街 20 号

邮　　编：100052

电话传真：010-65240430（总编室）

印　　刷：北京富诚彩色印刷有限公司

开　　本：889mm×1194 mm　1/32

字　　数：192 千字

印　　张：9.5

版　　次：2025 年 4 月第 1 版

印　　次：2025 年 4 月第 1 次印刷

书　　号：ISBN 978-7-5402-7386-6

定　　价：68.00 元

李西岳,中国作家协会第八、九届全国委员会委员,军事文学创作委员会委员,国家一级作家,原北京军区政治部文艺创作室主任,享受国务院特殊津贴,毕业于解放军艺术学院、进修于鲁迅文学院。主要作品有长篇小说《百草山》《血色长城》《血地》《独门》《戎装之恋》,长篇报告文学《大国不屈》《至高荣誉》《天地人间》,中篇小说集《农民父亲》,散文集《与荷听雨》等,作品曾荣获国家五个一工程奖、国家图书奖、中国人民解放军文艺奖、解放军图书奖、《小说月报》百花奖等,其中《百草山》列入向党的十七大献礼优秀作品、国庆70周年军旅文学经典大系、庆祝建党100周年百部红色经典作品,曾为庆祝建国60周年和纪念中国抗战暨世界反法西斯战争胜利70周年大阅兵撰写解说词。因创作和工作成绩突出,曾荣获二等功三次,三等功六次。

并不是每一位父亲都能被写成一本书，但我的农民父亲可以。成为一本书的父亲不一定高大伟岸、风流倜傥，不一定叱咤风云、功名千秋，但必须有坎坷的人生际遇、高尚的生命境界，以及不同寻常的人性温度，这些，我的父亲都具备。

　　父亲于 2020 年 1 月 13 日（阴历腊月十九）去世，享年九十九岁（虚岁），在老家就可以称作百岁老人了。老人活到这个岁数，寿终正寝，算是喜丧，所以，我不会用撕肝裂胆的文字去赚取别人的眼泪，又折损自己的寿命，我想好了，静下心来，像用篦子梳头发一样，轻轻柔柔，丝丝缕缕，静心梳理我的心绪；像说书老人一样，娓娓道来，不急不慢地讲故事，讲好父子之间的故事，或者叫作父与子的心灵碰撞，人间与天堂的对话，要不，就叫作"父子书"吧，也许更贴切。

第一章

走津门

　　父亲李贵峰，个头儿不到一米七，从年轻到老，一直精瘦，但精神矍铄，身子硬朗。关于父亲准确的出生日期，连他自己也说不清，只记得是 1922 年（民国十一年）阴历十月出生的，不知道具体日期。2004 年阴历十月初十，二弟家的儿子李赛出生，第二年过生日的时候，父亲便说：我的生日也按初十算吧，跟孙子一块儿过。就这样，八十三岁那年，父亲私下给自己定了生日：阴历十月初十，直到去世，便一直跟李赛一天过生日。父亲曾对我私下说：之所以把生日定在这一天，还因为十月初十是丰收节。农民嘛，丰收当然是大喜事。当然，这个日子，还有十全十美的含义。不知父亲是否顾及，而他的一生，无论哪一方面，都算不上十全十美。

　　多次跟父亲聊天，我都让他谈谈童年和少年的故事，但他很少提及，每次都是从他走津门开始讲起。那一年，我让他写回忆录，也是从走津门开篇的，或许，走津门才是他人生的开始，或者才有了讲述和记载的意义。

　　我还问过父亲，青年时期有没有参加革命的经历，他每次都摇摇头，有时还会叹口气说，自己干了一辈子，哪一段儿也算不上革命历史。父亲的青少年时代，正是我们国家战争频仍、民不聊生的年代。参加革命的标志：一是入党，二是参军，投身轰轰烈烈的抗日救亡运动。但父亲没有加入革命队伍，也就让我们失去了成为革命后代的机会，但父亲讲起赴天津之前的历史，当时的行为也与"革命"二字有关。我记得他给我讲过两个故事。一则，他曾帮八路军回民支队抬过伤员，从付家庄村北侧的百草山抬到县城里的张庄医院，要走二十里路。一位八路军干部把这个任务交给了父亲和外村一个民夫，途经小梅庄村，伤员喊着口渴了，他们商量了一下，决定进村找水喝。可刚喝完水，正准备接着赶路，却遇到几个鬼子进村扫荡，他们把伤员藏在地窖里躲过一劫。走了两个多小时，终于到达了张庄医院。那里有八路军大夫等候，一位八路军首长表扬了他们，还给他们发了两个馒头。二则，一日，村公所收到通知，八路军拿下了边马村据点。村里要派人送米送面慰问八路军，父亲报了名，自己家出了米，出了面，临行前还抓上了一只鸡。父亲赶着马车和村里的几个人赶往边马村，那是父亲第一次看到战场的惨景，地上躺着好多死人，有八路军，有日本鬼子，也有老百姓，好几十条人命。父亲把慰问品交给八路军首长，然后就帮着掩埋尸体，包括日本鬼子的尸体也掩埋了。父亲说：那正是夏天，尸体有的腐烂了，那味道，太难闻了，回到家，晚上回忆起来吓得睡不着觉。

第一章

抗战期间，我的家乡冀中，是敌后抗战的前沿，也是日本鬼子扫荡的重点。尤其 1942 年的"五一"大扫荡，日本鬼子共枪杀和掳走冀中军民五万余人。有史学家说，如果南京大屠杀是日本鬼子在中国城市制造的最大惨案，而冀中"五一"大扫荡则是日本鬼子在中国乡村犯下的最大罪孽。我认为，在那场悲壮惨烈的战争中，发生在父亲身上的故事远不止这两个，但这两个故事，也足以证明父亲是为抗战出过力的，是与革命经历相关联的。在那个年代，只要不当汉奸亡国奴，都算为抗战做过牺牲和贡献（只是被历史湮没了），因为那是一场旷日持久的民族战争，所以父亲的故事，也被湮没了。

1941 年秋天，十九岁的父亲独身走津门。

去天津的原因是，老家待不下去了。日本鬼子的"扫荡"成了家常便饭，家里吃的东西都被抢走了；农具也给砸了，烧了；鸡鸭猪狗，都被抓光宰净了。年轻人还要被抓去做劳工，父亲东躲西藏，不得安生。这一天，村里从天津回来一个人，带来一封信，信是父亲的叔叔（我的三爷）写的，信上说，如果在家待不下去了，就来天津。三爷在天津开了笼屉加工厂，可以给父亲找些活儿干。

三爷的店铺在天津南市。我查了一下资料，在 20 世纪二三十年代，南市可是热闹繁华的地方，与北京的天桥、上海的隍庙、南京的夫子庙并称为中国四大"世俗生活区"。街上算命的、说书

走津门

的、唱曲的、练把式的、卖野药的……五花八门的艺人都在这里谋生，也可以称得上花花世界。

若干年后，我带九岁的孙子到天津旅游，专门去了南市，吃了天津"狗不理"包子，买了杨柳青年画和泥人张的泥人塑像，老伴还在"天津南市"的牌楼下，给我和孙子拍了合影。我对孙子说：这是你老爷爷当年生活过的地方。我想，我带孙子来南市的目的，不是为了看看这里沧海桑田的变化，而是为了完成一种精神寻找。

没进过城的年轻父亲，到了这里，肯定是大开眼界，但父亲是来谋生的，没机会游街逛景。父亲心灵手巧，应该是学手艺的料儿，可在这之前，大爷家的大伯（只比父亲大几个月），还有我的亲叔叔，三爷的这两个亲侄子，都已学全了手艺，柜台上不缺人了，三爷也就利用自己的人脉，把父亲介绍到别处。父亲蒸过馒头，炒过栗子，卖过花生……这些店铺老板都很抠门儿，给的工钱只够吃饭的。三爷一看不行，就把父亲领到离天津五十多公里的安次县大刘堡，给一家地主扛活，地里的，家里的，什么都干。东家待父亲不薄，加上大爷、大伯还有村里的一些人，都给这村里的地主扛过活，三天两头能见到熟人，闲的时候，还能凑到一起说说话。在家靠父母，出门靠朋友，没出过门的父亲心里踏实了，干起活儿来不惜力气，深得东家喜欢。

过了些日子，三爷来大刘堡，说是来为大伯成亲的，娶的是本村的姑娘，在这之前，早已定了亲。一听这喜讯，父亲十分高兴，三爷却皱起了眉头。父亲上前一问，原来是办喜事的钱不够，父亲便找到东家，支出了自己的工钱，就这样，东凑西凑，大伯办喜事儿的钱就齐了。那一日，父亲欢欢喜喜地参加了大伯大娘的婚礼，出门在外，第一次尝到了热闹和喜庆的滋味儿。

记得父亲多次对我说，我这一辈子也忘不了你大娘，她是我的恩人。一晃冬天到了，天津贼辣辣的冷。父亲来的时候没带棉衣棉裤，冻得瑟瑟发抖，手里没钱，买不起新的。大娘就把自己的旧棉衣棉裤拆了，絮上新棉花，给父亲做了一套棉衣棉裤，父亲穿上既暖和又可身，高兴得像孩子一样满街转。父亲说，那套棉袄棉裤，他穿了好多年，胳膊肘子和膝盖露出了棉絮，还穿在身上。他说：你大娘呀，那叫雪中送炭啊。

父亲是最懂得感恩的人，那年我们一道去天津，在大娘面前，我亲耳听到父亲一再提起那套棉衣棉裤的事儿，父亲说得很动容。我记忆深刻，也颇为感慨。

三爷对父亲说：你是个脑瓜儿灵透的人，给人家扛活不是个长法，也长不了见识，还是学套手艺吧。

家有良田万顷，不如薄艺随身。父亲听了三爷的教诲，也明白了其中的道理，他出来走津门是被迫无奈，但学套一辈子随身的手艺，也是内心的向往。

三爷又把父亲领进了一家杂货铺，这家老板姓黄，是个文化

走津门

人，见父亲长得文静，做事有板有眼，便问：你上过学吗？父亲摇摇头，不光父亲，往上数，我们老李家，祖孙几辈，没有进过学校大门儿的。老板说：那我就教你学文化吧。黄老板首先教父亲学打算盘，加减法，小九九，不用打，上边俩，下边俩。谁知，没打几遍，父亲就会了，后来又学乘除法，大扒皮，小扒皮，凤凰单展翅，凤凰双展翅。十天半月，父亲全拿下了，这些都成了父亲一生的看家本事，也曾想传授给我们，但我们哥几个没学那么通透的。除此外，黄老板还教父亲识字，先从他的名字学起，手把手，一笔一画地学起来，就这样，二十出头的父亲做起了小学生。父亲聪明好学，每天出去进货，看到哪家店铺的门匾就照猫画虎记下来，不认识的，就去问黄老板，一来二去，字越认越多，一年半载下来，就会写家信了。

那时，天津卫的南市，到处都是赌钱的。父亲每天进货都从那些赌场路过，有时候也进去瞄一眼，但从未参与，而且一辈子极其反感赌博。父亲说，奸出人命赌出贼，包括朋友之间，平时好得不分你我，而到了赌场上，经常会为输赢吵得面红耳赤。所以，赌钱，不是条好道儿。记得我小的时候跟小伙伴儿们打扑克牌，被父亲盯上，本来是随便玩儿的，散伙的时候，一个小伙伴儿却恶作剧般揪住我喊了一声：哎，还我五毛钱。到了家，父亲不问青红皂白，对我一阵拳打脚踢，我连喊冤枉。

父亲在南市那些年，不仅学会了认字、写信、打算盘，还学会了唱京剧、评剧、河北梆子。一辈子都是农民票友。

父母结婚

男大当婚，女大当嫁。父亲到了二十二岁那年，还没娶上媳妇儿，叔叔比父亲小四岁，老大娶不上，老二更别提，根本的原因，是家里穷，没钱，甚至没房。

父亲回老家过年，过完年正准备回天津，却听说有一人家正准备卖房，父亲看过，那是一个不大不小的院，西房三间，北房两间，格局也不错，跟爷爷商量想买下来，可人家开口要两千块，哪里拿得起？爷爷叹口气说：给你叔写信吧。父亲犹豫再三给三爷写了信。三爷接到信，马上回了趟家，看过房子之后，坚定地说：买。爷爷说：忒贵了。三爷说：那也要买。没房，我这俩侄儿，就说不上媳妇儿。就这样，财大气粗的三爷很仗义地掏出了两千块，一口价儿把房给买下来了。

父亲常在我们面前说起这事儿，他说：你三爷是咱李家的大功臣，没有他，就没有老李家的今天。这一点儿，我极其认同。如果没有三爷的鼎力相助，当年就买不起那套房，如果买不起那套房，父亲和叔叔就娶不上媳妇儿，都娶不上，就没有我们。这有多后怕呀。

关于三爷，这里也说道两句。我刚记事儿的时候，三爷带三奶奶从天津回老家落户，朦胧中记得三爷爱喝酒，无论到哪儿都带着酒瓶子，还喜欢逮鱼，常在村周围的河里沟里逮些小鱼虾，弄回来做下酒菜，日子过得很快活。在我大约七八岁的时候，三爷没了，之前，好像得了半身不遂，我记得我被父亲带去哭三爷，那是我第一次见死人的模样，第一次披麻戴孝哭丧。三爷没了之后，父亲让我把被子搬到三爷家，跟三奶奶做伴儿，每天晚上，听三奶奶讲三爷的故事，讲天津卫的故事。才知道，三爷年轻的时候，还去过法国，成为我们老李家第一个走出国门的人，由此，我对三爷充满了敬佩与尊崇。

好了，暂且放下三爷的话题，再接着说父亲，房子有了，接下来，就是说媳妇儿了。

父亲母亲的媒人是同村的付学文。我小的时候，付学文是村支部书记，在村里很有威望。我管他叫表舅，关系是从母亲的娘家那边儿论过来的，我的姥姥和付学文的母亲是亲姐儿俩，我得管老人家叫姨姥姥。

母亲的娘家，也就是我的姥姥家，在离付家庄村往南十来里路的小屯村。母亲姐弟四个，她行老大，下面还有两个妹妹，一个弟弟。到了 1944 年，芳龄十八岁的母亲也该出阁了，姥爷托付学文帮着为母亲寻个婆家。付学文首先想到了父亲。付学文跟姥爷说：这家主是好主，人是好人，就是穷了点儿。姥爷家不嫌，爷爷这边同意，父亲也没挑三拣四的理由。就这样，父亲和母亲未曾谋面，一辈子的婚姻大事就定下来了，等父亲从天津回到家，就看日子和母亲完婚了。

对了，忘了交代一个细节，父亲经常提起，从天津回来的时候，大伯把自己的一条半新不旧的马褂儿送给了父亲。快当新郎官儿的父亲连件像样的衣裳都没有，大伯有些不落忍。可惜，父亲母亲没有留下新婚照片，我想象中，穿马褂儿的父亲一定是挺精神的。我长大以后，见过父亲母亲的结婚证，只是上面没照片。

当年，像父亲母亲这样的婚姻模式很典型，那一代人，都是这么过来的，尤其在农村，更为普遍。

牛郎织女难相会，庄稼夫妻日日亲。父亲母亲虽是庄稼夫妻，但结婚后却没法过着牛郎织女般的生活。为了生计，父亲不得不告别新婚的妻子，到外面去打拼，跟现在的农民工抛家舍妻进城打工一样。我想，这也是晚生我们的原因。

粮站保管员

现在看来，父亲年轻的时候，也算是走过南闯过北的人。早年走津门，后来闯关东，再后来又去过山东。受大累的，耍手艺的，杂七杂八的干过不少行当，加起来也有十几年的时间，大概也挣了一些钱补贴家用，但到了儿也没谋到正当职业，更没有在外面安家落户。我想这也是父亲一生的遗憾，他抛家舍业在外面打拼，也是为了实现自身价值，让一家人过上好日子，可最终并未如愿。老了之后，父亲带些反思意味地对我说：我不如你，你当了兵，就把全家的命运改变了。我折腾了半辈子，连自己的命运也没能改变。

关于父亲从天津回老家的时间，父亲的回忆录里没写，我也没问清楚，但从他的回忆录里看出，天津解放的时候，他还跟老板一起上街欢庆，说明起码是新中国成立后回来的。从1941年算起，来来回回，父亲至少在天津待了十来年的时间。从天津回老家的原因，据父亲说，与奶奶有关，她养了两个儿子，都出了远门儿，家里老的小的，照应不过来，就拍电报让父亲回来。父亲接到电报，觉得自己是老大，应当回家尽孝，跟三爷商量了一下，就把铺盖卷儿搬回了家。我记得父亲对我说起，奶奶揪父亲回家的原因，还有一个，就是奶奶与母亲婆媳关系不睦。父亲在那家商铺干得不错，柜台上下，打点得井井有条，很得老板赏识。他要离开，老板诚意挽留，就连三爷也觉得，父亲出来闯荡这么多年，好不容易混出个人样儿来，一下子搬铺盖卷儿走人了，着实有些可惜。但父亲是个大孝子，奶奶的指令他不敢违背，尽管他知道，这一去，再也不可能回到天津卫了。

我想，父亲告别天津的时候，一定很无奈，有可能会很悲壮。大伯、叔叔和父亲，同时都去了天津，最终的结局是：大伯在天津落地生根；叔叔后来去了东北，落户牡丹江，成为耐火材料厂的一名工人，一直干到退休；只有父亲，半途而废，回到老家务农一辈子。

过后，有人问父亲后不后悔，父亲说：后悔不后悔，当时都应该回来。他还说：当年，这种情况很多。

我觉得父亲是在安慰自己。人往高处走，水往低处流。既然出去闯世界，谁不想出人头地？比如现在农民工进城打工，挣了钱，就在城里买了房，举家进城，过上城市人的生活，让孩子受到良好的教育，日子一好，就再也不想回乡下了。

父亲经常说：命就是命。他是典型的宿命论。

到了 1957 年，也就是"大跃进"初期，回到老家的父亲接受一项任务，到献县八章乡水利工地当管理员。这个差事，相比父亲以前干的打杂卖力气的活儿，要清闲一些、体面一些，但能担当这个差事，也与他这些年在外闯荡多年积累的经验，尤其在杂货铺里给老板当过会计，能打一手好算盘儿，能经管事儿，有直接关系。据父亲回忆，带工的领导对他十分信任，虽说是管理员，实际上把工地上几百号民工的吃喝拉撒都交给他了，等于一个大管家。父亲像《红楼梦》里王熙凤为宁国府里秦可卿大办丧事一样，淋漓尽致地展示了自己里里外外一把手的多种本事，给带工干部留下了很好的印象。

细说起来，我和父亲的命运转折也有相似之处。高中毕业后，我被推荐到公社海河工地当宣传员，干得也是风生水起，还有，我

粮站保管员

在连队当过司务长，也曾管着一百多号人的吃喝拉撒，跟父亲是"同行"。这是后话。

《红楼梦》里的王熙凤通过崭露头角在贾母那里成了红人，后来在大观园里大权在握，红极一时，而父亲因为在水利工地不俗的表现，后来被推荐到乡粮站当保管员。据父亲回忆，当时乡粮站仅有四五个人，父亲对会计邱俊起印象最深。邱的老家八里庄，是父亲的姥姥家，也就是我奶奶的娘家。论起来，就成了表兄弟。父亲说，邱俊起是个大高个儿，浓眉大眼儿，长得十分标致，也有文化，虽然岁数比父亲小十多岁，但父亲很佩服人家，两人相处得不错。可惜时间不长，邱俊起就当兵去了东北，之后再无音信，多少年过去了，父亲没少念叨这个人。

邱俊起当兵走后，领导把会计的工作交给了父亲。在粮站，父亲是会计兼保管，响当当的实权派，而且待遇也不低，每月三十元的工资，还有二十八斤粮票。有权有钱有粮票，可以说是个肥差，还能帮衬一些人。不仅如此，如果就这么顺风顺水地干下去，将来还可以转正，成为国家正式职工，或者国家干部。父亲闯荡了这么多年，无疑也是追求这个目标。可天不作美。事情没有朝着父亲想象的方向发展，而且结果很糟糕，这个结果，也是他迫不得已的。

到了 1960 年，三年困难时期的第二年，家里的日子过不下去了。爷爷全身浮肿，下不了地，干不了活儿。家里的孩子们饿得

第一章

都是小细脖子顶着个大脑袋，一个一个连哭的力气也没了。那时候，我们和叔叔家还没分家，叔叔在牡丹江工作，虽然比父亲小四岁，结婚也比父亲母亲晚，可孩子比我们这边大，有我的一个堂姐、俩堂哥。我们这边，有大我六岁的姐姐和我，家里这些人，老的老，小的小，吃得多，干得少，正是难熬的日子。父亲和叔叔挣的钱，虽说都知道补贴家用，但也是杯水车薪。那一年，粮食减产，物价飞涨，日子饥荒，父亲算了算，自己一个月的工资竟买不来一袋子胡萝卜。父亲在粮站是会计兼保管，经管着几十万斤粮食，他要是做点儿手脚，解全家燃眉之急，是有这个条件的，但父亲不能那样做，那样做不仅坏了良心，还会丢了差事，甚至性命。但据父亲讲，他也曾利用工作之便，占过公家便宜，比如，他把粮站里剥剩下的花生壳儿，晚上弄回家，第二天在碾子上磨成面，掺上一些野菜，搁上点儿盐，蒸一锅，全家人就是一顿饱饭。那时候，我才一两岁，不记事儿，不知道在那个大饥荒的年代是怎么熬过来的，也不知道野菜拌花生壳儿面的味道，只知道，自己身子骨偏瘦，不能说与出生在那个年代无关。

可是，父亲靠着往家弄花生壳儿，救不了全家人的命，一家老小挨饿受饥，仍是残酷的现实。

一天，奶奶向父亲摊牌了：老大，你挣那俩钱儿，不够一家子人塞牙缝儿的，赶紧搬铺盖卷儿回来吧。

奶奶的话，对于父亲来说，就是圣旨。父亲一回到粮站，就

粮站保管员

向领导提出辞职回家，领导很器重他，说：你一回去，饭碗可就丢了。现在正是缺人手的时候，说不定哪天就能转正了。

父亲说：谢谢你了。你放我走吧，我不能眼看着全家人饿死。

就这样，父亲放弃了最有可能成为工人阶级的机会，跟当年从天津搬着铺盖卷儿回家的姿态一样。

若干年后，人家留在粮站的临时工，大都转了正。父亲带的徒弟，后来竟当上了粮站主任，成了响当当的国家干部，那人姓王，我见过，骑车上班路过我们村，经常过来看看父亲，他很真诚地说，如果父亲当年不卷铺盖卷儿回家，这个粮站主任肯定是他的。

父亲这辈子，两次命运重大选择，都是没有选择的选择。不知道事后他作何感想，我们也不敢问及。有一次，我见父亲在《毛泽东选集》里用钢笔重重地勾着这样一段文字："往往有这种情形，有利的情况和主动的恢复，产生于再坚持一下的努力之中。"

勾画这段文字，父亲想到了什么？

我记得，有一次，三奶奶当着我们的面问父亲：你当年要落在天津，哪怕落在粮站，孩子们也许能沾你点儿光不？

父亲只是笑笑，不语。

生产队长兼会计

回到村里以后，父亲走马上任第三生产队队长兼会计，也算是知人善任，人尽其才。

那时候，我就记事儿了，我记得生产队里有好几个队长，父亲大概是个副队长。不管正副吧，反正大队里的大喇叭喊生产队长开会，每次都有父亲的名字。听到喊声，父亲放下饭碗，就往大队部溜达，生怕误了会。可那些不咸不淡的会几乎天天开，每次都是晚上，白天不耽误干活儿。说到底，生产队长不是脱产的干部，或者根本算不上干部，只能算管闲事儿的冤大头。

对于父亲来说，生产队长不是什么主要差事，会计倒是他的拿手戏。因为年轻的时候在天津跟老板学过算账，生产队里那点儿小账，对于他来说就是小菜一碟儿。村里一共六个生产队，那几个生产队的会计几乎都是他带的徒弟。我记得，那几个年轻会计把账弄乱了，都会请父亲帮他们"拨乱反正"。那些年，父亲好像很吃香，甚至很得意。我见他稍有空，就把算盘子扒拉得"啪啪"响，不是乱响，而是很有节奏，很有章法，像大钢琴师弹琴一样潇洒自如，陶醉其中。我上五年级的时候，有了珠算课，父亲是得天独厚的家庭教师，可我天生对数字不感兴趣，学起来就显得很笨，比如打小九九，打一遍一个数。而父亲呢，无论你打到哪个节骨眼儿，他都知道对错，经常听到他站在我背后训斥我：

错了，没这个架子。也就是说，他不仅要你"上边俩下边俩"的结局，还要你打在半路上的正确格局，错在哪儿，一目了然。我心慌，又错了，屁股挨揍了，不止一次。

父亲虽是生产队长兼会计，可一天到晚，比普通社员还忙。最能展示会计专业水平的是生产队分粮食。那时我还上学，秋上放学早，为的就是帮家里从地里往家运粮食，也就让我看到了父亲，是如何轻车熟路驾驭会计这个角色的。粮食收完了，堆成一大堆。父亲围着一大堆粮食转两圈儿，便估出粮食的数量。然后按"人七劳三"的分配比例计算，噼里啪啦，算盘子一响，半拉多钟头，就把各家各户应分配的粮食数量准确地计算出来了，然后就一家一家地过秤，最后基本上所剩无几，这也真算一套本事。当然了，当会计也有当会计的待遇，月底拢工分，年底搞决算，队长、会计就关在屋里算账，三天五日不用出工，照样记工分，晚上还炒花生吃。记得父亲总是在口袋里装一些回来，给我们分着吃，那也叫沾光呢。

不过，父亲这队长兼会计当得也不省心，队里的大事小情都要操心，倒也罢了，让我们全家跟着沾包的是，他经常为公家的事儿得罪人，甚至跟社员吵架，有时会搞得天翻地覆，鸡犬不宁。

我记得有那么一次，父亲差点被人家打了。

父亲在记工本上查出了记工员的漏洞。某一天，因为下了一天雨，全队人都没出工，记工员却给自己记了一天工分。父亲责

第一章

令他把那一天的工分抹掉，记工员硬说他那天替饲养员喂牲口了。父亲说：要是那样，就扣掉饲养员一天的工分，叫来饲养员一问，却根本没那么回事儿。记工员又强词夺理说：工分由两个人记，只要那一天两个人都记了，说明就是出工了。父亲打开另一名记工员记工本，发现那一天是一样的，但父亲还发现笔迹也是一样的。这个记工员记起有一天，他没来，两个本都由一个人记的。人证物证俱在，就是那个记工员作了弊，可他拒不承认，还大喊父亲欺负他，给他难堪。就这样两人吵了起来，还有两个队长在场，可谁也不替父亲说话，父亲可能骂了记工员一句不要脸，立刻引起了记工员媳妇儿的破口大骂，还直往父亲怀里撞，这还不算，那媳妇儿转眼回去叫来了七大姑八大姨，把父亲包围起来，大有大打出手的架势，这时一名大队干部赶过来了，才控制了局面。那时候我还小，听到街上有吵架的声音，也辨别出有父亲的声音，便在地上捡了一块石头攥在手上，准备为父亲助阵，可到了跟前，已经平息了，但看那阵势，父亲虽然正义在手，却是敌众我寡。我们在村里是独门小户，有理没理，都受人欺负。

还有几次，我在家里听到外面有吵架的声音，母亲就说：快看看去吧，准是你爹又管闲事儿了。跑出去一看，果然是。父亲当队长，管事宽，眼里识得破，心里忍不过，而我们那个生产队，又有不少不讲理、耍穷横的社员，村干部都不敢惹，可父亲就是敢碰硬茬儿，敢较真儿，一来二去，队里的社员让他得罪了一半。

生产队长兼会计

奶奶说：老大，你把那个芝麻官儿辞了吧，全家人都跟着过不了安生日子。

父亲说：我要是不当这个芝麻官儿，那些人更炸刺儿了。

奶奶生气了：你要是不辞，我就跟你断了。

父亲害怕了，主动到大队部，坚决要求辞去队长兼会计的职务，当时叫撂挑子。

大队干部和稀泥，死活不让辞，最后同意辞去队长，保留会计职务。

但父亲照管闲事不误。

割麦子，年轻人丢的麦穗多了，留的麦茬儿高了，父亲一边在后边捡一边破口大骂：才他妈吃几天饱饭，就这么糟乱年景，要是你个人的，你舍得不？

上工了，有的社员在路上故意走得磨磨蹭蹭，贫嘴耍滑，父亲又是嘟嘟囔囔：紧走两步累不死你，省下力气卖不了钱。

再后来，大队干部找到家里来做工作，父亲又官复原职了。大队干部很抬举地说：第三生产队，离了你，谁也玩儿不转。

也许那个大队干部说得对。记得有一年，全村重新调整生产队，我们一家调到了第四生产队，父亲还当队长，三队社员不干，不到一个月，我们一家又回第三生产队了，父亲仍然是队长兼会计。

一直到1981年生产队解散，父亲才卸下了这个弄不清任职多少个年头儿的光荣头衔。那一年，父亲已经六十一岁了。

大家庭

先说说我们李氏家族这个大家庭。

从家族论,那一年那一月的那一天,我的太爷爷(老家称老爷爷),用一条扁担挑着全家的家当,从外地来到献县付家庄,在这个背靠古汉墓百草山的地方,娶妻生子,落地生根。当时,付家庄村子不大,付姓、刘姓是大户,就我们这一族姓李的,人家都称我们家"一担挑儿"。1993年清明节,家族为祖坟立碑,碑文是父亲起草的第一稿,后经我修改润色,最后定稿为:

> 一担挑来千秋业
>
> 双手建起万代功
>
> 艰难立足堪回首
>
> 传代子孙叩亲朋
>
> 德善为人人和睦
>
> 忠厚传家家门兴
>
> 先贤作古垂不朽
>
> 吾辈承志造福鸿

那次立碑,还续了家谱,我因事未成行。家谱主要由父亲起草,草稿寄给我一份,我也说不出个所以然,但对父亲编排的

"行辈字派"印象深刻。家族世系和血脉秩序排列，常用的有两种：一种是放在名字中间或末尾，例如，唐代杜甫的两个儿子分别叫宗文、宗武，颜真卿、颜杲卿、颜春卿三兄弟则同属颜家的卿字辈；另一种就是用人的名字的偏旁部首做出规定，比如，宋代"三苏"中的苏轼、苏辙兄弟的名字偏旁都为"车"。我们李氏家族的排列是以第二个字为序，老爷爷那一辈是宝字，爷爷那一辈是凤字，父亲那一辈是贵字，我们这一辈是西字，我儿子那一辈是国字，当时还没第六代，不知父亲是看了相关资料，还是请了高人指点，一次性作了二十个辈分排序：

宝凤贵西国
继宗仁义德
忠厚传家盛
志同万道合

从字面上看，不仅合辙押韵，还有深刻哲理，等于把李氏家族的家训内容都涵盖了。父亲没上过一天学，仅凭早年在天津南市跟着老板做买卖学了些字，能创作出如此精辟的二十辈排字行，把老李家子子孙孙血脉延续的顺序都规范了，可谓功不可没，连我这个当作家的儿子也是自叹不如呢。

要说我们老李家的家谱很简单。老爷爷落户付家庄后，娶了

第一章

本村付姓的老奶奶，先后生下我的大爷爷、爷爷、三爷爷、姑奶奶四个子女。要不，碑文里会有"艰难立足堪回首，传代子孙叩亲朋"两句呢，这说明父亲在创作碑文时是怀有强烈感恩之情的，同时也是在教育李家后生不要忘本，不要忘根，要知恩图报。大爷爷那一支，生了我的大伯和三个叔叔；爷爷这一支，生了父亲、叔叔和姑；三爷爷那一支，没留下子嗣。在爷爷那一辈的三支中，除了大爷爷家的大伯一家落户天津，其余各家都在付家庄一辈一辈繁衍生息。

打我记事起，李氏家族在付家庄就是一大家子，相互之间，几乎分不清亲的，叔伯的，还是堂叔伯的，连称呼上也听不出来，比如"大伯、二叔、三叔、四叔；大哥、二哥、三哥……"一句话，一家子走得特别近，抱得特别紧，虽然我爷爷这一支住村东，大爷爷家那一支住村南，中间还隔着一条沟，但并不影响我们频繁走动。爷爷他们那一辈儿的哥仨如何交往，我还没记事儿，没留下太多印象，但父亲这一辈儿的哥六个，其中四个都土生土长在付家庄，他们几乎像亲兄弟。同样是农民，这弟兄四个都有点儿文化，在村里显得不俗。父亲在第三生产队当队长兼会计，算盘子扒拉得啪啪响，桃李满村，年轻的时候走南闯北，见过一些世面不说，还有一套编席的手艺，算是耍得开。二叔抗战时期参加过回民支队，是党员，打过鬼子，解放初期跟父亲一起闯过关东，在村里，张家长，李家短，大事小情离不了，过年过节，杀

大家庭

猪宰羊，一把好手，尤其出殡行大礼前，他那一声高喊："给老少爷们儿求劳啦！"嗓门豁亮，威震八方。三叔在第二生产队当队长多年，庄稼活儿样样拿得起放得下，一年四季天还没亮，就背着粪筐子围着村溜达了一遭，那叫一个勤谨。四叔在天津当了八年警察，退伍后，回到村里当了大队长兼民兵连长，一干就是二十多个年头，给我们这个传统保守的家族注入了"革命"活力。这老哥几个很有凝聚力，老李家有个大事小情，就凑到一起开会，大伯不在家，父亲就是老大，开会的地点，经常在我们家，炕上放张桌子，桌子上点着煤油灯，还有几个大茶碗，一个旱烟筐，哥几个一边抽，一边喝，一边说，你一言，我一语，畅所欲言，各抒己见，无论多大的事儿，都迎刃而解了。我记得，我们弟兄几个是给父亲跑腿的，等把叔叔们叫齐了，就跑出去疯玩儿了。

记得我上小学的时候，发生过这样一件事儿，老实巴交的三叔把刘家的一个年轻人给打了。事情是这样的，那时候，为落实毛主席"贫下中农管理学校"的指示，三叔被推选为贫下中农管理学校的代表，三叔天天在学校尽心尽力地管理着我们，给我们忆苦思甜，痛说老李家的革命家史。有一天，刘家的一个年轻人到百草山上放羊，把学校的庄稼苗给啃了，听到有人来报信，三叔领着我们一帮学生上了山，跟放羊人斗争，那人不服：又不是你家的庄稼，你管得着吗？三吵两闹，三叔把那人给打了，我看见了，就打了一巴掌，不怎么重，因为有我们一大帮学生围着三叔，那人没敢还手，但却出言不逊：一担挑儿外来户，你等着！一路骂骂咧咧地赶着羊群回了家。

这下三叔可惹了大祸，刘家人多势众，但开始并没对三叔动武，提出两个条件：要么，当着众人把那一巴掌在三叔脸上扇回来；要么，三叔在全村社员大会上公开道歉，低头认罪。三叔不同意，认为自己身为贫下中农管理学校的代表，学校的财产受到损失，自己挺身而出是应当理分的，至于打人，是因为对方不听劝阻，还张口骂人。刘家扬言要把三叔的家砸了，父亲怕事情闹大，就买了礼品登门道歉，结果被人家轰出家门，这下，本来是两个人之间的矛盾，却变成了两个家族的战争。刘家的一个长辈在我家门口当着一大堆人说：他们李家不就那么一疙瘩人吗，咱老刘家兵强马壮，他要吃硬的，咱有硬的；他要吃软的，咱有软的，无论吃哪一口，我都让他吃不了兜着走，这回一定要让这个独门小户的一担挑儿，看看马王爷到底有几只眼！说这话的时候，爷爷、父亲和我都听见了，我心里相当害怕，不知道人家是来硬的，还是来软的，怎么收拾我们老李家人。我记得爷爷对父亲说：老大，你问问刘家，我过去给他们下跪行不行？那时候，大爷爷和三爷爷都去世了，爷爷成了我们老李家唯一的长辈，爷爷出面是我们老李家最后的王牌，父亲说：现在到不了那一步。后来，父亲带着二叔、四叔几次登门道歉，事情才平息下来，但李家跟刘家的怨，就此结下了。

大家庭

那一次,我彻底感受到了大家族的威风八面,也感受到了独门小户的孤单与无助。同时,也看到了我们老李家的精诚团结,关键时刻,一致对外。

过后,又发生一件事。刘家的大花狗无缘无故地把我给咬了,咬的右腿,伤口很深,几个大牙齿印子上渗着鲜红的血,疼得我大哭。第二天,趁那大花狗在我家门口卧着睡觉,我抄起门洞里的铁锹,使出吃奶的力气朝大花狗砍去,大花狗的右腿被我砍伤了,一瘸一拐地嗷嗷叫着逃回家,可我也像三叔一样惹祸了,刘家人堵着我家门口骂了大半天,父亲给没给我打狂犬疫苗我记不得了,只记得父亲又提着点心匣子去刘家登门道歉了。

我从小到大,充分感受到了李氏家族的满满亲情,记得每年过年的时候,父亲就对我们弟兄几个说,到了你叔婶儿家,无论他们怎么拦着,你们也得跪下磕头,每年过中秋节,老家都蒸大包子,白面一个丸儿猪肉馅儿的,刚出锅,父亲就让我用毛巾兜着给几个叔婶家送,当然,回来也不空手,包子换包子,那叫"压活儿"的,两家都乐呵。送完了,才能坐下来吃包子,想吃谁家的,就吃谁家的,很开心。我当兵四十多年,不知道一共探了多少次家,只记得进了家,放下大包小裹,就马不停蹄地奔几个叔叔家,赶上有活儿,抄起家伙儿就干;赶上饭,端起碗来就吃,真是一家子,到谁家都一样。

接下来，再说说我爷爷这一支的大家庭，这个大家庭的成员有爷爷、奶奶、父亲、母亲、姐姐、我、二弟、三弟、小弟；叔叔婶子这边有大姐、大哥、二哥、弟弟、妹妹，共十六口人。除叔叔在外地工作以外，家里有十五口人在一个锅里拉马勺。这个大家庭一直到1972年才解体，那一年，我十四岁。

这么一大家子人在一起过日子，这在村里是绝无仅有的，外姓人都羡慕我们家。

当时我们家的住房格局是：我们这一小家住北房西屋，奶奶和爷爷住北房东屋，婶子那一小家住两间西厢房。一个不太大的小院里，活泛着我们这祖孙三代的一大家子人。

对于我来说，生长在那个大家庭是有特殊记忆的。

现在总结起来，在那个十几口人的大家庭里，有两个人物是至关重要的。

一个是奶奶。一般的农民家庭，都是男人当家，可我们家不是，奶奶是实至名归的掌门人。奶奶叫吴广太，名字很气派，乍一听，像男人的名字，据说是奶奶给自己取的，足见奶奶在那个年月，是相当有个性的。奶奶的娘家在北八里庄，跟我姥姥的娘家是一个村的。记得我小的时候，姥姥到我家来，跟奶奶一口一声大姐地叫着，两个亲家母挺亲热的。奶奶的娘家也是一般农民家庭，可奶奶的礼教家规，比一般老太太要严得多。比如吃饭，她老人家不上桌，我们这些半大孩子，再馋，再饿，也不敢动筷儿。

大家庭

奶奶上了桌，先看我们的坐相，如果你单腿跪，双腿跪，就骂你是讨饭的；你吃饭叭唧嘴，上去就是一筷子；你在菜盘子里乱翻，或者喝粥，喝出太大的动响，或者粥碗没舔干净，或者在桌子上戳筷子声音大了，都会遭到训斥。你出门办事儿，临行前要耐心听她嘱咐，回来要及时汇报。比如，我们去亲戚家拜年，回来要问你，给长辈磕头了吗？先跪的哪条腿，记着作揖了吗？问老人年饭吃了多少饺子了吗？我们在路上都要想好，有时也编瞎话儿，反正她也不回访。

奶奶胆子大，记得一天夜里，鸡窝里的鸡突然叫了起来，叫声很惨，我们都听到了，父亲不在家，别人谁都不敢动，奶奶却不慌不忙地穿上衣裳，端着煤油灯出去了，对着鸡窝照了照，什么也没发现。后来，奶奶把煤油灯递给我，自己把一只手伸进鸡窝，掏出了一只滚圆的鸡，那只鸡被一条蛇死死缠住了，奶奶揪住了蛇的七寸，用力一甩，那条蛇就把身子松开了。奶奶没放过那条蛇，提起来在地上拼命地摔，直到蛇没了动静。

奶奶的英雄壮举，让我记了一辈子。

在村里，我们家那时日子过得还算殷实。一是叔叔在外工作，每年要往家打钱，起码每年的决算款，不用家里负担。二是我们家有一套编席的手艺，这手艺是奶奶从娘家带来的（姥姥也会，每次来了，都跟奶奶一边编席一边说话儿），时间一长，父亲、母亲、婶子就都学会了。这套编席手艺，就促成了我们的家族产业。父亲负责到白洋淀买苇子，也就是编席的原料，等席编好，再用小车推着到集上卖。爷爷负责破苇瓣儿，也就是把完整的苇子用专业工具破成两瓣儿。我们这些半大孩子，便在父亲的带领下，轧苇子，就是把爷爷破好的苇子铺在地上，滚动碌碡噼里啪啦来回碾压。全家人流水作业，有分工有合作，一年到头，没有淡季旺季，所以，我们家就比一般人家忙，当然啦，进项也比一般人家多。我常听奶奶说那句话：一招鲜，吃遍天，百巧百能，一辈子受穷。就编席这一招，我们家就像细水长流，一年到头吃穿不愁。

奶奶虽不识字，可做生意也算是精明人，大小账都算得精细，买卖也做得活泛，比如，邻居、亲戚、朋友，或者合适不错的，来买席，她都要让钱。在集上卖五块钱一领，遇到这些人，就少收五毛。人家知道价儿，每回都是放下五块，老家叫"放钱留"。奶奶退回五毛，人家会客气地说：别呀，你别受累再搭钱。奶奶说：谁让咱合适不错咧，快走吧，俺也不虚留你吃饭了。一个"虚"字用得很巧妙，如同《红楼梦》里王熙凤送刘姥姥，礼多人不怪，你好我好，都觉得体面。奶奶还注重售后服务，席卖出去了，登门回访，看铺着尺寸合适不，可炕不？这样一来，我们家的编席生意，做得很红火，村里还有一家也做，但生意明显惨淡。

奶奶掌握着家里的经济大权，我们花一分钱，都要跟她要，她高兴的时候，只要是正当开支，三毛两毛的，都痛快；要是赶上

029

不高兴，哪怕一分钱，你也要不出来。有一次，我跟她要钱买作业本，正赶上她老人家不高兴，拉下脸训我：你使本子就像吃一样。我把用完的作业本拿来给她看，她接过来翻了翻，道：这不，背面还能写吗？我就哭，一哭，奶奶心软了。

我觉得奶奶有点儿像电视剧《大宅门》里的二奶奶白文氏，对外强势，而讲策略，生意做得风生水起；对内呢，严厉而慈爱，把一个大家庭治理得井然有序，一辈子都保持着大当家的威严和自尊。这一点儿，我是相当敬畏的。

第二个就是父亲。叔叔不在家，一年才回来探一次亲，爷爷除了干活儿以外，从不操心，甚至很少说话。这样的家庭，如果奶奶是主心骨儿的话，那父亲就是顶梁柱，他从粮站辞职回家之后，就成了家里的主要劳动力。叔叔家的大姐、大哥、二哥，随着一个个长大，但都没在生产队里干活儿。大姐先是在村里教学，后来当了村里的妇联主任，再后来到公社办的手工业社工作，基本上脱产。大哥呢，高中没毕业就当了兵。二哥在高中毕业的第二年也当了兵，也就是说，大一个，走一个，而我们都小，指望不上。父亲除了每天出工挣工分，管着生产队里的一堆破事儿以外，家里的重体力活儿，都指望他干，比如挑水、积肥，更别说打坯、盖房，尤其大秋最忙，最累人。生产队分了粮食，无论是玉米、高粱、红薯等等，都是他一个人往家捣鼓。我放了学，有时也赶到地里帮一把，但力气小，顶不了事儿。我们家人多，东西分得也多，有时一趟弄不完，还得回去一趟，往往都是到天黑得透透的了，才捣鼓完，在全生产队，总是最落后的一家，可第二天天不亮，父亲又从被窝儿爬起来敲钟了。一个大秋，几乎是连滚带爬。

不光是累，父亲还要担着这个大家庭的全部责任，包括一大堆子女的教育。记得那一年，村里成立样板戏剧团，长相不错且嗓子挺好的大姐报名参加，父亲却坚决反对，他在天津南市看过那些戏子们的表演，觉得女孩子入这个行当，男男女女的，白天黑夜的，在一块儿说说唱唱，时间长了，容易出事儿。叔叔不在家，他就得当这个家，主这个事儿，后来，大姐就没去成。记得若干年后，大姐曾对我说，小的时候，跟孩子们在一块儿玩儿，人家骂我，都是提大伯的名儿骂。也就是说，因为叔叔长年不在家，外姓的孩子们误认为父亲就是她的家长。大哥上高中的时候得了脑膜炎，半夜学校派人来通知家长，父亲卷上铺盖卷儿就跟着走了，一直伺候到出院。父亲在村里也算是文化人了，大哥、二哥、我和弟弟的大名，都是父亲给取的，分别为西昆、西仑、西岳、西岱，昆仑岳岱，都是名山大川，这在农村给孩子起名中是极为少见的。再后来，生得多了，父亲也就顾不上管了，随便有了名儿就凑合了。

父亲对奶奶，几乎是言听计从。一大家子人在一起伙着过，柴米油盐，家长里短，日子长了没有马勺不碰锅沿儿的，妯娌之

大家庭

间，婆媳之间，免不了有个大吵小闹、磕磕碰碰，而奶奶一旦向父亲告状，父亲会不问青红皂白，先把母亲揪过来打一顿。我那时已经长大了，也能明辨是非了，见父亲当着全家人打母亲，也会上前护着母亲，但其结果是，我跟母亲一起挨揍。母亲曾私下跟我说，她打过了门儿就受气，奶奶遇事一碗水端不平，有偏有向，有苦水也不敢跟父亲诉说。

我后来读了《红楼梦》，感觉我们这个大家庭很像贾府，奶奶就像贾母，在家里一言九鼎，治家有方，有时遇上父亲打我，下手狠了，奶奶就高声喊：你打死我得了！《红楼梦》里贾政打贾宝玉，贾母就厉声呵斥：先打死我，再打死他，岂不干净了？真是活脱脱地像。父亲像贾政，在朝廷里为官，但在贾母面前却唯命是从，而对儿子贾宝玉又极为严厉。我呢，自然像贾宝玉，小的时候，因小脑瓜儿聪明而受奶奶宠爱，但见了父亲，便不知所措，尤其见到父亲发火，就浑身发抖。

我们这一家，真是一台戏，又是一部小说，后来，我真的写了一部四十多万字的长篇小说，名字叫作《独门》，其主要素材，都来自那个大家庭的生活。

随着一天天长大，我也慢慢感受到，在这个大家庭里生活，每天都提心吊胆。一是怕大人吵架，自己的立场不好站；二是怕自己做错了事，或者说错了话，引发大人之间的矛盾。在外人看来，我们一大家人在一起过，和和美美，热热闹闹，其实，家家都有一本难念的经，这样一个大家庭，关系那么复杂，更不例外。我预感到，我们这个大家庭，也已是貌合神离、危机四伏呢。

分家

古人云，合久必分，分久必合。

1972 年秋天，我们这个大家庭分家了。

分家，得有房子，分家之前，父亲找村干部，在我们家南面要了一块宅基地，盖了三间新房，跟北院形成前后邻，而且中间还留了一个通道，也可以叫二进院。这是奶奶的主意。奶奶说，家是分了，可我们还活着，两个院就得通着；我们死了，通不通，那是你们的事儿。

一家分为三家，爷爷奶奶住两间西厢房，这是奶奶自己定的，剩下的一南一北两院，我们两家抓阄。值钱的家当，还有两辆自行车（一辆"飞鸽"牌新的，一辆"红旗"牌旧的）、两台缝纫机（一台"蜜蜂"牌旧的，一台"飞人"牌新的），新旧搭配，剩下的锅碗瓢盆，零零碎碎，就自行搭配，堆成两堆，摆放在院子里。

主持分家的是大奶奶家的二叔，这是奶奶指定的。二叔在村里经常管东家长西家短的事儿，又是老李家人，如果遇到矛盾，也能化解。

那天是我和叔叔家的二哥，分别代表两个家庭抓阄。之前，父亲曾私下里对我说，最好分到南院，不是图新房，而是想那边清静，与爷爷奶奶分开住，是非会少一些，毕竟母亲与奶奶的关系不是那么融洽。但我没让父亲如愿，抓到了老宅北院，那没办法，一抓两瞪眼。父亲又说，也好，省得搬家了。

就这样，我们这个在一起过了几十年的大家庭，一下子一分为三，各立门户。

奶奶说，家算是分了，从今往后，各房各过各的日子，谁也不许找后账。可到了第二天，奶奶就先找了后账，她说，就一辆小推车分给了老大家，这不公平，要找二叔过来再分一次。母亲说了一句：不是不许找后账吗？奶奶瞪了母亲一眼：你们占了便宜，当然不找后账啦。父亲把母亲扒拉到一边，对奶奶说：娘，你说该怎么分吧？奶奶说：叫他二叔去！父亲说：就一辆小推车的事儿，别叫他了。这么着吧，车架子和车轱辘分开，还让他们俩抓阄。奶奶说：你们看着办吧。就这样，我又和二哥抓了一次阄，我抓着了车架子，二哥抓着了车轱辘，好端端的一辆小推车被一分为二，然后各自配套。

记得分家前，二叔对奶奶说：婶子，家里就一辆小推车，就别分了。大哥这边条件不好，二哥那边又没劳力，用得少，就给大哥吧。当时奶奶是点了头的，不知为什么后来又反悔了。为这件事，母亲心里一直不痛快。但一波未平，一波又起，平时不怎么会算账的母亲，发现粮食数量不对，让我背着父亲算了算，发现少一个人的秋粮。父亲解释说：咱老四是秋后生的，可不就没他的秋粮呗。母亲说：照这么说，秋后生的，就该饿死呀。母亲要找奶奶理论，一辆小推车可以一分为二，那一个人的口粮，不可以大伙儿摊吗？母亲说得在理，但父亲死活拦着不让母亲找奶奶，这回父亲没对母亲来硬的，对母亲劝说道：好男不争家当，好女不争嫁妆。母亲觉得委屈，但也忍了。

后来，父亲对我们说，没有一碗水绝对端平的，凡事过去就过去了，把理讲得太清楚了，一家人也就生分了。他又强调，家分了，心不能分。一家子，到猴年马月也是一家子。

分家后，我家的境况不容乐观，一大家子人在一起伙着过，人丁兴旺，热热闹闹，乍一分开，家里明显冷清了，屋还是那三间屋，炕还是那两条炕，但显得空空荡荡，一贫如洗，过日子的家什物件，缺这少那，捉襟见肘，一时凑不起，就得到邻居家去借，过冬我们都要添衣裳，没几个月就要过年了，都需要钱，可父亲的口袋比脸还干净，他愁得直嘬牙花，母亲也唉声叹气。这些，作为长子，我看得一清二楚，却没能力为父母分忧。

天无绝人之路。村里组织一批劳力到城里务工，需要一个管理员兼炊事员，父亲报了名。村干部说：你身为生产队长兼会计，脱不开身。父亲说：家里实在太困难了，让我出去挣个零花钱吧。最终，村干部批准了。

那年月，农村劳动力过剩，除了春秋两季出河工，没有外出

分家

务工的机会，别说挣钱，带张嘴出去吃饭都难，而出河工，都是壮劳力，轮不到父亲，何况那时还没分家，父亲领着一大家子人过日子，根本也出不去。现在好了，年届五旬的父亲又出征了。

父亲去的哪个城市，我不知道，离家多远，也不清楚，出去干什么，更不明白，但我只知道，父亲出去是为了挣钱，挣钱是为了养家糊口。

父亲离开家，家里的活儿明显多了，以前，一直是父亲挑水，现在以姐为主，但她每天都要到生产队参加劳动，有时顾不上挑，水缸见底了，做饭等水下锅，母亲着急上火，我就得抄扁担了。十三四岁的我，发育正常，营养一般，虽个头蹿得不矬，但瘦弱无比，不堪重负，那两桶水，大概六十来斤重，我挑不动，只好挑半桶，但走起来还是摇摇晃晃，这一摇晃，桶里的水就往外溅，到家就剩少半桶了，挑了好几趟，水缸里的水还不到一半，好累，好懊丧。

父亲不在家，是显累，可我们弟兄几个却觉得又自由和快活了许多，因为没人揍我们了。那时候，我很羡慕叔叔家的两个哥哥，叔叔常年不在家，他们基本上没挨过揍，我现在过上了这样的好日子，只希望父亲晚点儿回来，最好别回来。

可这样的"好日子"没过多久，大约四十来天，父亲风尘仆仆地回来了，大概在城里吃得好，父亲明显胖了一些，脸也显得滋润，我见父亲背了一包东西，吃的用的都有，其中我看见，有半瓶子香油，多半瓶子醋，还有活好的一块白面，那定是父亲利用工作之便，占来的便宜，但在这个穷家，那都是好东西，尤其香油，我们一家一年也吃不完一瓶。

我记得父亲满面春风地对全家人说，他这趟出门挣了四十块钱，足够全家人添置过冬衣裳的。现在想来，父亲就像改革开放之后第一批下海的人，到了深圳，或者珠海，幸运地淘到了"第一桶金"，一夜之间成了"万元户"。听到这个消息，我们也跟着父母高兴了好几天，尽管那四十块钱，根本花不到我们身上多少。

但明天和意外，不知道哪个先来，父亲挣来的这笔"巨款"用来消灾了。

入冬之后，猪圈里结了一层厚厚的冰，二弟在冰上练跳远，跳着跳着，咔嚓！一个屁股蹲儿，把腿摔断了，我和父亲把他送到县医院，拍过片子之后，医生说需要住院，一个星期之内，父亲陪床，我蹬着自行车来回跑，送吃送喝，出院算账，父亲挣来的那四十块钱花得精光。

出院的那天，父亲叹口气：咳，省着省着，窟窿等着。真的应验了。

全家人都很沮丧。

若干年后，我看过伊朗的一部电影，片名叫《小鞋子》，哥哥上街赶集，把妹妹修好的鞋子弄丢了，妹妹就一双鞋，兄妹俩只好穿一双鞋跑接力赛上学，哥哥觉得愧对妹妹，暗暗下决心一

分家

定要给妹妹买双新鞋。一次，他和父亲进城打工，挣了些钱，父亲问他要什么礼物，他毫不犹豫地说，要双鞋，父亲痛快地答应了，可在回家的路上，父子俩一起遭遇车祸，不仅把挣来的钱花完了，还欠了亏空。

这个故事跟当年我们家发生的事是不是惊人的相似？

当初，我不明白，穷人家的日子，为什么总是那样祸不单行，雪上加霜？

第二章

考高中的我

1972 年底，也就是我们刚分完家的那一年，我考高中，本来是顺当的事儿，却难为了一下父亲。

在我们之前的几届初中毕业生，高中不用考，只要家里供得起就可以上，可到了我们这儿就变了，不仅要考试，而且还要到县城一中去读，离我家最近的十五级中学要被砍掉。后来才知道，是邓小平复出后，抓教育整顿，恢复中考，但上大学还是凭推荐。

这下我就悬了，就自己的学习成绩而言，考试应该没多大问题，但家里条件实在难以支撑我到县城读书。刚刚分家，三间老屋里空空荡荡的，父亲的腰包里更是空空荡荡的。一家七口人，除了父亲和姐能挣工分，母亲还有我们弟兄四个，都是吃闲饭的。家里没任何进项，维持家里柴米油盐的正常消耗都勉强，哪里有钱供我进县城读书？那时上学不交学费，但县城离家十八里地，吃住得花钱吧，哪儿来？

父亲对我的学习还是看好的，一直都支持我读书，盼着我长大有些出息，但眼下他真无能为力了。

父亲没有直接说让我放弃考高中，但看着他为难的表情，我能说什么呢。可我心里觉得委屈，自己上初一的时候，语文就在班里和年级里拔尖儿，每次作文都得最高分，经常得到老师表扬。记得语文老师李敬宗曾把我的作文用粉笔抄在黑板上，一段儿一段儿地分析，夸奖得我满脸通红。最辉煌的一次，是校长董启凤在一个大冬天，召集全校同学朗读我的作文，我至今记得那篇作文的题目叫《毛主席的恩情比天高》。朗读前，董校长激动地说：李西岳同学很有创造性，老师布置的作文题目是《毛主席的恩情永不忘》，他却改成了《毛主席的恩情比天高》，这三个字就把我们贫下中农对伟大领袖毛主席的无产阶级革命感情拉近了一大步。我在下边听着脸红，实际上不是有创造力，是我没注意听讲，把题目弄错了。后来，董校长把那篇作文刻成蜡版，发给全校师生每人一份，在全校造成很大影响。自此之后，我也十分坚信，我有写作潜力，也滋长了将来当作家的野心。可现在突然没学上了，我马上就回家务农了，相当不甘心、不情愿。可又没办法，我曾躲在没人的地方哭过。

一听说要到县城上高中，还要考试，一些学习成绩差，或者家庭条件不好的同学，没等初中正式毕业那一天，就很知趣地搬着自己的凳子回家了。

我没有，我很茫然地等着什么。

正在这个时候，舅来家了。舅在天津塘沽盐场工作，听罢父亲的叙述，当场拍板：我这外甥有出息，上学的费用，我出了。

第二章

我听了心里很激动，感觉舅就像及时雨宋江，来得太是时候了，表态也太干脆利索了。

但一向不愿欠人情的父亲却一下高兴不起来。一来，他不知道，我这两年高中读下来，一共需要多大开销；二来呢，舅挣钱不多，还养活着一大家子人；三来呢，母亲一直生病，这些年，没少得到舅的接济。

不管父亲是怎样的态度，舅临走的时候，撂下了二十块钱，要知道，那年月，这可是不小的一笔钱。

父亲追出门口，把钱还给舅，你先拿着，一旦用的时候，再给你写信。

舅死活不收，我充满无限感激地把舅送上了子牙河大堤。

又过了两天，叔也从牡丹江回来了，听说他的工资比舅高。这是分了家后，叔第一趟探亲，也提出要资助我读高中。

我真是太高兴了，一个舅，一个叔，都是有能耐的长辈，都对我们家这么好。

父亲照样没高兴起来，他知道，人情是债，无论欠了谁的，都要还，哪怕是自家兄弟。

然而，老天爷有眼，临近考试的时候，传来一个好消息：十五级中学保住了。

我至今死死地记得，考试的那一天贼冷，还是在室外考的，考生之间隔一米远，谁也作不了弊，考完一门，人也差不多冻僵

考高中的我

了。我明白，这个机会对自己很重要，一定要好好考，一定要考上，不然对不起舅，对不起叔，更对不起父亲，还有自己。

我还争脸，考上了，录取比例大概是四分之一，我们村共十六个考生，考上了四个。

我拿着录取通知书回到家的时候，记得父亲正出去挑水，我在门口堵着等他，他接过通知书看了看，脸上露出喜悦，但并没有说表扬我，或者鼓励我的话，而是说：把你舅留下的钱，还给你姥姥吧。

那年月，我们的家长们，不太在意我们学习成绩好坏，也不太在意我们是否考上高中。因为就是高中毕了业，也照样回家种地，所以，我走在大街上，没有人祝贺我考上高中了，我也没有任何榜上题名的自豪感。

在我开学前，父亲要做的一件事，是给我准备一个上学的凳子。分了家，屋里仅有一条板凳，紧靠着躺柜，能坐三四个人，除此之外，再无任何坐物。我上初中时，来回扛的凳子坏了一条腿，凳面上还烧了一个坑，黑乎乎的，脏兮兮的，十分难看。买一个，没钱；做一个，没料，想必父亲也愁得够呛。后来，父亲找来找去，竟在柴禾棚子里发现了一块疤疤瘌瘌的木板，遂找来会木匠的远房亲戚，没给钱，只管饭，花了一天的时间，做了一个我能扛得出家门的凳子。接下来，还有我的书包问题。我从小学到初中就用一个书包，书包带子断了又接，接了又断，书包的表面，也分不清什么颜色了。之所以上高中背上了新书包，那是姐的功劳，她用一些碎布头，花花绿绿，给我拼凑了一个，那书包的样式、布料、图案，世界上绝无仅有，跟谁的也弄混不了，如果保留到现在，绝对是一件稀奇的宝物。

对了，开学前，父亲还嘱咐我分别给舅和叔写信，告诉他们，我考上高中了，而且不用到县城去读书了。父亲说：写信的目的，一是向他们报喜；二是让他们不必为我的学习费用担心了。我写完，父亲审阅了一遍，才寄出去。

我有差事了

记得那天我大老早就躺下睡了，也许是为了省电，父亲带领一家人顺在炕上，睡不着，也没什么话，冷不丁会听到父亲叹口气，不知为何。

窗外大喇叭里传来了广播声：李西岳！李西岳！明儿上午到公社海河指挥部去一趟，再广播一遍……

我"噌"一下坐了起来，竖起耳朵听着，大喇叭里一共广播了三遍，我听得真真的。

想必父亲也听到了，当时没动声色，见我按捺不住地坐起来，便开始打击我的激动情绪：躺下睡你的吧，去一趟，也不会有你的什么好事儿。

我说：我根本不认识海河指挥部的人，为什么叫我去？

父亲说：那你更不用激动了。大队书记家的孩子，毕了业都回家种地，你还做什么美梦？

高中两年的时间过得很快，我拿到了毕业证，扛着凳子、背着书包回了家，刚到家，父亲就将一把生锈的铁锹打磨得锃光瓦亮，戳在我面前，没有说话，但我马上会意，那是为我准备的。我高中毕业了，长大成人了，该为他老人家分忧了。我认。

那一夜，我是在胡思乱想中度过的。

第二天吃过早饭，我骑上自行车去了公社大院。临走前，父亲特意帮我擦了擦自行车，可能是怕我给他丢人，因为他也曾在公社粮站工作过，母亲也让我换上刚洗干净的衣裳，还嘱咐我：如果天晚了，就到你姑家吃晌午饭。父亲嫌母亲啰唆：去趟公社，半拉钟头儿打来回，还吃什么饭？

我虽然在公社所在地十五级村上了两年高中，也经常路过公社机关大门，但觉得那像衙门，从未进去过，不知道那里边有多少人，都是干什么的，因为我没有任何熟人在那里上班。

我很礼貌地打听到了公社海河指挥部的办公地点，实际上就是一间不大的办公室，我进去的时候，屋里有几个人像是在开会，也像是在聊天，我报上姓名，一个看上去有三十多岁、很像国家干部模样的人，上下打量了我一番，然后问我多大了，家里有什么人等等，我一一作了回答。这工夫，另一个年龄大一些的、比老农民穿戴稍干净一些的人对我说：跟你说话的是公社团委书记、海河指挥部的李和平指导员。李和平又指着那人对我说：这是王世坤，王连长。另外还介绍了其他人，我当时没记清是什么官儿，反正说有副连长、副指导员、工程员、管理员等等，都是有头衔儿的，我有些慌，不知道介绍我认识这些人干什么，或者说，叫我来干什么。

见我发愣，李和平说：村里跟你说，叫你来干什么吗？

我摇摇头，说：没有。

李和平说：打算让你到海河指挥部来当宣传员。你愿意吗？

我立马回答：愿意。尽管我不知道这宣传员，究竟是干什么的。

李和平接着说：宣传员就是到海河工地上搞宣传，写标语，办广播，写材料儿，还有一些杂活儿。我们到学校去选人，嗬，从校长到老师，都推荐你。听说，你会写诗，还会办黑板报、写大字报。这些本事，到了工地，都能派上用场。

我明白了，彻底明白了。我上高中这两年，作文成绩一直名列前茅，语文老师白玮珍经常在全班朗读我的作文，还推荐到献县文化馆，临毕业的时候，我写了一首长诗《告别母校》。现在我还记得开头那几句：

激动的心啊 / 要蹦出怀 / 欢喜的泪啊 / 挂满了腮 / 我们对着大地呼 / 我们对着高山喊 / 我们来啦 / 我们是毛主席教育的好学生 / 我们是社会主义新一代……

我几乎是一气呵成，把诗交给了白老师，白老师看了也很激动，让黑板报组马上全文发表。

事过多年，我觉得应该感谢那首狗屁诗，是它改变了我的命运，据说，那期黑板报过了半年才换。

王世坤问我：你付庄村的，李贵峰是你什么人？

我说：是我爹。

王世坤说：打你一进屋，我就看着就有点儿像。你爸爸脑瓜儿灵，算盘打得好。哎呀，可惜闹灾荒的时候，回老家了。

哦，我明白了，父亲在公社里还算名人呢，这么多年了，还有人记得他。

东拉西扯，就到晌午了，李和平看了看手表，说：走吧，吃饭去。

王世坤说：过点儿了。

李和平说：那就去饭店吧。

大家都站起来，我吞吐着说：我去我姑家吃吧？

李和平笑了一下，说：从今儿起，你就正式上班儿了，我们在哪儿吃，你就在哪儿吃。

可我心里还是慌张，一来，长这么大没下过馆子；二来，我身上一分钱没有，一两粮票也没有，这馆子下得起吗？父亲知道了，还不揍我？

我不好问，下馆子谁掏钱，也没机会问，就跟着大伙儿进了饭馆。

这是十五级村唯一的一家饭馆,离公社大院不远,我上学来回路过,没少闻味儿,偶尔也曾走进去,看下馆子的人都吃些什么好东西,我看见人家吃一个肉丸儿的大包子,满嘴流油,吃煎饼馃子,吃焖饼,胡吃海塞,那叫解馋。实际上也就是现在的快餐店,而且样式比较简单,但那就很馋人了,我曾下过决心,一旦手里有了钱,一定进去吃个大饱二撑。

我们一行人进了一个包间,不一会儿,跑堂的就给每人端上来一大碗焖饼,那碗比家里用的要大一号,应该叫大海碗,一只手都端不动,当那碗焖饼送到我跟前的时候,我才看清了它是什么食材,上面有肉丝儿、白菜丝儿、葱花儿、片粉儿,下面才是饼条儿,热气腾腾,香味儿冲鼻。我看着它,不敢主动下筷儿,等人家"扑扑噜噜"弄出很大动静来了,我才开吃,那是真好吃,真解馋,虽下嘴晚,可早早就吃光了。一会儿,跑堂的又端上几碗,但不够每人一碗。这时候,饭量小的已经饱了。李和平对我说:再来一碗吧?我犹豫了一下,说:饱了。我说了瞎话,饿了肚子,却留了面子。第一次跟这么多人吃饭,别显得太贪婪喽。

上了一个礼拜的班,我明白了公社海河指挥部是怎么回事儿。这套班子,除了指导员李和平是吃公家饭的,其他人都像我一样,是从各村抽上来的,出河工的时候,顶村里的一个名额。那个年代,每年春秋两季出河工,每季工期两个来月。我们这些人都是

我有差事了

提前一个多月到指挥部集合，做各项准备工作。完成任务后，再集中一段时间做善后工作。一来二去，一年大约有八九个月的时间，吃海河饭，剩下的时间，各回各村劳动。待遇呢，每月十八元工资，一天平均六毛钱，再加上每天记满工，工程完了，还分土方费，够实惠的。另外，村里给民工的福利待遇，都有我们的份儿。在那年月，应该说，这是个肥差。

父亲了解到这些情况后，颇为我高兴，又觉得意外，这么好的差事，为什么会一下子落在我头上，这不等于房梁上掉馅儿饼吗？然后，就给我讲，他当年是怎么在水利工程上当管理员的，从这个角度看，我还有点儿像子承父业呢。父亲教导我说：眼里要有活儿，不管分工是不是你的，你都要抢着干，当官儿的，都待见勤谨的；要少说话，言多必失，沉默是金。他很形象地说过一句：你放出去的屁，别指望再用手抓回来。我不知道这句话，是不是他自己创作的，但对我一生都很受用。

父亲说得不少，我感觉有些啰唆，没记全，但手脚要勤快，我是记下了。

我要去的海河工地叫宣惠河，驻地在南皮县的刘少盘村，距我家有二百来里地。十六岁的我，第一次出远门儿，父亲一万个不放心，我的行李是他亲手打点的，也是他亲手用绳子一道又一道绑在自行车上的，记得父亲在行李上踹了好几脚，认为真的结实了，才放手。父亲年轻的时候，没少出远门儿，很有经验，尤其那些年到白洋淀推苇子，每次都带着干粮、行李，还经常赶夜路，比我骑自行车出门儿要辛苦得多。头天晌午，父亲撂下饭碗，就给我保养自行车：拿龙、修闸、紧档、搭油、转脚蹬、一根一根地擦辐条儿……为我出行排除各种安全隐患。母亲也没闲着，她在家里挑了一套像样点儿的铺盖，拆洗干净，重新做好，外面用一条大花毯子包住，那条毯子是父亲当年从天津带回家的，是我家炕上最显眼的物件。我到现在还清楚记得，毯子的图案是满世界的大飞马，呈现着不同的飞翔姿态，富有神话色彩。带上它，是不是预示着我要飞黄腾达呢？我为自己产生这样的感觉而暗笑。

打点完，父亲让我骑上去在院里转几圈儿，看稳不稳当，左右偏不偏沉，下来，又正了正，才放心。

1975 年 3 月，在父亲不放心的目光中，我放单飞了。

姐得病了

来到宣惠河工地，我发现自己真是学有所用了。

在我们到来之前，打前站的人已经把工棚搭好了，有连部，有伙房，有仓库，有诊所，有修理间，有民工宿舍，占了有几亩地的面积。在那个火红的年代，从工地到驻地，都要突出政治，都要宣传美化，这就需要我一个人完成这些任务，没有统一的标准，只有看谁家搞得红火。到了工地的第二天，副指导员韩振英就带我到友邻单位参观学习。我拿着一个小本子，把看到的都记了下来。韩振英是我的前任宣传员，也传授我一些经验。这样，我的工作很快就展开了，首先在工地上建了一个高二米、宽八米的宣传栏，利用我在学校出黑板报的本事，图文并茂地把它美化起来。在工地上插满了彩旗，接下来就是美化驻地，民工工棚的墙壁上贴满标语，内容是"一定要根治海河""大批促大干""大干促大变""海河工地是我家""水利是农业的命脉"等等，伙房里贴的是"一切为了前线""一切为了胜利""当好海河后勤兵""粗粮细作，细粮精作"等等，诊所门口是"讲究卫生，减少疾病""努力提高民工健康水平"。这些标语内容大部分是从兄弟单位抄来的，有的也是我自己创作的。

韩振英对我说：检验一个海河工地宣传员水平的，不是写大字报、贴标语，而是写广播稿。县海河指挥部设立了广播站，大喇叭遍及彩旗飘飘的整个海河工地，早晨六点钟就开始广播，那女广播员甜美的声音一出现，工地一下就沸腾起来。这对各公社的宣传员是个极大的挑战，开工了，别人一家一家都上广播了，而你还没露面，不是无能就是失职。

我是第一次担当此任，绝不能丢人现眼。刚到工地的当天晚上，我就采访到西韦庄村父子俩争相参加海河工程的事迹，而父亲又是年年出河工的老海河模范，很快写出了通讯《上阵父子兵 热血献海河》，开工第四天便在广播站的头条广播。因为是通讯，有点儿故事性，广播员播得很有感情。记得那天我一大早来到工地，六点钟，大喇叭响起，先是《东方红》乐曲，接着便是女广播员那甜美的声音：献县根治海河指挥部广播站，现在是第一次播音，首先播送十五级公社的来稿，题目是《上阵父子兵 热血献海河》……工地上立马响起了一片叫喊声，民工们车轮飞舞，干劲冲天，我站在工地上，激情满怀，泪流满面，耳边似乎响起了样板戏《龙江颂》中阿莲的唱段："抬头望，十里长堤人来往，斗地战天志气昂……"

李和平表扬我，夸我初战告捷。没过两天，那篇稿子又被沧州地区广播电台采用了。后来，父亲对我说，他在村里的大喇叭里听到了，他料定那篇文章是我写的，但从未在别人面前提起过。

然而，正当我春风得意的时候，却接到了一个十分意外的消息。

开工大概一个多月的时候，各村干部来工地慰问，付庄村来的是付学书，他见了我的面儿，第一句话就说：你姐好点儿了，你放心吧。

我一下蒙了：我姐，我姐怎么啦？

他说：你还不知道啊，你姐在天津得了精神病，你爹多早就去天津了。

我脑袋"嗡"地响了一下，我才出来一个月，家里就出这么大事儿，姐怎么会得这种病呢？父亲怎么不给我写信呢？我到了工地之后，给家里写信报了平安，父亲还回了一封信，说家里一

姐得病了

切都好，鼓励我好好工作，那时大概姐还没得病。姐在我到工地之前，就跟村里的一些年轻人到天津去打工了，一家人一下子出来两个人，又挣工分又挣钱，父亲相当高兴，可怎么会出这种事儿呢？

我想跟领导汇报一下家里的情况，跟着村干部一起回家看看，但想了想，自己的工作刚起步，来回折腾会受影响，再说，自己回去也解决不了什么问题，父亲之所以对我封锁消息，也是怕影响我的工作。我是理解的。

海河工程结束，我回到家不久，父亲带着姐回来了。我看见，两个多月没见，姐变成了另外一个人，脸色苍白，面目消瘦，不抬眼看人，不爱说话，不像是疯了，倒像是傻了。我没见过精神病患者发作起来是个什么样子，听说会骂人，甚至打人。我想问姐病好得怎么样，但见她这个样子，我不好开口，也不知道该说些什么，只有默默地看着她。

后来听父亲说起姐得病的原因和治疗情况。

大约是在半年前，姥姥做媒，给姐说了个婆家，是她们小屯村的，姓刘，男的是个木匠，这家人也不错，因为有手艺，日子过得还算可以。姐与那男的见了两面，婚事就订下来了，她们俩还跑到县城拍了订婚照，从照片上看，那男的长得还可以，配得上姐，姐对这门亲事看来心里满意，就把照片多洗了几张，送给了合适不错的姐妹。一来二去，村里人都知道她在姥姥家门上订

第二章

了婚，知根又知底儿。可后来，也就是在姐去天津打工之后，姥姥打听出，那个男的有抽羊角风的毛病，不知什么时候就犯。父亲专门去了一趟姥姥家，核实了情况，就自作主张把婚事给退了，随后把彩礼一样不少地退给了人家。父亲把退婚的事儿，很快写信告诉了在天津的姐，姐觉得很没面子，村里极少有退婚和离婚的，再加上，姐那年二十三岁，像她这个年龄的女孩子，大部分都结了婚，甚至有了孩子。姐出嫁晚的原因，一是媒人介绍了几个，都不合适，再就是，我们家男孩子多，母亲又三天两头闹病，我们穿的戴的、洗的涮的，都由姐承担。按当时人们常说的话，叫"拉磨"，也就是被娘家拖累得顾不上谈婚论嫁。现如今，她好不容易找到一个合适的，却又散伙了，脑子一下转不过弯儿来，再加上一起打工的姐妹人前背后说些个闲言碎语，被她听到了，更是从这件事里走不出来，接着就抑郁了。

据父亲说，因为户口的原因，姐住不进医院，姐住的集体宿舍又不能待，这可咋办呀？父亲在情急之下，想起了我的堂舅孙永弟，因为在他们弟兄当中排行老三，所以我们叫他三舅。当年父亲在天津的时候去过他家，正好是在姐打工的河西区，三舅得知情况，当即把姐接到他家，后来通过找关系住进了医院。这期间，在塘沽工作的舅也赶过来照顾姐。另外，在姐住院之前，大伯把她接到了自己家，也就是说，我们家当时在天津的人脉关系，统统都发动起来了。患难见亲情，更见真情，我听到了万分感动。

055

姐得病了

父亲曾对我说，你姐这一病，把该麻烦和不该麻烦的人，都惊动了一遍。

姐这院一住就是一个多月，父亲在天津既没地方住，又不能离开，他每周一、三、五都要到医院探视，还好，一位好心人给他找了个活儿干，给一家工厂搞厂区卫生，管吃管住，还给点儿小钱儿，就这样，父亲一直坚持到姐出院回家。

我没问过姐住院拢共花了多少钱，在大城市住院，而且住了这么长时间，肯定是一笔不小的花销，估计是村里或者厂家拿的钱，就我们家的条件来讲，是绝对出不起的。那两个月的时间，我挣了几十块钱，除了每月十八元的工资，还分得了二十多块钱的土方钱，记得我大概向父亲上交了三十块钱。父亲很不客气地接过钱，深深地叹了口气：怪了，家里一有钱，准出事儿。当然，这话没当着姐的面儿说。父亲说这话是有事实根据的。他一定是想起了当年二弟伤腿住院的事儿。

在很长一段时间里，姐没再犯病，但也没恢复到从前，她不耽误干家里和生产队的活儿，但很少说话。父亲提醒我们，千万不能惹你姐生气，事事都由着她，一旦生气，或者心里别扭，就会犯病，所以，那些日子，我们都格外小心。姐长我六岁，没少为我操心受累，可我不大懂事儿，没少跟她闹别扭。记得一次，我推着自行车正要去上学，姐却把我拦在门口，说她们几个姐妹约好要到县城照相。我说我不骑车会迟到的，死活不给。我们姐弟俩在大门口争夺起来，后来是父亲踹了我一脚，我才松开自行车。那件事发生后，我一个礼拜不跟姐说话，姐骂我：独性子、大奸头。

姐这个病时好时犯，不仅降低了自己的生活质量，也影响了与他人之间的交往，直到六十岁以后，日子好过了，心情舒畅了，才变成正常人。

父亲好像也为之做过反思：如果当初征求了姐的意见再退婚，或者别急于写信告诉她，是不是就可以不得这个病。可惜这个世界上，没有假设，也没有如果，只有现实。

我记得，父亲回到家，对我交代的第一件事，就是分别给天津的大伯、舅、三舅写信致谢。我刚从海河工地写文章回来，耍笔杆子已经成了饭碗，写感谢信更是我的强项，因为撤离工地前，我就给驻地的公社、大队分别写了热情洋溢的感谢信，其文采受到大家的赞赏。另外，父亲嘱咐我，将来有机会要挨家登门谢恩。我想，父亲对我提出这样的要求，料定我将来会有能力完成他的心愿。

棉袄风波

多少年之后，我曾做过反思：当初不该买那件高价的棉袄。

我一个高中刚刚毕业、还未真正成年的大孩子，一下子能挣钱了，还是凭自己本事挣的，一时有点儿飘。我们海河指挥部的那些人，虽然都是地道的农民，而且大都成了家，有老婆孩子，但毕竟干着这样一个体面差事，所以穿着打扮，与普通农民有明显区别，他们都有几件像样的衣裳，穿出来也干净利落，有点准脱产干部的模样。这些，在出第一季河工的时候，我还没太在意，等出第二季的时候，就觉得自己有些惭愧了。因为家里条件不好，我一年就那么几件衣裳，尤其到了冬天，穿一套黑色的棉袄棉裤，上衣套一件学生蓝的褂子，洗了就只能把黑棉袄露在外边，自己感到很没面子。

有一天，我骑自行车去沧州市给公家买东西。那是我第一次进城，眼睛有些不够使，除了看看城市街景，当然要进百货公司逛逛。我一眼看上了一件中山装式的棉袄，是学生蓝色的，吸引我的是那上下对称的四个口袋，领子带挂钩的，很庄重，也很气派，穿上去一定很像国家干部。村里条件好的年轻人，有几个穿制式蓝棉袄的，领子上还带一圈毛，那时叫夹克，但没四个口袋，两个口袋是斜口的，方便两手插进去，不够气派，不像国家干部，即便是那样，在村里也算时装了，有人相媳妇儿，还朝人家借，穿脏了，还让人家数叨，很没尊严。我看中了这件棉袄，让售货员拿过来试了试，还挺合适，我问了一下价格，二十元，还是脱了下来，我兜里的钱够，但花这么多钱买一件衣裳，还是有些舍不得。那一晚上，我没睡着觉，翻来覆去想那件棉袄，最后下定决心，我一定要买了它。

第二章

过了两天，我又因公去了沧州，办完事儿，我直奔百货公司，毫不犹豫地买下了那件棉袄，心里充满喜悦。

　　回到工地，我又害怕了，买这么贵的棉袄，父亲会不会生气？能饶过我吗？

　　有了这种顾虑之后，我多了个心眼儿，回到家，我把棉袄偷偷藏了起来。奶奶去世后，我跟爷爷做伴儿，屋里就我们俩，便于藏匿，一进门，我卸完行李，就把棉袄藏在了躺柜里的最底端，还用一层布包住。

　　一晃到了春节，父亲母亲开始张罗着为我们弟兄几个做新衣裳，我说：我有了，不做了。父亲没在意，可能觉得省钱更好，剩下就是给我的三个弟弟们做。那年月，没有买现成服装的，都是买布找人量体裁衣。父亲算来算去，给他们仨十五块钱预算，我听了，不由倒抽一口凉气，三套衣裳不如我一件棉袄贵。那年秋天，姐已出嫁，婆家是本村的，我因为在海河工地，也没回来参加她的婚礼。快过年了，姐回家看看，帮我们做过年的衣裳，她问过父亲，听说没我的，就对我说：你不小了，快到找媳妇儿的时候了，过年过节，应该有套新衣裳。在姐的怂恿下，我骑车去了县城，我想买条裤子，上衣有了，应该配条新裤子。那时候，商品很萧条，更是单调，服装店里没几件衣裳，我看上了一条涤卡裤子，深灰色的，但拿过来一看是女式的，偏开口，可又没再合适的，售货员说：你看上了吧？这好办，回家找裁缝改一下，不

棉袄风波

就得了。我信了，当场买下了，八块钱，这在当时也算是高档服装了。

回来后，姐帮我改了裤子，试穿，稍有点儿瘦，穿着紧巴，但还是觉得挺美，父亲看见了，埋怨道：买现成的，这得多少钱呀？我没回答钱数，父亲也没追问，但脸上明显不悦。姐说：岳儿大了，该讲究穿戴了。

我知道，我该讲究穿戴了，不仅是因为长大了，还因为我有钱了，有钱就任性。我第一次有这样的感觉。

初一那天，吃完饺子，我们该出去给长辈们拜年了，出门前，都要换上新衣裳，我把我的新棉袄拿出来穿上了，配上那条涤卡裤子，还有一双新靴子，新鲜，洋气，上档次，估计走在大街上，没人比得下去。可这工夫，父亲走过来劈头问我：这棉袄多怎买的？我说：头过年买的。父亲又问：在哪儿买的？我说：沧州。父亲厉声问：多少钱？我犹豫了一下，说：十五。我觉得少说五块，可能父亲会消消气儿。父亲指着我道：败家的玩意儿，咱一家子过年，也没舍得花这么多！还真是的，腊月二十四，父亲赶城里集买了六斤肉，那时肉价是八毛钱一斤，六八四块八，是我半条裤子的钱。我没算这些账，我很任性地说：钱是我自个儿挣的。父亲上火了：你挣的钱，就随便乱花呀？你没看见这一大家子人，吃什么穿什么呀？然后，父亲指着我道：你给我脱喽！我很委屈，没脱。母亲过来替我解围：这么贵的衣裳，也不跟家里商量，说买就买了。可既然买了，就让孩子穿呗。父亲又冲母亲道：你少管闲事儿。又对我吼道：脱喽！我又犹豫了一下，脱了，紧跟着，泪也下来了。我没出去拜年，躺在炕上装睡，还掉眼泪。

那个年，我过得很闹心，心里很憋屈。

后来，姐看了我的棉袄，对我说：忒贵了。左右看了看，又说：不光贵，你看这棉袄不是活面儿，拆不下来，脏了，怎么洗呀？我这才发现了问题，当时也没考虑那么多，再说也不懂，只觉得顺眼，时尚，穿着精神，像国家干部，就买下了，说到底，还是有钱任性。

我也有骨气，那件棉袄，我一直没穿，我当兵走后，归了弟弟们。

让我后悔的是，为什么当初不穿上那件中山服棉袄照张照片，看看像不像国家干部。

父子关系

那次棉袄事件，使我和父亲之间的关系，变得冰冷，后来回想起来，实际上不是从这件事情开始。

记得小的时候，我就跟父亲斗智斗勇。我贪玩，往往到了吃饭的时候，还在外面疯，有时跑得远，父母招呼也听不见，等自己觉得饿了，想起来该回家吃饭的时候，家里人早就开吃了，或

父子关系

者吃完准备收拾桌子了。我进屋，不是挨呲儿就是挨揍，但我属狗的，记吃不记打，玩起来便忘乎所以，但想起挨揍或挨呲儿都不好受，就利用小脑袋瓜儿灵光，和父亲斗智斗勇，逃过一劫是一劫。记得大约六岁那年的一天下午，玩到天黑才回家，早过了吃饭的时候，我就琢磨着，编个什么瞎话，躲过一场揍。进了屋，全家人已吃完饭，正围着桌子说话。我进门，父亲厉声呵斥我：你还知道回家呀？我凑到父亲跟前说：爹，告诉你件新鲜事儿，二娃儿在百草山上拾了一块金子。这是我路上编好的，二娃儿家住村西头，离我家远，父亲不便核实，还有，百草山是座古墓，山上有神像，有人曾在山上捡到过老物件儿，这就是说，我编的瞎话，存在一定的可能性。父亲果然信以为真，说：明儿我也山上蹚摸蹚摸。母亲端上饭来让我吃，我吃得正狼吞虎咽，就听父亲说：待会儿我过去看看，那金子什么样儿？我一听，坏了，要露馅儿，慌忙放下饭碗，到外面溜达了一会儿，回来对父亲说：爹，你别去了，刚才碰上铁蛋儿，他告诉我，那金子是假的。我不知道父亲是否看出了其中的破绽，但我确实逃过了一劫。我庆幸自己的小脑袋瓜儿灵光。

通过这件事，我发现自己有说瞎话的才能，能把假的说成真的，黑的说成白的，还让人听不出漏洞，看不出破绽，既需要胆量，又需要智慧，这大概就是我后来能够写小说的本事。小说需要虚构，需要真实的谎言和谎言的真实。

第二章

但随着年龄的增长，这样的把戏不能故技重演了。在父亲面前，我很早就失去了天真，而说了谎，一旦被火眼金睛的父亲揭穿，我的下场就更惨。

再后来，我跟父亲的关系，变得冰冷，甚至敌对。

我有了差事，既能挣钱，又能挣工分，对父亲来说，应该是感到欣慰和高兴的事儿。1975年底，生产队决算，我家破天荒分红了两块五毛钱。没分家的时候，家里人口多，劳力少，每年决算，我们家都要倒给生产队二三百块，在全生产队，乃至在全村都是倒拿决算款最多的大户。分家之后，这两三年，我们家也得拿一百块出头儿，可这一年，姐结婚后，户口还没迁走，父亲一年不旷工，重要的是我除了常年满工外，自行车到了工地，私车公用，每天还挣俩工分，这一下子，就使我们家倒拿决算款的历史得以改写，这个功劳，理所当然地记在我头上。记得父亲也曾十分满足地夸奖过我。

问题是，我有了差事，为家里做了贡献，可人也慢慢变了，尤其在父亲眼里。

我的工作不是正式的，一年当中，要有两三个月的时间在家劳动。这些日子，对我来说，有些不好熬。在海河工地，我是脱产人员，在工地上背着手溜溜达达，看着民工们出大力，流大汗，推大车，迈大步，我还吃香的喝辣的。小小年纪，可以对民工喝五吆六，日子一长，自然就觉得自己不是一般人了，劳动观点也随之淡薄，而这正是父亲所不能容忍的：你在外面如何风光，我管不着，到了家，你是儿子，你是庄稼人，你就得放下笆子，就拿扫帚，眼里要有活儿，心里要装事儿，别大眼儿瞪小眼儿，干等着大人指使，甚至指使了也不动弹。

庄户人家，一年四季都有干不完的活儿，累你个臭死也不见天日，比如挑水，没有淡季旺季，而我们家要负责三家人的吃水用水，一是自己家，二是奶奶家，三是叔叔家。从分开家之后，就是这样的，奶奶家责无旁贷，叔家的情况是，大哥当兵回来上大学，二哥分家的当年又当了兵，他们家始终就没有劳动力。如果把这三家的水瓮挑满，至少要挑十来趟，水井离家又远，扁担压得肩膀生疼。我当新兵时，班长说我的肩膀一高一低，实际上就是挑水，让扁担压的。我也不知道，家里的水怎么用得那么快，没两天，水瓮就见底儿了，一见母亲和姐洗衣裳，我就喊：省点儿水啊。有时碰上下大雨，我真想把水瓮搬到当院去，让老天爷帮着灌满。

还有就是打草。夏天没有出河工的任务，而也正是打草的季节，我穿的白衬衣，每次都用漂白粉漂过，又不下地干活儿，出汗少，比一般人身上穿的衬衣要白得多，可父亲不管你那个，只要你在家，就得乖乖地上洼打草。晚上，他给我们哥几个的镰刀磨好，天不亮就吆喝我们起炕，如果喊两三声，不见动静，这就开骂了。我背着满满的一筐草回来，把草筐没好气地摔在当院，然后就把雪白的衬衣脱下来，小心翼翼地择上面的草叶子或者其他脏物，父亲很不顺眼地看着我。傍晚，我把衬衣洗干净，晾在当院的铁丝上，父亲照样不顺眼地看着我，但没说话，但那表情，那眼神，对我是相当鄙视的。我倒是真恨那些草们，一入春，你出来干吗呀，什么"野火烧不尽，春风吹又生"，你的生命给农民带来多么大的负担，还有那些猪呀羊的，一天什么也不干，还吃那么多，养你们干什么？我知道，不当家不知柴米贵，那一家人的进项，打草拾柴，养猪喂羊，那是农民的日子，那日子就是熬，就是受累，谁让你生在农民家庭了呢。改革开放以后的这些年，懒惰的农民在地里打了除草剂，地里一棵草也不长了，大热天，农民照样躺在炕上睡大觉，好生自在。每次回老家，我见农民们不是在屋里打麻将，就是蹲在根儿底下聊大天，家里连草筐镰刀都没了，真是与时俱进啊。

有一天，我觉得实在受不了了，就以到县海河指挥部开会为名，穿着干净的衣裳，骑上自行车吹着口哨到县城玩儿了一天，后来，不知什么原因，被父亲揭穿了，他骂我：你这工不工、农不农、官不官、民不民的半吊子货，将来怎么混呢？我不吭气，只盼着秋天早日到来，海河工程一开工，我就名正言顺心安理得地去吃官饭了。在家一天，我觉得日子相当难熬。渐渐地，我跟父亲之间的话越来越少了。

与父亲关系降为冰点，是那次当众暴揍。

父子关系

我晚上有三件事要做：堵鸡窝，拿尿盆，记工分。天将黑，鸡们进了窝，我要把鸡窝的门板插上，然后再用一块石头顶上，以防黄鼠狼们来袭。拿尿盆呢，主要是负责拿爷爷的夜壶。爷爷睡觉早，一般是推了饭碗就钻被窝儿，等他一躺下，我就把夜壶顺在炕根儿底下，他一耷拉手，就能够得着。做完这些，我拿上记工本，就到生产队里去记工分，临走前，要问父亲一天都干了什么活儿，有没有加班儿。可有一天，因为跟父亲闹了点儿别扭，我赌气什么也没问，拿上记工本就出来了。

我在家装着不高兴，不说话，可一出大门儿，就哼样板戏，哼了一出儿又一出儿，到了生产队部，又跟记工员有说有笑，嘴不闲着。我想通过别人问一下父亲这一天干什么活儿了，有没有加班儿，可还没等我找到合适的人问，父亲进来了，脸是铁青的，眼珠子是瞪圆的，张嘴问我：你做么来了？我说：记分来了。父亲又问：你问我这一天干什么了吗？还没等我回答，父亲的巴掌就很脆生地扇在我脸上，接着大骂：你连个屁都不放，就来记工分，你长脸呀你！父亲还想扇第二巴掌的时候，被一堆人拦着了。我二话不说，扭头跑了，工分爱记不记，我的尊严没了，一个十六七岁的小伙子，还混着人五人六的官差，当众挨爹揍，而且揍得眼冒金星，骂得狗血喷头，我还怎么有脸见人？

那以后，我再去记工分，便遭人嘲笑，会有人异口同声地道：我做么来？你长脸呀你！接着一大堆人哈哈大笑，我那脸呀，烧得生疼，真想找个地缝钻进去。

自此之后，我和父亲一句话也没了，父子之间，几乎成了仇人。

挨揍，对于我们弟兄来说，不是什么新鲜事儿。我们都不敢在外面惹是生非，哪怕你在外面受了气，挨了欺负，到家也不敢言声，如果说了，又得补一顿揍。父亲会问责你，为什么他专门揍你，还不是你招惹人家了。有冤无处诉，有理无处说，自己只能认冤大头。

父亲损我最多的话，就是"烂泥扶不上墙"。这句损话，也常听大人们说，但父亲损我，是有根有据的。我们家的西厢房，也就是分家前婶子住的那两间，从房顶到墙面，都是泥的。入夏之前，要在墙上抹一层泥，和泥的时候，要掺上一些麦秸，麦秸贴在墙上，可以防雨水冲刷。干这活儿的时候，一般是父亲掌泥板，属于技术工种，我呢，给他当小工，把活好的泥甩到墙上，他耐心地给我做示范，甩的时候，要往上挑一下，泥就粘在墙上了，可我却做不到，泥甩到墙上，"吧唧"一声又掉在地上了。父亲反复教，反复做示范，我还是我，一点儿长进也没有。父亲先是瞪眼，接着是怒吼，最后是叹气：真是烂泥扶不上墙的玩意儿。

我也纳闷儿。写文章，天花乱坠；写书法，龙飞凤舞；念广播稿，抑扬顿挫，可做农活儿，哪怕就是技术含量很低的活儿，人家的孩子，一学就会，一点就透，可到我这儿，就是不入道儿。这样一来，笑话我的就不止父亲了。实际上，我也不是不用心，就是天生少根弦儿，我给自己定性为大智若愚。我记得，我解放军艺术学院文学系的学兄莫言大师，小说写那么灵光，可也在有些平常事儿上，显得不可思议的笨拙。比如，体育课学太极剑，老师对动作要领要求得并不十分严格，只要你不出洋相就行，但几十个人在那做，莫言常常被老师揪出来，因为他的动作经常是反着的。人家莫言那可是真正的大智若愚，我算个狗屁!

我和父亲持久冷战，家里的空气天天是凝结的，窒息的，我感觉，划根火柴，一点就着。

这期间，父亲曾托人给我递话，不知是想通过外人来教育我，还是想缓和我们父子关系，反正我没听进去，我心里堵得慌，这个家实在待不下去了，我要走，远走高飞，必须的!

我当兵

我从 1975 年 3 月到公社海河指挥部工作，截至 1976 年年底，先后参加了宣惠河、清凉江、沧石路、黑龙港河等海河工程。近两年的时间，我到过沧州地区的四五个县，在当时，就算是走南闯北了，尤其修沧石路，也就是沧州到石家庄的公路，献县工程段儿，东起高官，西至大陈庄，长达八十多里地，沿途靠近公路的村子，我大部分都住过，而且每搬一次家，都是我骑着自行车，揣着香烟，拿着县海河指挥部的介绍信，打前站，到村里号房。

也就是说，我小小年纪，已经能说会道，办些事体了。若干年后，这些村名，我张嘴就来，就连住过房子的房东姓甚名谁、家有何人，都记得一清二楚，这在同龄人中，是少有的宝贵经历，也促使我早熟。父亲年轻的时候独身走津门，也经受了历练，但不如我干的工作体面，而且实惠。这一点儿，父亲认可，但从没听他夸奖过我一次。这我理解，他一辈子低调，更是要求我们，不要到处显摆、逞能，你几斤几两，心里有数就得了。

按说，我有这么好的差事，应该知足，好好干，也许将来会混个人模狗样儿，可我不，我要离开家，我要远行，这个家实在待不下去了。

去哪儿呢？

我们十五级中学高八班的六十八名同学，目前有两名同学逃离了农村。一是和我同村的付学江当了兵，那时候，我们还没毕业，付学江穿着新军装，戴着大红花，接受我们全班同学欢送，那真是风光透顶。还有一名同学叫远建桥，在学校被国家外交部招走了，记得是在我们应届毕业生中海选，我们一大帮人都骑上自行车到县里去凑数，但大部分人面试就给刷下来了，后来，过五关斩六将，远建桥胜出了。剩下的那六十六名同学都在家里种地，其中有一大部分同学都出过河工。

我的前任宣传员韩振英被推荐上了河北大学，那是最光辉灿烂的路，但不能跟人家比，人家是公社党委副书记兼村党支部书记，政治地位比我高得多，再往前数，那几个宣传员，一般干上三年两载，不是进了社办工厂，就是进了别的单位，论工作成绩，我丝毫不逊色于他们，但我干了两年，还是雷打不动地当宣传员。重要的是，这个岗位，名不正言不顺，一年还要有两三个月的时间回生产队参加劳动，面子上不好看。我下决心，离开家，还有一个最重要的原因，就是跟父亲之间的关系，整天这么憋着，说不定哪一天就冒出火苗，或者憋出人命。

我想好了，当兵去。

当兵不一定能保证一辈子不回家，但干好了，就有这种可能。我想好了，这也是我唯一的出路。

我想我丢下这个家，丢下在别人眼里看来是这么好的差事，跑出去当兵，父亲不一定支持，甚至会横加阻拦。我走了，家里刚见好转的日子，又会回到从前，弟弟们小，接不上我的班，父亲还要接着受大累。

我想错了。

1976年2月，部队来征兵，我还在修路工地，父亲未征求我的意见，就给我报了名，我回家取衣裳的时候，大喇叭里正好广播报名青年去体检，听见有我名字，但我没去，也没责问父亲，为什么不经我同意，就给我报名。我像没事儿的人一样，拿了衣裳，骑上自行车吹着口哨走了。我认为，就是当兵，也得是我心甘情愿，干吗让家长逼着去，这就是我的性格。另外，我打听到，那批兵是去大东北海拉尔，还是铁道兵，我看不上。

1976年，征了两批兵，3月份一批，到了年底，又征了一批，这一批去两个方向，一个是承德，一个是北京。这对我产生了诱惑。

还有一个原因，公社革委会的杨振起副主任是当兵出身、营长转业的，正赶上他那年代替李和平，当了一期海河指挥部的指导员。我在他手下干了两个多月，他把民工当部队带，把我当连队文书用，使我提前受到了锻炼，了解了部队，早集合、晚点名、班务会等等，这些部队生活常识，我都弄明白了。就是这个杨指导员，不容商量地动员我去当兵，他说：我敢打包票，只要你去了，就回不来了。说得相当肯定，给我极大鼓舞。

还有一个有利因素，那两拨带兵的都住在公社临时招待所，我们同在机关食堂吃饭，因为想当兵，我就主动跟他们套近乎，一来二去，就混熟了。

为了我能顺利当上兵，杨振起把去北京的带兵干部请到家里吃饭，我陪同，给我多大面子啊。杨把我吹嘘了一番，我把我写的稿件给带兵干部看，带兵干部当场表态：这个兵，我要定了。那天，我很会巴结地给那个带兵干部夹菜盛饭，推杯换盏，谈笑风生。我心里甚是高兴，真是近水楼台先得月啊，想当兵的人，谁会有我这种待遇？

我在村里报了名，但没跟父亲商量，他上次给我报名，不也没跟我商量吗？当时四叔正在村里当大队长兼民兵连长，分管征兵工作。四叔是我们老李家的第一代军人，在天津当了八年警察，复员后，本来可以安排工作，但他服从需要，留在了村里当干部，叔叔家的大哥、二哥，都是他送走当兵的。四叔对我说：你去当兵，这差事不就丢了？我说：我不在乎。四叔又问：你家里缺劳力，你这一走，家里这日子怎么过？我说：我爹让我去，上次就是他替我报的名。四叔说：先报上吧，但我要跟你爹商量商量。

报名当兵的消息，是四叔告诉父亲的，不过，父亲非常支持我，他说，少了谁，地球都转。我想，我们爷俩之间的关系如此紧张，父亲是想把我打发得远远的，眼不见，心不烦。我顺利通过了目测、政审、家访、体检等一系列项目，但在去向上却出了差错，按村划片，我们村划到了承德方向。北京的带兵干部不干，找公社武装部长点名要我，武装部长很强硬：你不能说想要谁，我就给谁，得有章程。我在地图上查了，北京是首都，承德是大山沟子，我当然不愿服从这个决定，找杨振起帮着说情，他说：是金子到哪儿都发光。我敢料定，无论去哪儿，你都回不来了。我受到了鼓舞，认了，何况，我也没能力决定当兵的去向，那年月，能走就不错了，为争指标，适龄青年脑袋都快打破了。

我的入伍通知书下来了，时间是 1976 年 12 月 31 日。

离家之前，我打算请两次客：一是请公社海河指挥部的同事们；一是请俩带兵的。

这两件事都需要跟父亲商量，因为我是在家里请客，需要父亲作陪，或者主持。水大漫不过桥去，父亲是这个家的家长，而且年轻的时候走南闯北，见过一些世面，应酬酒场的能力还是有的。

我找了机会，跟父亲说了，父亲说，行。

第一场是请海河指挥部的同事，正好他们集中在我们村附近的一个小工程上，人员挺齐全，我准备的酒菜烟茶，好在手里有俩小钱，那桌饭还算是排场，八个菜，主食是馒头面条，父亲当大厨，菜还是蛮香的。

记得父亲在主持词中说道: 小岳儿这两年的成长，靠的是大家伙儿的栽培，我想，他将来无论到哪儿，无论长多大出息，都忘不了大家伙儿。我这当老人的，在这儿，也感谢你们。说完，一直脖儿把满满一盅酒喝了。

我第一次见父亲在酒场上的表现,应该说是很精彩,很给我增光，酒桌上的人也啧啧称赞，毕竟，一个农民父亲这样表白，已经很到位了。

父亲在第二场的表现，我不甚满意，甚至耿耿于怀很多年。那天，没炒热菜，我从小卖部里买了一点猪杂碎，凑了两个凉菜，另外拌了一个白菜心，炒了一个花生米，桌上就我、父亲和两个带兵的。四个人四个菜，还算说得过去，问题发生在后边，父亲那天没弄什么开场白，端起酒盅，跟两个带兵的碰了两杯，说还有事儿，就出溜下炕了，桌上剩下我跟那俩带兵的推杯换盏，来回推磨，一会儿就推不下去了，那俩带兵的挺能喝，我陪不下来，上饭吧，端上来五碗饺子，那俩带兵的一人两碗，碗很快见底了，我这一碗也很快吃没了，下炕去盛饺子，发现锅是空的，父亲带着一家人正吃饼子就咸菜，每人面前一碗饺子汤。

那时我正年轻，相当不成熟，我没被眼前的画面所触动，相反，一肚子怨气：家里穷不起了吗？我要走了，全家人一起吃顿饺子不行吗？请人家带兵的吃饭，不管饱吗？这不是丢我的面子吗？

我想不通。

我马上明白了，父亲为什么在上饭前借故离开，他要在桌上，就更难堪了，说明他知道，一共包了多少饺子，或许，他主张一家人吃两样饭的，这就更加重了我对父亲的不满。

我心里堵得慌，换上军装以后，盼着早点儿离家，早点儿到部队。

离家头一天的午饭，不知是哪个弟弟惹父母生气了，母亲嘟囔，父亲暴躁，一顿饭也不得消停。我突然大声喊道：这个家，我一辈子也不回了！

父亲指着我的鼻子道：好！你要能当一辈子兵，算你有种！

我说：走着瞧！然后摔门而去。

我把狠话撂出去了，然而，能不能当一辈子兵，我心里一点儿底也没有。又想，别管它，先离开这个家再说。

我手里剩四十块钱，打算一分为二，给家里留下二十，自己带走二十。家里穷，当兵更穷，然穷家富路，我做主了。可当大队干部送我们到县城集中的时候，我又后悔了，我这一走，家里经济条件更差了。我到了部队，毕竟还拿津贴，我又拿出十块钱给了送我的四叔，本来想让他交给父亲，想想父亲对我的态度，又改变主意了，交给爷爷。爷爷已是八十大几的老人了，我这一去，回来能不能见到，就难说啦，我给他提了十来年夜壶，爷俩有缘分，这是最终的孝敬吧。

当兵的日子不好熬

带兵干部问我：你当兵的动机是什么？

我慷慨陈词地说：保卫祖国，保卫边疆。

其实，我当兵的动机没有那么纯洁，也没那么高尚。我是抱着一辈子不回来的目的离开家的，想必这样的动机者，在农村入伍的青年中不在少数，那是那个年月告别农村唯一的出路，尽管大部分人的结果是，敲锣打鼓戴上大红花被送走，三五年之后，脱下军装，又背着背包灰溜溜地回家种地。但有一个目的可以达到，穿上军装，好找媳妇儿，当兵的，一般打不了光棍儿。

我把"肥差"丢了，也算是投笔从戎吧，恐怕还是有自信要颠覆这个现实规律。

我们这拨兵是 1977 年 1 月 12 日到县城集结的，然后从沧州坐火车经北京到达承德，我们在带兵干部的指挥下，背着背包下了火车，然后站队，点名，听指示，我们都认为到了目的地，虽然天气比老家冷得多，但这里是城市，四处有高楼大厦，油漆路上跑着大小汽车，穿着打扮比老家人洋气的男男女女在街上行走。我们的心情还是无比激动的，也觉得格外新鲜，可没多大会儿，开过来一溜大卡车，带兵干部命令我们按次序登车。上车后，每人发了一件旧皮大衣，颜色大部分是发黄的，个别地方露着棉絮，袖子上沾着油腻，感觉像国民党残兵败将穿的，我顿时觉得不爽，想起了在沧州买的中山服棉袄，差距很大，但又想，这是部队，军人要守纪律，不能挑肥拣瘦，找不痛快。

大卡车开动了，刚出承德市，就驶入大山，一阵狂风刮来，嗖嗖吼叫，直刺耳朵。我身上感到彻骨的凉，除了心口窝儿，几乎没热乎地界儿了，那"保卫祖国，保卫边疆"的口号再也喊不起来了。车在又高又陡的山路上盘旋，山上到处是积雪，很像毛主席他老人家诗词里的"山舞银蛇，原驰蜡象，欲与天公试比高"。我们在冀中平原长大，谁也没见过大山，但因为天气贼冷，谁也没心情欣赏这"江山如此多娇"。到了山顶，找僻静的地方，车停了，带兵干部命令我们下车，解解手，跺跺脚。我们的脚早就冻麻了，我不知道，脚怎么挨的地，有的人一下车，"扑通"一声就跪在地上了。后来，我才知道，这里的气温，最低时零下三十多度，天爷！

傍晚时分，我们的车队进了营房，虽然天色已晚，但我清楚地看到了门口两侧分别写着"提高警惕，保卫祖国"几个大字，门口有哨兵持枪站岗，甚是威严壮观。这就是我们战斗的地方。

我们你拉我扯地下了车，又是站队，点名，听指示。一个军官站在我们面前说了大概是欢迎新兵入伍的话，接着就开始分兵。我们公社的几个紧挨着，生怕被分开，但有几个个头儿高的，还是被拉走了，去哪儿不知道。我们被挑选了一轮，剩下的就消停了。又过了一会儿，一个军官把我们像扒拉羊羔子一样，分别扒拉成几堆儿，等着人来认领。我们这一堆儿，有一个公社的三个人，在家就认识，我们很快被带走了，去哪儿呢，眼看着出了大门，因为天黑，辨不清方向，大概是往南，走了大约半小时，才到了另一座营房，这才是我们的家。

第二天，班长让我们写家信，地址是：河北省丰宁县凤山镇52834部队72分队，番号是步兵第208团二连（此番号已撤销）。

大家开始埋头写家信，不识字的，由别人代写，我却不着急，一是刚到新的环境，有点儿蒙，与我想象的差距较大，一时缓不过神来。二来，我是赌着气出来当兵的，并发誓再也不回去了，这么猴儿急着写信，不等于向父亲投降了吗？何况，我似乎没听到父亲说过到了部队，第一时间写信报平安这样的话，何必呢？当班长问我为什么不写家信时，我才被迫写，但铺好信纸，却不知说什么好，愣了好半天，写了不到一页纸，就收住了，也只是报

当兵的日子不好熬

了个平安而已，没什么废话。对了，我记得还给二叔、三叔、四叔都写了一个信瓤，装在一个信封里，鼓鼓的，差点儿超重。

听老兵说，部队流传这样一句话：新兵信多，老兵病多。新兵刚入伍，想家，到了部队，新鲜，急着把到了部队的新鲜感受告诉七大姑八大姨，显摆自己由一个农村青年变成解放军战士了，可以理解，至于老兵为什么病多，我一个新兵蛋子，就不知道了。别看凤山镇离老家献县不到五百公里，可那个年月，交通落后，邮寄也慢，一封信往返要用十来天。记得那些新兵们格外拿不住劲儿，信发出去几天，就盼回信。连里的通信员每天下午到各班送信，刚一进门，一大帮新兵就围上去，通信员不急不忙地念，没拿到信的新兵便垂头丧气，我却有大将风度地坐在原地一动不动。终于，有新兵接到家里的回信了，无法掩饰地激动，大家传着看，看得小脸通红。他们的家长大部分不识字，信是别人代写的，而我的父亲不仅识文断字，还帮别人家写信，他会用自己的语言表达自己的感情，可我也不那么翘首以盼。记得大概在半个月后，我接到了父亲的回信，两页，报了家里老幼平安，嘱咐我安心服役。我看了很淡然，随后装进挎包里，再没动过。

新兵训练展开，部队生活步入正轨，立正、稍息、敬礼；齐步、正步、跑步；出操、点名、站岗、学习；整内务、出公差、班务会、紧急集合……这样的生活，我有充分的思想准备，在海河工地也提前受到锻炼，适应起来比别人快，问题是，在做这些规定动作时，我难以显山露水，表现也不十分尽如人意。我期盼着，能得到一个单独表现的机会，因为我的入伍登记表里填有"在公社海河指挥部当过宣传员，爱好写作，发表过文章"的信息，连队首长们会注意到的，部队不会埋没人才。现在想起来，我是多么的大言不惭，而又怕怀才不遇。

终于，我的机会来了。

《毛泽东选集》第五卷发下来了，新兵连要举行发行仪式，指导员让我代表全连新兵上台发言，我当然万分激动。我写了一个发言稿给班长看，班长朱逢春是高中毕业生，格外器重我，看了我的发言稿，改动了几个字，然后又教我如何运用感情，掌握语言节奏，还让我演示上下场的敬礼动作及步伐姿态。记得仪式是晚上举行的，副指导员主持，当点到我的名字时，我不慌不忙地走齐步上台，立正、敬礼，声音激昂但不失基调地背诵稿件：

毛主席五卷发下来

新兵个个喜满怀

刻苦学习争先进

新长征路上大步迈

……

这首诗是我临时加的，稿子上没有。再有，班长让我上台一

当兵的日子不好熬

字一句地读稿子，我却没带稿子上台，而且背诵得一字不差，用的是带点家乡味儿的普通话，博得一片掌声。

散了会，班长冲我伸大拇指，指导员表扬了我，新兵们羡慕我，当然也有人嫉妒。

记得莫言大师也有同样的经历，但他自嘲出了个笑话：自己上台后，一屁股坐在了主席台的椅子上振振有词地念稿儿，让主持人尴尬地站在一边。不知道那场景是真是假，但莫言毕竟是莫言，世界级的大师，当然与众不同。

回想起来，我第一次在众人面前讲话，是在我的母校，即十五级中学。我第一次出海河工程回来，校长李万友找到我，让我到学校讲一次课，谈谈在海河工地的写作体会。李校长在广播里听到了我写的稿子，就有了这个安排。我愉快地答应了，但能不能讲好，我忐忑不安。几个月前，我还坐在课堂上听课，可现在要站在讲台上给同学们讲课，而且是面对全校师生，能不紧张吗？开讲前，李校长把我大张旗鼓地吹嘘了一番，弄得我满脸发烧，满头大汗。我提前准备了稿子，但稿纸拿在手上却瑟瑟发抖，我几乎能听到自己的心跳，念开场白，我几乎没听到自己的声音，几分钟后，才平静下来，那堂课大概一小时的时间，讲到一半，我才正常发挥，快到最后的时候，彻底放开了。

记得父亲有句口头禅：露多大脸，现大多眼。那次究竟是露脸，还是现眼，说不好，但通过那次回校演讲，我是练出来了，再也不怯场了。

后来，连队文书让我出黑板报，这是在海河工地的拿手戏，用在这儿，小菜一碟儿。我一个人干，不用稿子，现编现写，图文并茂，干净利落，

老兵退伍了，指导员让我到连部给老兵抄鉴定，整理档案，我一个礼拜没参加训练。之后，连里便传出，我新兵下连就接文书，还有人说，这小子在二连恐怕待不住。

我想把这些都写信告诉父亲，告诉他，是金子到哪儿都发光，但想了想，又忍了，有必要吗？

新兵训练的最后一个科目是射击，训练时，好多新兵都瞄不准。班长做动员说：作为一名战士，肩上要有责任，胸中要有激情，眼里要有敌人，这样，你才能瞄得准、打得狠。可有一个新兵怎么也瞄不准，甚至连靶心都找不到。班长走到他身边，问：你眼里有没有敌人？新兵说：没有。班长问：想一想，你心里有没有最恨的那个人。新兵说：有。我爹。惹得训练场一片笑声。我却没笑，把爹当成敌人，看来，我并不孤单。

我耐心等，期待着会有伯乐来识我这匹好马。

但后来事情的发展，却没我想象的那么顺利和简单。三个月的新兵训练结束，我被分配到二排四班。我在连队荣誉室里见到，四班是英雄班，凡是分到四班的兵，都是有培养前途的兵，当过四班长的大都能提干，但这不是我的初衷。我想接文书，写写画

画，自己有独立的工作环境，好好写作，将来当作家。

接下来，更不顺的是，团里调我两次，一次是当打字员，另一次是当报道员，都被连队卡住了，理由是：爱才，舍不得放，将来重点培养。

我们的苦日子还在后头呢。

新兵下连不久，我所在的二连，徒步行军到距营房一百多里地的隆化县三道营，执行国防施工任务，说白了，就是打山洞。

起大早，贪大晚，出大力，流大汗，推大车，迈大步，锄大锹，挑大篮。这本是我在海河工地喊的口号，现在我却要亲临一线埋头苦干了。三班倒，隔两天上一次夜班，工地离驻地八里地，回到房东家，还要你争我抢，缸满院净，晚上还要站岗，好不容易休个礼拜天，还要上山砍柴。伙食也贼差，三五天见不着荤腥。

还有让我心里不舒服的是，当兵前我在海河工地上来回溜达，吃香的喝辣的，耀武扬威，可现在被我管过的民工，一起来当兵的，有的当了通信兵，骑马送信，煞是威风；有的给首长当了警卫员，天天围着首长转；还有一个年年出工治海河的小个子，调到了警卫排的公务班，每次开会，他负责在主席台上倒水，每倒完一杯，就往台下瞅一瞅，我觉得他是在瞅我，像是告诉我，什么叫"十年河东，十年河西"。

没事儿，这些我都视而不见，心理承受得了，出水才见两腿泥，咱看谁笑到最后。

第二章

我的自信来自比同年入伍的新兵要早熟得多。我在海河工地搞了两年宣传，而海河民工连就是按部队建制组建的，连长、指导员、排长、班长，这些称谓，早就叫熟了，生活习惯也早就养成了。就说刷牙吧，大部分新兵是到了部队才配齐了牙膏牙刷，学着刷牙，而我起码提前两年就养成习惯了，而且还懂得，把牙刷竖起来顺着牙缝刷，虽然只是一个生活习惯问题，但足以证明，我在讲文明讲卫生方面提前迈出了一大步。好笑，那个年代的我，就是这么不知道天高地厚。

几个老乡跑到山头上去哭，后悔出来当兵了。还有的说想家，想爹，想娘。

我不哭，也不喊，更不想家。出来当兵就是准备吃苦的，而且我出来就不想回家了，如果连眼下的苦都吃不下，怎么在部队干一辈子？

到了新的地点，当然要写家信，我按保密要求，跟父亲说是执行特殊任务，一点儿实情不露，一句苦也不叫。

打眼，放炮，清渣，被覆，养护，伪装……忙，累，艰苦，危险。耳朵眼儿里、鼻孔里，抠出来都是石灰面，但这些都没吓倒我，但问题是，在这样的环境里，一个有文化的热血青年，如何脱颖而出、鹤立鸡群？因为我年龄小，力气小，怎么大干苦干，也干不过人家，劳动效率总是低于人家，所以，在班务会、排务会、连务会上，都得不到表扬。这让我苦恼，我期盼调动，或者

当兵的日子不好熬

接替文书，但半年过去了，这些都没动静。

有一次，我挨了一顿狠狠的表扬，而且是指导员在全连军人大会上大张旗鼓地表扬。

有一天，我扛着模板在灯光昏暗的坑道里走着，不小心踩在了拉木的一颗钉子上，脚上穿的是胶鞋，一踩就扎穿了，问题是，我带着钉子又往前走了一步，钉子又往肉里深入了一步，疼得钻心，我"吭哧"一声跪到了地上，身后的战友把我背出坑道，卫生员把我脚上的钉子拔了下来，我看见我的鞋窠里流出好多血，卫生员给我消了消毒，因为没有麻药，镊子夹着棉球直接进到伤口里，我疼得通身大汗，但我没哭没喊，咬牙坚持。我想起了《三国演义》里关羽刮骨疗伤的故事。关羽被敌箭射中，箭矢穿透了他的左臂，箭头取出之后，留下深深的伤口，毒已渗入骨头，名医华佗要为他刮骨疗伤，手术时，华佗说要捆上他的胳膊，关羽说：不用捆。关羽一边饮酒一边与人下棋，血流了一盆，疼得钻心，关羽却自始至终未叫一声。我没看过《三国演义》，这个故事是父亲讲给我听的。听这故事的时候，我还上小学，但至今仍记忆犹新。

卫生员给我开了一周的病假条，但第二天，我就一瘸一拐地跟着上班了，班长唐长庆骂我：你逞什么强，滚回去！房东大嫂追上来拉我回去，喊着道：这孩子小脸儿白嫩白嫩的，要在家，还跟爹娘撒娇呢？

天知道，我尝过在爹娘面前撒娇的滋味儿吗？

我跟大嫂回了家，可趁大嫂出门儿的工夫，我又溜了出来，正好碰上一辆去工地的卡车，我招手，司机见我是"伤兵"，让我坐大厢。半路上，遇到班长他们正步行上班，我蹲下来，不让他们发现，等他们到了工地，我已经把一期黑板报出完了。

这就是我的光辉事迹，我为自己打了一个翻身仗！

这里还得追忆一个故事。我们施工住在农村，与房东军民关系处得很鱼水，因为我会写一手好字，经常帮房东家的两个孩子学习，房东大嫂很喜欢我。我受伤之后，在家休息，有一天，大嫂给我做了一碗面条，那是怎样的一碗面呀，面条碎碎的，黑黑的，分不清是白面，还是红薯面，炝锅葱花大概火大了，也是黑黑的，浮在面条上面，不怎么好看，但味道却好闻，因为大嫂点了香油。大嫂把一大碗面条端到我跟前，筷子插在面条上，对我说：小李，吃了吧。面条我是接过来了，也是有食欲的，毕竟连队伙食不好，每天两顿粗粮，问题是，我真吃不下，房东的两个孩子眼巴巴望地瞅着我手里的面条，小手指头还含在嘴里，这碗面，我咽得下去吗？那时候，我们施工的驻地不产小麦，这里的农民只有在过年的时候，才享受国家供应的每人二斤小麦，除了过年包顿饺子，所剩无几。这点儿白面，在房东家存了将近一年。后来，我流着泪，把那碗面和两个孩子分享了，但大嫂那份真情，我可是深深地记下了。若干年后，我混出了个模样，驱车带足礼品去看望他们一家，相认之后，老两口与我抱头痛哭。这是后话。

因为那次表现，我上半年得了连嘉奖，成为我人生履历中的第一个荣誉。年底想接文书，不知什么原因，老文书还固若金汤地坐着那把交椅，连里再也没人传我当文书和调走的事儿了。看来，我要与二连同呼吸、共命运了。下半年，部队转战到丰宁县森吉图公社红石砬大队，仍然执行国防施工任务，不过是换了个地方继续打坑道。年底，老兵退伍，我荣升为六班副，在二连，是唯一当骨干的新兵，而且被列为党员培养对象，是不是干部苗子不知道，但这些荣誉就不少了。正当我准备在二连抽血掉肉大干一场的时候，第二年上半年，也就是1978年6月，我却被调到团后勤处军需股。这次连队痛痛快快地放人了，指导员跟我简单地谈了几句话，也没告诉我调去干什么，当天下午，我就跟着拉土豆的大卡车下山了。

后来，据调我的军需股长徐英正说，他想从二连调个兵，最好能写写画画，表现优秀。二连司务长推荐了我，连长、指导员还是不同意，最后争来争去，以二百斤大米、五百斤土豆成交。

我的天爷，我一下子知道了自己值几斤几两。

我至今铭记徐股长的恩德，要不是他调我离开二连，我还不知什么命呢。失联多少年之后，我想方设法找到了他的电话，还许诺，有机会一定去山东梁山看他。

安顿下来之后，我给父亲写信说工作有了调动，又是没提具

第二章

体干什么，对他仍保密。

对于我的调动，父亲很高兴，很快给我回了信，先鼓励我好好干，再就是报家里老幼平安。他不懂部队编制，不知道军需股是干什么的，但依他的阅历，起码知道军需是管粮草的。在家时，我就听他说过，部队打仗，兵马未动，粮草先行。还听他讲过，《三国演义》中的曹操，在官渡之战中，靠断粮草打败了袁绍。

那时，我还不大懂"三国"，但接手工作之后，知道军需股是管吃喝拉撒的。保管员是个实权派，手里拿着一大串钥匙，仓库里都是好东西，但我却不为其所动。我是追求精神富有的人，不在意物质的东西，但我得意的是，由基层连队进了机关，有一个独立的工作和生活环境。我可以有足够的时间读书、写作，做一些自己喜欢做的事情。

还有，保管员是班长待遇，正班级，这么说，我又提升了一级。

一次，我随拉被装的车去了天津，因为等被装，要在天津停留几天，领导说，你可以回趟老家。天津离献县三百多里地，坐长途车四个多小时到，我也动过回家的念头，但很快打消了，混不出个人样儿来，绝对不回去见父亲！后来，我犹豫了一下，去了塘沽看舅。

对了，还有一件事儿，值得记载。当满一年兵的时候，我发现有的新兵往家里寄钱，我点了点，手上有三十五元钱，细算了算账，给家里寄了三十元。我的津贴费每月六元，一年一分不花的

当兵的日子不好熬

话，一共七十二元。在山上施工，村里就一个小卖部，没什么可买的，钱就这么攒下了。这三十元钱，到家就是钱了，过年可以给弟弟们添件新衣裳，我这大哥也算没白当，我是这样想的。接到汇款后，父亲马上给我回了信，但没有表扬我如何顾家，或者懂得回报什么的，还是嘱咐我好好干。记得在家时父亲常对我说，当年他在外面挣了钱，留下伙食费，剩下的都一分不差地寄给奶奶。奶奶是精明人，擅长葫芦里边抠籽儿，把籽儿抠干，只给你剩一个空葫芦。我觉得，父亲并没对我葫芦里边抠籽儿，我在海河工地当宣传员的时候，我挣的钱一部分是由自己支配的，要不，怎么敢花二十块钱买那件棉袄呢？

088

第二章

第二章

父遭车祸

我在军需保管员的位置上干了半年，后勤处长邢树琛看上了我，把我调到后勤处当文书。本来编制是油料员兼文书，因为我不懂油料，就当专职文书。对这个职务，我相当满意，在连队没接上文书，现在到团后勤机关当文书，工作比较单纯，每天写写画画，很适合我。1979年下半年，我到军里学习了两个月的战勤参谋业务，按处长的打算，是让我接任战勤参谋的，可到了年底，上边来了文件，战士直接提干冻结，须经院校培养，这样，我就没提成，可跟我一个车皮拉来当兵的，却有人在这之前接到了命令，穿上了四个兜儿和擦得锃亮的皮鞋，我却被挡在了门外。我很心灰意懒。

这就是命，看来我当一辈子兵、一辈子不回家的理想，彻底泡汤了。

我在万般沮丧之中，接到了四叔的信，告诉我一个更坏的消息：父亲遭车祸，髋骨被摔断，现在医院接受治疗。

这消息，让我的头一下子大了：父亲躺在医院里不能动弹，母亲身体多病，三个弟弟都小，家里这日子该怎么过？

我找到领导，说明家里发生的情况，领导很同情我，同意我马上探家。我已当满三年兵，可以享受探家待遇，但因为我心里一直跟父亲别着劲，就没提出探家的要求。后来领导又对我说：现在离春节还有个把月，你干脆晚走些天，陪家人过个春节，来回给你四十天的假。按规定，战士探家不含路途只有十五天假，因为我在后勤机关可以得到一些照顾，主要是领导比较人性化，令我感激不尽。

我背着大包小裹回到阔别三年多的家，突然见自己家门前挂着白纸，老家叫佐钱，就是家里死了人的标志，我一下子傻了、蒙了，全身往外冒凉气儿，怎么了？莫非？不会吧？联想到刚才下子牙河大堤时，碰上一位大娘，在我背后嘟嘟囔囔地说：回来的是时候，还没入殓。她说的声音挺小，但我能听清楚，我没敢回头问到底是怎么回事儿。

我进了院，二叔迎上来，对我说：哭吧，你爷爷没了。

我这颗悬着的心才落了地，放下身上的大包小裹，跪到爷爷灵前，大声哭喊爷爷。

我想起当兵走的时候，曾给爷爷留下十块钱，算是尽当孙子的孝心，当时我就料定，当兵回来，不一定能见到爷爷了，果然，爷爷活了九十三岁，寿终正寝了。我们爷俩也算有缘分，我赶上为他老人家送终了。

父亲不在家，我作为长孙，顶替他的角色，入殓前，为爷爷

092

开光，出殡时，为爷爷打幡、摔盆儿。

我不知道，我扮演的角色是否合格，是否完美地完成了父亲替身的工作。

圆完坟，我去医院看父亲，一同前往的有叔，还有天津的大伯。

父亲实际上没住正规医院，而是住在一家私人诊所里，地点在河间县的邵洪店，离家大概有三四十里地，那个村有一家祖传的民间骨科大夫，不用做手术，接好骨头，让病人在床上平躺三个月，也就是人们常说的，伤筋动骨一百天。

父亲住院的那个村子在 106 国道旁，是我每次回家的必经之地。当兵几十年，回过的准确次数，记不清了，但我记得每次经过那个村庄时，就不由自主地朝村里张望，因为我们父子关系的改变，与那个村子有关。

这是我与父亲阔别三年后的第一次见面。之前，我曾预想过见到父亲会是什么样子，地点是在门口，在当院，在炕上，还是在当街、田间、地头。我抱着对父亲的怨恨离的家，并当着他的面儿，发誓一辈子也不回这个家了，可现在回来了，万没想到见面的地点是在病房里，更不知道，第一句话，该怎么说，或者要不要叫声爹。

因为我们是几个人同时进的门，第一句话未必从我开口，父亲、大伯、叔，这老哥仨，当年都在天津打过工，同甘共苦过，眼下又见面了，话要比我多，要比我自然妥帖。

父遭车祸

父亲躺在病床上已经一个多月了，从面目上看，倒不显瘦，脸色好像有些光泽，只是胡子该刮了，见了我们，首先开口：都回来啦？

这都回来啦，显然包括我，我首先上前抓住了他的手，这个举动，我提前没设计好，纯粹是临场发挥，我把父亲的手装进被子里。大冬天，冷，尽管屋里生着炉子。我长这么大，没主动碰过父亲的手，更没有这样以温存孝敬的用心表达过，想必父亲会有体会的。

叔和大伯问候了几句父亲。

父亲说：事儿办完啦？

当然，我知道，父亲指的是爷爷的丧事儿。作为长子，他守着爷爷的时间最长，也最孝敬，而在爷爷闭眼之时，他却没在跟前。听说，爷爷在弥留之际，曾问父亲去哪儿了？家里人说，他去开会了。那时父亲还当着生产队队长兼会计，有开会的资格，但爷爷临咽气儿也不知道，他的儿子，与他在同一时间里的不同空间内，承受着身体伤痛和精神打击的双重折磨。

父亲又说：九十三，算是喜丧啊。说着，我见他眼角淌下一串串泪珠，我掏出手绢帮他擦干，这个动作相对比较妥帖。我发现，叔和大伯也掉泪了。

吃过午饭，叔和大伯回家了，我留下来服侍父亲。

父亲告诉我说，摔断腿的原因，是为自家拉砖。那天正赶上下雨,道路泥泞,半路上车翻了,他被扣在里边,扒拉出来后,发现胯骨摔折了。后来,父亲在回忆录里也记录了这一段,他说拉砖是为了盖房,盖房是为儿子们娶媳妇儿。我是长子,自然先紧着我来呗。记得当年三爷出两千块钱为我们家买房子,目的也是为两个侄子娶媳妇儿,房子买上了,媳妇儿也都娶上了,可怜天下父母心啊。这么说,父亲摔伤,与我还有关系呢。我应该感谢他老人家的良苦用心。

这不由使我想起,我当兵前,父亲就给我申请了一块宅基地,地点在我们家老宅的北侧,大概有二三百米远。是的,假如我不当兵,我也会按部就班地在那块宅基地上娶妻生子,过老婆孩子热炕头的日子。当兵前的一段时间,我也曾在父亲的催促下,推着小推车,像动物叼食儿一样,起早贪黑,一车一车地垫房基。说实话,当时也真出了不少力,大概也垫了好几层,可能是有娶妻生子的动力吧。后来有了当兵的打算,又想一辈子离开家,也就消极怠工了。父亲对我的表现,一直不满意。

或许是出门离了家,或许是长了几岁,或许是受部队教育,思想有了进步,或许是听了父亲的讲述,面对躺在炕上的父亲,我心软了,态度转变了。年近六旬的父亲,经营这个家太不容易了。我能替他分忧的时候,却义无反顾地远离了家,父亲比村里一般人的家长,要多操多少心,多受多少累?可眼下,他又遭罪,躺在炕上一个多月一动不动,是那么好受的吗?

095

父遭车祸

父亲，我长大了，我回来了，我要为您尽孝。我心里是这样说的。

我每天要给父亲擦洗身子，给他按摩，服侍他大小便，喂他吃喝，陪他聊天解闷儿，当然也向他汇报我在部队的情况，也就是那些我应该在信里写的，因赌气却没写过的，他每每都静心听着，不轻易打断我的话，从他的眼神和表情里，看得出对我在部队的表现很满意，说：放你出去当兵，这条道儿，走对了。也就是说，他在家承担这一切，无怨无悔。

父亲告诉我，他躺在病床上之后，除了我们本家的人过来照顾以外，生产队里也派人来，一周换一班，凡是来过的人，张三李四，王二麻子，他都如数家珍。我明白，父亲对我说这些，就是让我记住人家的恩，有了机会，要报。

我在父亲身边服侍了一周，三叔过来换班了。我说：我好不容易回来了，让我多待些天。三叔说：你三四年没回家了，也得到亲戚朋友家转转不？

我把目光投向父亲，他同意我先回去。

我请了四十天的假，我还会再回来的，我是当儿子的，谁能顶替了我呢？

这一周，我跟父亲的感情距离拉近了许多，我几乎彻底颠覆了以前对父亲的认知。

我们的父子关系由此得以改变。想起当年离家的时候，曾发出一辈子不回来的狠话，是多么幼稚，多么自私，而又多么不是东西。

过年

在家这些日子，母亲没少向我叨叨父亲出车祸之后，家里的日子是怎么过的。父亲是顶梁柱，他往病床上这么一躺，家里就拉不开栓了。家里出不了人陪床，可饭得送，病人吃的，陪床人吃的，还有家里人吃的喝的，都靠母亲一个人张罗。母亲身体不大好，也不是那里里外外能张罗的人。可摊上事儿了，也得撑着。那年月，农村还没实行包产到户，农民家都不富裕，可在我们家，因为父母都会过日子，钱没攒下，粮食倒是囤积不少，上千斤的小麦，一直在父亲制作的水泥柜里存着，那是等着打坯盖房的时候用，现在就得派上用场了。病人需要营养，陪护的人多是外人，不能让人家吃窝头就咸菜，怎么也得吃细粮。可母亲不是做饭的高手，好东西也做不好吃，而且有的时候还犯糊涂，她亲口对我说，有一次蒸馒头，不小心把洗衣粉当成碱面揣在面里了，蒸出来那味道难吃死了。之前在医院，父亲也跟我讲了这件事儿，我听了不感到好笑，倒觉得心酸。母亲也不易啊。

母亲还跟我说：你爹这一摔，自个儿遭罪还不算，欠了一大堆人情债，将来可怎么还？

母亲说得要掉泪的时候，我就劝她：不说了，我来还。娘，快过年了，咱都高兴点儿。

我忽然觉得自己一下子长大了，成人了，全家的担子"咔嚓"一下落在我肩上，我必须扛得起来。

腊月二十四是县城年前大集，我要去赶集置办年货，临行前，问母亲：买些什么东西？

以往都是父亲操办，可现在父亲仍躺在医院里，只有我来置办。母亲说：你看着买吧，反正是过年吃的东西，没多没少，咱家眼下这个光景，买点儿就行了。

我知道，父亲和母亲，都是勤俭过日子的好手，别说没钱，有钱也舍不得花，何况，父亲住院以后，又增加了花销。老家人常说，吃饭穿衣论家当，部队里常说的话就是，有什么条件打什么仗。我问母亲：要不要给三个弟弟，每人做身新衣裳，毕竟是过年了。母亲说：去年过年的衣裳，还新着呢，不做了。洗巴洗巴，就过年了。说着，母亲打开躺柜，把弟弟们的衣裳拿出来让我看，的确，还算是新的，说到底，还是钱的问题。我一个月拿几块钱津贴费的大头兵，没有能力让全家人过一个体面的春节。

我骑上自行车去县城赶集了，先是买肉。我在家时，记得父亲每年过年就买五六斤肉，人家说：你家那么多孩子，还不称十几斤，来个前槽儿，或者后座儿。父亲说，孩子们都不大爱吃荤腥。父亲显然是说谎话，我们哥几个，哪个见了肉不馋得掉哈喇子？父亲常挂在嘴边儿的话就是，吃不穷，穿不穷，盘算不到了，就受穷。所以，他就长年累月地盘算，长年累月地节省，根本不管什么年节。

我买了十五斤肉，买了豆腐、粉条、片粉等，还买了不少鞭炮。过年了，多放点儿，驱驱邪。一共花了二十多块钱，回来后，母亲嗔怪我：我那儿啊，咱不过啦？

年货置办完了，还有一个任务，就是接父亲回家过年。大过年的，总不能把父亲扔在医院过吧？跟医生商量，开始人家不同意，怕路上一颠簸，动了接口。我说：反正在这儿也是躺着，也不用药，我们回家养着，不一样吗？医生最后同意，但要求我们必须用车拉走，而且车上要铺上床板，以防路上颠簸。我答应了。

车找好了，就是生产队的马车，可床板不好找，老家都睡土炕，谁家也没床板，或者相当于床板的木板，没办法，只好把家里的门板摘下来顶替。

记得那天是腊月二十八，我一大早坐着马车赶到医院，办了出院手续，结算了医药费，记下了医嘱，然后，和大家一起把父亲抬上马车，盖上被褥。躺在马车上的父亲笑着跟医生和房东大娘招手再见。下午两点钟，马车离开了邵洪店。刚出村，天上就飘起了雪花，还刮着西北风，天气贼辣辣地冷，我坐在父亲身边，摸了一下他的手，感觉有点儿凉，就脱下了自己身上的大衣盖在了父亲身上。那是我从部队穿回来的军大衣，骆驼绒的，长城以北的部队才发这种大衣，穿上确实暖和，就是有点儿笨。父亲身上盖着两床被子，但都抵不上这件军大衣，再摸父亲的手脚，不凉了。我放心了。

进村的时候，已是傍晚，虽然下雪，天冷，但村口还是有不少人在迎接父亲。父亲躺在大车上，主动跟见到的人打招呼，精神很好，一直到家门口儿，招呼声不断。或许父亲在村里有较好的人缘，或许村里人同情和怜悯父亲，这么大岁数，遭这么大罪，在医院里一躺就是两个来月，大过年的，终于回家了，回家过团圆年了。

父亲躺在了自己家的热炕头上，精神更好了。屋里挤满了人，大部分是老李家的人，还有街坊邻居，人们送些鸡蛋、红糖、挂面之类的营养品，对父亲表示慰问，父亲眼神里充满了感激。

三十晌上坟祭祖，父亲若能动弹，是不会错过的，我临出门前，父亲喊住了我，小声对我说：告诉你爷爷，我回家过年了。

我点点头。我知道，冥冥之中，父亲和爷爷都有彼此的不可弥补的遗憾和牵挂，爷爷临咽气儿也不知道父亲摔伤躺在病床上，而父亲为爷爷尽了一辈子孝，到了却未能尽终。若干年后，提起这事儿，父亲就连声叹气。

大年初一，睡得正香，村里有人家放炮了，我看了一下墙上的挂钟，才两点半，村里人就是这个老习惯，先是二踢响，那是起床的炮，后来放鞭，那是吃饺子的炮。吃完饺子，各家族里的

100

人，就该集合在一起，走门串户，挨家拜年了。又响了几家，父亲说：起吧，别等着人家来砸门。

我是第一个起床的。在老家，有个传统，就是大年初一这一天，一般都是男人煮饺子，因为一年到头都是女人做家务，过年这一天，要给女人放假。这么多年，父亲都是这样做的，眼下父亲起不来炕，我责无旁贷要顶替他的职务，头一天把柴火抱到灶前，平时烧软柴火，今天要烧劈柴，要用硬火煮饺子，可我没经验，饺子下锅之后，饺子还没飘上来，灶膛里的火灭了，我又拉风箱，又捅火，忙乱了手脚，火也着不起来。母亲前来救驾，后来把火捅着了，可饺子也烂了一半。

我真废物，这年过的。

饺子端上桌，我挑了一碗稍囫囵些的给父亲，父亲看出来了，没责怪我，还连声说：碎碎（岁岁）平安，碎碎（岁岁）平安。

鞭炮响过之后，我说：爹，我们给您磕头。

父亲说：老人躺在炕上，不能磕头。

母亲也说：算啦，吃饺子吧。

我说：不行，我都好几年没给您磕了。

父亲一再坚持不让磕。

我说：爹，您把脸转过来，就等于接受我们磕头啦。

父亲笑笑，把脸转向我们。

我给父亲磕了，又给母亲磕。

101

接下来，是二弟、三弟、小弟，依次都给父亲母亲磕了。

这一年父亲母亲不易，应该接受我们的跪拜。

父亲带头吃起了饺子，弟弟们见破得近似面片的饺子，都有些愣神儿，我说：吃呀，愣着干什么？

大伙儿都开吃了，但那顿过年饺子真是没滋味儿，可怜家里那些弟弟们，一年吃不上顿饺子，好不容易盼到过年，却吃了一顿面片，都是我的罪过呀。

躺在炕上的父亲给弟弟们发压岁钱，是我头天晚上给他准备好的，全是新票，每人一元，除了我，每人有份儿。那年月，这额度就不小了。弟弟们饺子没吃好，甚至没吃饱，但拿了嘎嘎新的压岁钱，还是蛮高兴的。

我的假期到初八，可初五晚上，父亲突然对我说：老大呀，你明儿个就回部队吧？

我问：为什么？

父亲说：一个兵，哪有探家在家待这么长时间的？你大哥二哥，探家都是在家待了半个月，多一天也不能待。

我说：领导照顾我，给我批了四十天假。

父亲说：照顾归照顾，纪律归纪律。你还是走吧。过了破五，年也就等于过完了。

我说：我休满再走。

父亲说：那你就绕道天津回部队吧，替你姐和我还还人情。

父亲到底是父亲，五年前，姐姐在天津住院，麻烦过大伯、舅和三舅家，这个恩是要谢的。我也一直记着呢。

父亲说：你舅在塘沽，每年回来都见面儿，就不用去了，可你三舅和你大伯家，那得去。

我懂了，同时决定改变计划，初六启程。

可是，我的心是不踏实的，父亲在炕上躺了两个多月，我走了，他还要再躺一个月，三个月之后，是不是能站起来，会不会留下后遗症，能不能像以前那样壮实，这些都是未知数。再有，母亲身体不好，二弟十六岁，三弟十四岁，小弟才八岁，老的老，小的小，病的病，谁来支撑这个家？

我想过之后，对父亲说：爹，我回去申请退伍吧？

父亲却一下子变脸了：你回来干什么，替我在炕上躺着？

母亲说：让老大回来吧。你看这家还是家吗？

父亲向母亲发火：娘们儿家，头发长见识短。少插嘴！

父亲转过脸对我说：老大呀，不是部队没撵你吗，回来干吗？你当兵走的时候，咱条件不更差吗？不也挺过来了？听我的话，回去好好干，只有你出息了，才是真正地为你爹娘分忧。

我明白了父亲的用心，在这个时候，还有如此的胸襟，令我佩服和尊敬，也许，直到今天，我才真正读懂我的父亲。

因为要去天津串亲，也叫谢恩之旅，所以，我带的东西比较多，有花生、大枣、香油、芝麻、葵花籽儿，还有绿豆，这些算是家乡土产或者特产。在那个年月，进城当见面礼儿，也算是稀罕物了，不像现在，农村有的，城市都有，不管南方的，还是北方的，没有哪一件东西，会被城里人看作稀罕物，只要有钱，快递下单，几天就到家了。可我眼下要带的这些东西，家里不一定都有，只能东拼西凑，另外，听说我要归队，当家伙族、街坊邻居的婶子大娘们，就提着东西来送我，这么一凑，东西就齐全了，数量也够了。那个年月，老家民风还很淳朴，人与人之间的关系也很单纯，互相之间，并没有什么利益关系，何况，我一个在大山沟服役的小兵，能给人家带来什么利益，完全是朴素乡情的自然流露，现在已经完全看不到了。

我回来的时候，背的东西就挺多，有二十斤大米，是唐山产的小站米，很好吃，我们部队在那里有生产基地。还有就是十斤胡麻油，是丰宁坝上地区产的胡麻榨的油，有一种特殊的香味儿，老家人都没吃过。除了这两件重东西，我还买了糖果、点心、烟、茶等，林林总总加起来三四十斤重，可到了家一分，家里就所剩无几了，我后悔带少了。现在看起来，归队又是行囊满载。我把两个大提包装满，还得提溜一个纸箱子。父亲看着地上摆着满满当当的东西，安慰我说：到天津卸下一多半儿，往丰宁走，就轻省了。

一大早起来，天还漆黑，因为赶到县城要近一个小时的时间，所以我要早动身。那时候，通往县城的路是土路，交通工具是自

104

行车，而且要两辆自行车送，一辆带人，一辆驮东西。

其实早就准备好了，我早就该动身了，可我在屋里转来转去，下意识地东看看、西摸摸，像是找什么东西，实际上是怕跟父亲告别，我觉得这次告别的沉重，远远超过了三年前我当兵离家，那时我一咬牙一跺脚，赌气离开了，甚至没看父亲一眼，头也不回地离家了，大有"壮士一去兮不复还"的英雄气概，可现在我却犹豫不决了，有些英雄气短、儿女情长了。我想伏在父亲跟前说几句告别的话，安慰的话，可不知说什么好，再看看母亲，还有瞪大眼睛看着我的三个弟弟，看着这间带有凄凉色彩的小屋，我不由自主地闭了一下眼睛，泪水一下子就涌出来了，这工夫，就听父亲催促我道：老大，快走吧，不然赶不上车啦。

我没敢回头，义无反顾地出了家门。

谢恩

那年月，没有手机，没有定位，甚至普通百姓家也没固定电话，到大城市去找个人家，只能靠通信地址，而地址又不那么详细，那就靠鼻子底下这张嘴去打听。我在家时，虽然参加根治海河，离开过家门，但也就一二百公里，到了部队，就更没单独出门儿的机会了，所以，我出门儿的经验也不算丰富，好在鼻子底下这张嘴还算好使，在天津下了火车，按信上地点行进，没费多

105

谢恩

大劲，就找到大伯大娘家了。

大娘知道我过完春节要来，但不知道具体哪一天，对于我的到来，她显得非常高兴，一见面就夸我文化好。姐出院回家后，我受父亲之命，给大伯大娘写过信，那时我正在海河指挥部工作，每天都在写，可能文采方面还可以，要不，怎么过了这么多年，大娘还记得我的信呢？她说，她让好几个人看过我的信，写得就是好。我跟大娘在老家见过面，那时我还小，但彼此有印象。

跟大伯在老家刚见过面儿，彼此不陌生，我一进屋，就问我：吃饭了没？我去给你弄饭。我说：路上吃过了。

我把大包小裹，还有纸箱子放在地上，屋里一下子就满当了起来。大娘家就一间房子，可屋里住着五六口人，厨房和厕所都在外面，看来城里人的日子也不那么好过。我没进过大城市，想象中大城市里的人，都是过着楼上楼下、电灯电话的日子。大伯见我背了这么多东西，对我说：你这哪是走亲，你这是搬家呀。大娘说：在天津还要串亲，还要回部队，各家一分，东西就不显多了。我说：要到三舅家去看看。大伯说：明天我带你去，他跟我是一个厂的。我以前好像听说过，或许就是这次在老家听大伯说的，所以，大娘料定我要去三舅家，毕竟有姐那档子事儿。

晚上，大娘和二姐三姐下厨房做了一桌子菜，还备了酒，我表示不喝，大伯让我多少尝点儿，我也就喝了一杯。喝酒前，我站起来，代表父亲致答谢词，大意是：大伯大娘，二姐三姐三哥，

106

我给你们拜晚年啦，我这次来天津一来是看你们，二来是受父亲之托，是来感恩的。感恩从两处说起，一是早年，我爹在天津打工，把大伯家当作家；二是我姐生病住院，大娘把她接到家里来照顾，因为有大娘一家人的悉心照料，才让她的病恢复得那么快，她也常常念叨大娘一家。我干这一杯，代全家表示感谢了。说完，把一杯酒干到底了，大伯又拦着，喝慢点儿。大娘给我夹菜。

晚上住大娘家，就一间房，中间隔一个布帘子，我和大伯、三哥住帘子一头；大娘、二姐、三姐住帘子另一头，躺下，睡不着，就聊天，大娘说起父亲在天津时的一些事儿，说父亲脑子聪明，看问题看得远。我说：我爹跟我说，他来天津的第一年，是您给他做了新棉衣棉裤，要不，那个冬天可就难熬了。大娘说：哪是新的，是用旧的毁的。那时候，咱的日子不行啊。大伯说：你爹这辈子，从天津，到东北，再到粮站，自个儿学的文化，虽说也受了些苦，但也没遭过多大罪，没承想，老了老了，又挨了这么一摔。我一看，身子底下都硌破了，心疼啊。

我知道，父亲和大伯在天津打拼那些年，相依为命，是有老感情的。在医院，他掀开父亲身上的被子看看，又轻轻地盖上，然后，转过身去拭泪，我是看见了的。

大娘说：你爹这辈子可不容易，你将来有了出息，可得好好为他分忧，他的负担太重了。

我说：大娘，您放心。我会的。

107

谢恩

你一言，我一语，又聊了一些别的，天不早了，各自睡下，可我直到天亮才睡踏实。

第二天，吃过早点，大伯带我去他的单位去找三舅，我带上了我捎来的东西，有香油、大枣、芝麻和绿豆。大娘说：多带点儿，咱是自家人，多留点儿少留点儿，无所谓。我说：在家就分好了。

我和大伯各骑一辆自行车，他在前，我在后，他不时朝我伸手指挥，或快或慢或停。我都看大伯的手势，我没在大都市里骑过自行车。

到了厂子，大伯找来了三舅。我在姥姥家见过他的照片，有一点点儿印象，姐出院回家后，我也给他写过信。

大伯带我和三舅找了一个僻静的地方坐下。我把礼品送上，说：三舅，这是我爹让我带给您的，一点儿心意。

三舅接过礼品，连问了我三句，第一句是：你爹好了吗？

我说：好多啦，再过半月，就能下地了。

三舅又问：你娘好吗？

三舅是母亲的娘家人，当然要关心他的姐姐，还有就是，母亲打年轻身体就不结实。我说：现在挺好的。

三舅再问：你姐好了吗？

我说：也好多了。她也惦记您呢。

哎呀，一家人都被问了个底儿掉，我有一种自卑感，受人怜悯，心里毕竟是不自在的，同时，也暗自下决心，一定要通过自

108

第三章

己的努力，来改变家庭的状况，不再让人家一见面，就问这个好了吗，那个好了吗，感觉家里没有一个健康人。

又聊了一些别的，因三舅要上班，我就告辞了。离别前，我再次谢过三舅，嘱咐他保重身体，并说因时间关系，就不去家里看妗子了。

回来的路上，大伯夸我，说话周到得体，不像这个年纪的人，这兵没白当，将来还要有出息。

回到大娘家，我即刻收拾东西，准备归队。大娘留我小住几天，去南市看看。我知道，那是当年父亲打工的地方，父亲也多次提起，但我向大娘表示，这次就不去了，下次一定补上。

大伯说：部队上有纪律。在家待的日子不少啦。

我告别大伯大娘，踏上归途。

学着写小说

我回到部队的第一件事儿，就是给父亲写信，一是报平安；二是汇报天津之旅的谢恩经过；再就是关心他的身体，这些日子是否有好转。

还有，我的工作要有变动，师战勤科要调我。

我在团后勤处当文书，其中他一项工作是报后勤实力，每个月要跑一趟师战勤科。调我的是参谋刘万兴，跟我算是很近的老乡，沧州肃宁人，紧挨着献县，说话口音也差不多，我每次去报实力都是找他，平时也经常通电话，对我印象也不错，但从未提过要调我的事儿。

此时，我面临的情况是提干冻结，留在部队也不知是什么结果。我给刘参谋挂了一个电话，他说：调令还没下，你也可以选择，我建议你还是调过来，下了决心之后，给我回个电话。

此时，一直拿我当自家孩子疼的后勤处长邢树琛，也同意我走，这中间，政治处调过我，他死活拦着不放，又送我去军里参加战勤参谋集训，是把我当干部苗子培养的。有人提醒他，先把我提起来到连队当司务长，他说：不行，小李当司务长，太屈才了。可就在这个时候，提干冻结了，我被冻在外边。我和战勤参谋刘元吉住一个宿舍，关系很好，他劝我还是调走。他说：人往高处走，水往低处流嘛。还有，将来万一提干解冻了，在师里也比在团里机会多，毕竟庙大多了。

我很快去报到了，给我的调令是任步兵第七十师后勤部文书。后来我知道，其实也是不在编的。

实际上，从个人感情上论，我舍不得离开208团，那是一支红军团队，前身是由七个人三条枪起家的鄂豫边红军游击队，"七七事变"后，改编成新四军第四支队第八团，后来称"老八团"，很有传奇色彩。我曾想把我了解到的故事到将来写成小说。还有，团部驻地凤山镇，也是个文化古镇，有明清时代的戏楼、文庙，很有文化底蕴。另外，它是著名诗人郭小川的故乡，郭小川是战士诗人，但不是硬邦邦的枪杆诗，激情四射又脍炙人口。比如《团泊洼的秋天》的开头：秋风像一把柔韧的梳子 / 梳理着静静的团泊洼 / 秋光如同发亮的汗珠 / 飘飘扬扬地在平滩上挥洒……又如《祝酒歌》里的妙句：舒心的酒 / 千杯不醉 / 知心的话 / 万言不赘 / 今儿晚上啊 / 咱是瑞雪丰年祝捷的会 / 醉酒作乐的是浪荡鬼 / 醉酒哭天的是窝囊废 / 饮酒赞前程的 / 是咱们社会主义新人这一辈……朗诵起来特别上口，特别带劲儿。我在激情澎湃中，想当一名诗人，当一个郭小川那样的战士诗人。凤山镇有个文化馆，有两位搞创作的老师，我经常到他们那里讨教，还把自己写的诗、散文给他们看。他们也帮我推荐，虽然都没发表，但我认为在文学创作上，我是有潜力的。后来，我根据自己在山上施工的生活体验，写了一个短篇小说，题目叫《美的心灵》，写一个战士在施工中遇塌方砸伤了腿，未婚妻和他吹灯，后来，他的事迹上了报纸，一个美丽的姑娘千里迢迢跑到部队，主动要求嫁给他……两位老师都说不错，但还是没发表出来。后来，被团里的文化干事韩长启发现，他在团里的大喇叭里把这篇小说声情并茂地广播了，一下子，我在团里就出名了，就因为这篇小说，我代表208团参加了师里的文艺创作座谈会。不用说，我的文学创作是从凤山起步的，这也成了我后来经常造访这座小镇的理由。

调到师里之后，工作环境不错，除了完成本职工作，我经常

111

往县文化馆跑，认识了文学组的组长李金刚老师，他也是文学期刊《潮河》的主编，一来二去，我们熟识了，我就给他写了一篇小说《抉择》，经他提了意见，反复修改后，发表了，也就在那期杂志还在印刷厂排版的时候，我的另一篇散文《可怜孩子心》在《承德群众报》的副刊上发表了，那是我真正的处女作。

我们科里正好订了《承德群众报》，我打开一看，真是激动坏了，来回读了三遍，又数了数，包括标点符号，共 878 个字。我一高兴，把后勤机关各科室的《承德群众报》都收起来了，我可真是拿不住劲儿。

紧接着，我的另一篇散文《枣儿》又在《沧县文艺》上发表了。嗬，频频见报，好戏连台，名有了，利也跟着来了。我记得，三篇文章的稿费加起来是二十二元五角，相当于我两三个月的津贴费，当时算是一笔巨款，重要的是，这是我凭写作挣来的钱，怎么消费这笔钱呢？我首先想到了父亲。记得我在医院照顾父亲的时候，带了一个笔记本，没事儿的时候，就趴在他床前写观察日记，一写就是一两千字，父亲见我很投入的样子，露出欣慰的笑容，他知道我爱好写作，也知道我在当兵之后，没有放下。在海河工地搞宣传，那是以新闻报道为主，或者写一些内部材料，可我真正的爱好是文学，从小就有作家梦，从看小人书开始，随着慢慢长大，文化程度逐步提高，就开始看长篇小说，那时农村没什么书看，但东家寻，西家借，我几乎把能弄到手的小说都看了一遍，记得有《红旗谱》《青春之歌》《林海雪原》《上海的早晨》《新儿女英雄传》《活人塘》《战斗的青春》《烈火金钢》《敌后武工队》《儿女风尘记》《苦菜花》《吕梁英雄传》《平原枪声》《野火春风斗古城》《红日》《红岩》《破晓记》等等，按现在的归类，这些作品算是"十七年"的红色经典。我记得，父亲对我读小说是持鼓励态度的，有一次，我在课堂上偷看小说被老师逮住，当天就告知了家长。我想，我肯定要挨顿揍，但父亲破天荒放了我一马，只提醒我别看有"毒"的书。那时正闹"文革"，好多小说被当作"毒草"批判了，其中就包括我读的那些小说。我那时不知道什么是"中毒"，只知道自己被小说所吸引，我佩服那些作家，那么会编故事，那么会描写风景，那么会刻画人物。我暗暗发誓，长大了一定当作家，后来，在郭小川的故乡当兵，使这个梦想又被激活，野心更加膨胀。记得父亲躺在床上问我，部队有专门写小说的兵吗？我被问住了，我在基层当兵，孤陋寡闻，不知道上级机关有没有专门培养作家的地方，如果有的话，那一定是我最理想的天堂。若干年后，我成了专业作家，且当上了大军区的文艺创作室主任，而且一直干到退休，这是我梦里不曾有过的。这是后话。

正当我犹豫，到底用这笔稿费为父亲做些什么的时候，领导问我想不想回家看看。我细算了一下，我归队不到半年的时间，如果回去，等于一年探了两次家，可那次探家是团里批准的，调到师

113

里，可以忽略不计，何况，战勤科就是管兵的，批战士探家，只是小菜一碟儿。出来当兵的人，哪个不想回家呢，这些日子，我一直惦记着父亲。父亲来信说，已经下炕干活儿了，但真实情况，我没看到，心里没底，父亲向来是报喜不报忧。

探家前，我骑上自行车到丰宁百货大楼来回转悠，主要是用我的稿费为父亲买点儿什么东西，转来转去，结果是，贵的买不起，贱的看不上，最后买了两盒麦乳精，一盒蛋白粉，这在当时都算高档营养品，且带起来也不累赘，重要的是，我要告诉父亲，这是用我的稿费买的。

父亲怎么也没想到，不到半年的时间，我又回来探家了，一进门，他就批评我：你在部队当兵这么恋家，怎么行？他又对我说了那句老话，离不开家的人，永远也成不了人。你看人家大禹，为了治水，三过家门而不入。我理解父亲，尽管他嘴上这样说，我大老远的，从部队回来看他，还带来那么多东西，他内心一定是高兴的。当官的还不打送礼的呢，何况是父亲呢。

父亲在我面前走了两步，又在院子里来回转了转，我发现他真的好了，但细看还是有点小毛病，稍有点儿踮脚。他说，两条腿不一般儿长了，受伤的那边儿，短了点儿。他又说，落这样的结果就不错了，不影响走路，也不耽误干活儿，还说，兴许，日子长了，又长齐了。看样子，父亲对自己的现状很乐观。是的，他在炕上躺了整整一百天，动不了身，出不了门儿，下了炕，能走路，能干活儿，就等于坐了大狱的人重见天日，应该高兴。

我听母亲说，我上次探家归队不久，父亲就下地活动了，但躺了百余天，刚开始自己走不了路，拄着拐杖慢慢走，后来就能独立走了。父亲按医生的要求，认真锻炼，每天让人帮他抻那条短一些的腿，劲小了不管用，劲大了疼，疼得脑门子冒汗，但他强忍着坚持，后来就自己抻，这样又坚持了两个多月，才能正常走路，正常干活儿。

父亲受老罪了。

我给父亲沏了一杯麦乳精，他喝了一口，说甜不丝儿的，没什么味道。

我说：这是高档营养品，还跟他报了价钱。

父亲说：以后别往家捎这些贵重的东西，庄稼人，享受不起。何况，你一个穷当兵的，一个月才挣几块钱。

我自豪地说：这是用我的稿费买的。

我把那三篇文章拿给父亲看，看之前，我首先声明，文学就是文学，那里的"我"不是我，父亲也跟你没关系。因为我在《可怜孩子心》里写了一个孩子忍受不了家庭暴力，离家出走，对天呼救：爹呀！难道我不是你亲生的孩子吗？如同鲁迅在《狂人日记》里写道："没有吃过人的孩子，或者还有？救救孩子……"我想，无论怎么解释，父亲也会看出，文章里写的与我的真实经历有关，我把他写在文章里面，说明我对那些真实的经历，仍然

学着写小说

耿耿于怀。

父亲看了，没说什么，看不出对的我态度有什么变化，因为在那篇文章里，我夸大了父亲的棍棒教育，我是带有叛逆性的控诉，而且很直白。我本不想让父亲看这篇文章，但因为是处女作，没忍住。有点儿嘚瑟。

我回家的第二天，父亲对我说：你去公社看看海河指挥部的领导吧，没有那两年的锻炼，你也写不成文章。

父亲说得在理。我好几次做梦，都梦见自己退伍了，找不到工作，又去找海河指挥部，可我的角色早就有人顶替了，一位领导对我说：当初我劝你不要当兵，你偏要去，把饭碗给弄丢了。梦醒之后，我就后怕，说不定真有那一天，后来又自我安慰，梦一般都是反着的，别瞎寻思。

我听从父命，去了公社海河指挥部，见到了李和平、王世坤等人，还是原班人马，上次探家，虽然在家待的时间不短，但因为父亲躺在炕上，我也没心思看人，这次见了，大家都很高兴，问我入党没有，提干没有，在部队干什么工作？我一一做了回答。

大家对我进行了鼓励，但也有人说：既然提不了干，不如早点儿回来，当几年也是大头兵。

我未置可否。待了一会儿，他们要开会，我就离开了。后来听说，随着改革开放的到来，海河指挥部这套班子，从上到下都被撤销了，根治海河的历史结束了。跟我一起工作的那些人，大

第三章

部分回家种地，当然也有转到水利口的，也有成为水利专家或者官员的，关系好的，一直跟我保持联系。

父亲痊愈之后，仍当第三生产队队长兼会计，二十多年，毫不动摇。我到家的第二天，父亲就对我说：一个大小伙子，没事儿别在大街上闲溜达，到生产队里干点活儿。这也符合我的心思，我也想到生产队里参加义务劳动，一是看看当兵这几年，庄稼活儿还能不能干；再就是跟贫下中农打成一片，积累一些生活素材，我见父亲的劲头还是那么十足，算盘子还是扒拉得山响。

没过几天，父亲对我说：我看你还是回部队吧，一个当兵的，部队纪律那么严，你一年却回来两趟，人家还以为你是偷着跑回来的呢。

父亲说得没错，村里那些出去当兵的，没像我这么自由的，当三五年兵，只探一次家，再回家就把背包都背回来了。

母亲说：人家大人都留着孩子，你倒好，往外撵。

父亲说：当兵就好好当兵，三天两头儿往家里跑，算是怎么回事儿？

我理解父亲的用心，没说什么，赶紧收拾东西，准备归队。回来的时候，也有人嘱咐我，闲着没事儿的时候，补习一下数理化，别光看文学书，说不定哪天会用得上。我用心听了。

我真的提前归队了。

提干考试

其实，我心里明白，第一次探家，父亲嘱咐我安心服役，别被家里的事儿拖累。第二次探家，撵着我提前归队，无非还是让我好好干，逼着我长出息。他不像当年的奶奶，家里一拉不开栓了，就往回揪人，父亲因为两次被"揪"而耽误了前程，他不想让我重蹈他的覆辙。的确，目前我们这个家，特别需要一个长出息的人，改变其状况和命运。别说跟村里其他人家比较，就我们老李家这几家人，我们家的日子也是最难的，不仅人多劳力少吧，还接二连三地出意外，先是姐在天津得精神病，后是父亲腿摔伤、二弟腿摔伤，还有母亲常年吃药，病病歪歪，经济条件差还不说，家里过起日子来缺少精气神儿。这些，我是装在心里的。父亲也给了我无形的压力。

我归队后，买齐了初高中的数理化课本，想沉下心来自学，奈何基础太差，怎么也学不进去。学不进去，就读小说，隔三岔五往丰宁图书馆跑，借回一堆书，抱着啃，激情上来，就大段大段儿地抄，高声朗诵，启发联想之后，就挑灯夜战，一篇又一篇地写小说，但寄出去，石沉大海，杳无音信。我好沮丧。

一晃到了年底，因工作关系，我回了趟 208 团，这是我们当兵的第四个年头了，大部分人准备退伍，只有代理排长、司务长、营部书记的几位"苗子"们有些不死心，决定等。跟我离得近的几位老乡劝我走，按小时候说的顺口溜：一块儿来的一块儿走，丢下王八喂了狗。我没听劝，没动摇。我的工作环境跟他们不一样，自身条件不一样，当然，以后碰到的机会也比他们要多，何况，父亲是那样坚定不移地支持我在部队干下去。我记得有这样一句话，只要有一分希望，就要尽百分之百的努力。我如果半途而废，首先对不住父亲。我心里这么认为。

老兵退伍之后，师里要在教导队办一期文化补习班，时间为三个月，我想报名参加，但又觉得不好开口。我虽然身份是个战士，但在科里担当的是内勤工作，不仅掌控着师后勤部的公章，部长、政委、副部长、科长的印章，还管理着后勤部的所有文件、空白介绍信、军人通行证等等，是个实权派，但也很拴人，再加上我还负责后勤实力上报，每个月都要跑一趟军战勤处，而对这些工作，我已经烂熟于心，轻车熟路，而且从未出过差错，自己又学过战勤参谋专业，领导基本上把我当一个战勤参谋用。人家调我来，就是让我顶这一摊子事儿的。

当年调我来的刘万兴参谋已经提升为副科长，以副代正主持科里工作，我把自己的想法跟他说了之后，他说：去吧去吧，离了谁都能转，上学是大事儿。我记得当时科里韩参谋正在重庆休假，被科长揪了回来，我觉得怪对不住他的，他刚回家与新婚妻子团聚，好日子让我给搅了。

在机关，我一个人住一间单身宿舍，屋里有暖气，很舒服。到

119

了教导队，一个班十几个人睡一个大通铺，跟连队住宿条件差不多，还要轮流值日烧火炕，伙食更是差劲，但我知道，我不是来享福的，是来学文化的，再苦还能比得过十年寒窗吗，比得过头悬梁、锥刺股吗？唐代李白某一天放学路上，看了老婆婆打算把一根铁棒磨成绣花针之后，再也不贪玩了，长大后成了诗仙。"北宋五子"之一的邵雍凭着"寒不炉，暑不扇，夜不就席者数年"的精神，后来成了著名的数学家、诗人。这些故事，都能鞭策和鼓舞我。入学前，我们听说，军里要办司务长教导大队，通过考试择优录取，集训两年后提干。这就是我们的奔头，也是我们唯一的活路，我们就像在黑暗中苦苦等待挣扎，终于看到了曙光。压力大了，动力也来了。

我上学时偏科，语文、政治拔尖儿，而数理化稀松完蛋。说实话吧，虽然名义上是高中毕业，可我连一元一次方程都解不开，但提干考试，人家要考语文、政治、数学、物理、化学五门，你语文、政治成绩再牛，其他三门稀松，也录取不了。补习班只有三个月的时间，在这么短的时间内，要把初高中的五门课程全拿下来，显然不可能。于是，我决定集中优势兵力打歼灭战，放弃语文、政治，专攻数理化。在学习中，我发现，不光我不行，大家水平都差不多，都骂被"四人帮"耽误了，让"反潮流"给害惨了，有些知识，不是我们没学好，而是根本就没学过，但用心学习之后，又发现，其实理科要比文科好学，因为，它有公式，有定理，逻辑性较强，只要掌握了它的规律法则，就可以举一反三，其他问题都迎刃而解。一个月下来，我开窍了，思路打开了，甚至对数理化感兴趣了，第一次考试，我的成绩比刚入学摸底考试大幅度提高。

大约在入学后一个半月的时间，招生开始了，我们正备战考试，却得到一个意外消息：参考人员必须有半年以上的专业技术进修证明，比如，卫生员上过卫教队，驾驶员进过司训队，而我是没有这个资格的，于是，也就很无奈地丢掉了这次机会。没多久，我们班里有人考走了，走的人很得意，被甩下的我们很失落，但没有绝望，因为听说还有一批通过考试直接提干的。我们暗里给自己打气儿，好好学习，天天向上，一定要把四个兜儿穿在他们前头。那年月，干部与战士的服装，区别就在于是两个兜儿，还是四个兜儿，当然，还有皮鞋和手表。

一晃，我们学习期满，我的数理化水平有了质的飞跃。我带着一大堆课本、课堂笔记回了单位，到现在还珍藏着，没事儿就拿出来翻翻，有些数学题，现在还会做，也就是说，那三个月，相当于我在老家学习了三年。我们是1981年3月毕业的，听说5月份要考试，所以，这些日子，我不敢放松，每天都坚持复习功课。那时候，我二十刚出头，记忆力虽比不上在校的学生，但理解能力要比他们强，学习效果还是很明显的。

5月很快到来了，我们考试的日子也临近了，考试前，填写报名表，还是分专业，但没有专业训练要求。我是没有专业的，就报司务长专业，这个职务专业性不强，所以，好多人报这个专业。

第一天，考数学，入考场前我在台历上胡诌了一首打油诗，现在还保留着：

今日进考场，
心情莫乱慌。
舍出命来考，
争得状元郎。

对于我来说，这场考试，就相当于古时的科举制度考状元，考上了，当军官，响当当的国家干部；考不上，打背包回家，老老实实当农民。情况就是这个情况，现实就这么残酷！

第一天，应该说比较幸运，我押中了一道题。临进考场前，我盯着看一道例题，利用勾股定理求一条斜边的长度，怎么看都觉得它好像有什么用场，结果考卷发下来，我一眼就看到了这道题，而且分值 20 分，我当时那个高兴啊。后来的几场，题都不算难，只是我的物理基础差，没考好，而语文和政治让我信心满满。

考试完，我如释重负，躺在床上睡了一整天。

接下来，就是焦急地等待，但两个月过去了，迟迟没有消息，后来有消息传来，说这次考试不算数了，我们白考了，这消息不知真假，反正对我打击挺大，因为我把命押在这次考试上了。

再后来，刘副科长通过关系在军里打听出了我的分数，是375.5分，平均每门75分，对于我来说，这也是超常发挥了。

又过了些日子，大概在7月上旬，成绩正式公布了，我报考的司务长专业录取分数线是345分，我超出了30多分。报考司务长专业的普遍文化基础好，水涨船高，护士专业280分就被录取了，但不管怎样，我考上啦！

我没得意忘形，也没急着写信告诉父亲，我不能像范进中举，见不到那张命令，不能算板上钉钉。这心还不能彻底放在肚子里。

一辈子也不能忘掉的日子：1981年8月31日，我被任命为步兵第七十师司机训练队司务长。

接到命令，我喜极而泣，随之作打油诗一首：

百日苦读头悬梁，
一张命令喜若狂。
命运决战得胜利，
从此大道奔康庄。

狂喜之后，面对那张命令，我不由想起了一句顺口溜儿：当官不当司务长，站岗不站二班岗。在团里时，后勤处邢处长不让我下去当司务长，说是大材小用，可我不那样认为，英雄自古不

123

问出身，好汉不怕起点低，朱元璋当皇上之前，不还要过饭吗？我更相信，路在人走，事在人为。

我想把这个喜讯告诉父亲，他知道我在上文化补习班，但不知道我参加了提干考试，他得到这个消息，一定比我还高兴，他在家里最需要用人的时候支持我出来当兵，又在家里最困难的时候勉励我继续服役，还把正在探家的我撵着提前归队，为的是什么？

可我又想了想，还是等我就了位再说吧。

刘副科长找到后勤部长，要求把我留在战勤科当见习参谋，科里正好缺编，我业务熟，用着顺手，另外，他担心我下去之后，将来会被别的部门调走。因为我写写画画，在师机关已小有名气，尤其是近期我在《人民日报》第五版发表了题为《陈赓同志在狱中》的文章，占了整整半个版面，后来又被《新华文摘》全文转载。这篇文章引起了广泛关注，因为师里这些年就没人在《人民日报》上发表过文章，何况是大块文章。政治部领导让宣传部门寻找作者，看是不是后勤的那个小李，一个小兵，他怎么会了解陈赓大将的历史。那篇文章是我两个多月前写的，资料是在中国革命博物馆的姐夫刘民生帮我查的。为写这篇文章，我还采访了陈赓的夫人傅涯，那是第一次进那么高级别的官邸，第一次见一位大将的夫人，但谈起来还是很淡定，我获得了陈赓大将很多鲜为人知的资料，为以后写纪念这位名将的文章积累了素材。

第三章

后勤部长找我谈话，问我有什么想法，我想了想，说：服从领导安排。我知道，当司务长婆婆妈妈的，没意思，也不好干，但我想补连队生活这一课，下去体验一下，为以后创作积累素材。我当兵五年，可只在连队待了一年半，另外，还有一个张不开嘴的原因，是我不想在后勤起步，我不大喜欢后勤专业，我爱好写作，将来一定到政治部门发展，如果我当了战勤参谋，以后就难跳槽了。部长觉得我像个小姑娘似的，缺少大胆泼辣的作风，下去带带兵，对我有好处。就这样，我很快就下连任职了。

我从内心感谢刘万兴副科长，是他把我从团里调到了师里，让我参加了文化补习班，又用心良苦地想把我留在机关。应该说，他是我人生转折中一个不可忘记的人。若干年后，他转业到沧州，我去看过他，但后来得到不幸的消息，他夫妻二人先后因病去世了，享年都不到七十岁，甚为遗憾。

我把提干的消息写信告诉了父亲。我的职务是正排职，行政23级，第一个月的工资是六十二元，在当时就算高工资了，记得舅工作了二十多年，一个月才拿四十多元。我领完工资，当天就跑到邮局，给父亲寄了四十元，当时在家是多么大的一笔收入啊。我记得提干后第一次探家，父亲就指着墙上的挂钟说，看了没，这是用你寄来的钱买的，看表情父亲显得很自豪。那年月，挂钟在农家还是贵重物件，我上学的时候，每天看着太阳照到了几根窗户棂，以此估算时间。眼下三个弟弟还在上学，他们可以看着挂

提干考试

钟准确地掌握时间了。还有，墙上有了那件挂钟，家就显得有了些档次，再有人来串门儿，就不显得那么寒碜了。

父亲来队

有一天，我正在整理账目，一个炊事员进来对我说：司务长，你父亲来了！

我感到诧异：父亲既没来信，也没来电报，怎么会说来就来了呢？

我迎到连队大门口，果然见父亲在几个战士带领下，迈着自信的步伐笑呵呵地走来。

怎么回事呢？再看看父亲的着装，头上戴一个大皮帽，还是歪戴着的，上身穿着对襟的大棉袄，腰间系着一个蓝色的围巾，下身穿一条劳动布裤子，膝盖处补着两个大补丁，脚下是一双军用大头鞋。这身打扮，若不经介绍，谁也不会相信是司务长的父亲。可惜那时候照相不方便，要是给我们爷俩留张合影，现在配上抖音，我差不多该成网红了。

我诧异的同时，自尊心受到了一点儿损伤。

接下来，我们进了我的房间，我跟同住一个宿舍的上士介绍说：这是我父亲。他竟站起来，甚至比我还惊讶地问：你亲父亲？

我不知该怎么回答他，父亲还有亲的后的？

126

晚上，上士去了排里睡觉，父亲睡他的床。交谈中，我才知道，村里一个生意人要来丰宁买木材，问父亲愿不愿意做个伴儿，一道去丰宁。父亲一想，正好到部队看看儿子。他们在丰宁长途车站下了车，不知怎么走，见几个当兵的来接站，上去一问，正好是我们连队的，就跟着来了。

那一年，父亲六十周岁了，自打离开天津以后，他基本上没出过远门儿，何况，母亲身体不好，家里离不开人，也不知怎么回事儿，父亲说来就来了。我提干后，很快探家，他一听说我的职务是司务长，愣住了，他说：你不是当司务长的料儿。他当了一辈子会计，还当过管理员，靠打算盘子吃饭，当然我比不过他。不过，也不怪父亲担心，我接了班才知道，这个差事，确实不适合我干，结算账目、发放服装、养猪种菜、伙食管理等等，总之，一个连队百十号人的吃喝拉撒都归我管。我在家是个吃粮不管酸的人，一下子操这么大的心，真够我喝一壶儿的，但我有决心干好，司务长也是人干的，别人能干，我就能干。

莫非父亲这次突然来队，是来抽查我的，看我这个司务长到底当得咋样？

那天晚上，我给父亲洗了脚，他死活不让，因为在家里，从来不洗，但拧不过我，到底还是洗了。

为了我的面子，也为了父亲的面子，第二天一早，我让父亲换身衣裳，父亲固执地说：我就是一个老农民，我来自己儿子这

127

父亲来队

儿，那么讲究干啥？

我没跟父亲讲那么多理由，硬是把他的裤子换成了我的军装，因为我也没有便服适合他穿，年过甲子的父亲穿上我的涤卡军装裤子，看上去不那么得体，但起码比他穿那件带补丁的劳动布裤子要体面一些，其他的装束，我也无法帮他改变了。我记得，父亲过春节时，也穿过一身深蓝色的中山服，怎么来时不换上呢？这也许是我不该挑剔的，我恐怕也是太要面子了。

丰宁冬天冷，最低气温能到零下三十多度，再加上入冬以来下的雪还没化完，哪儿也不能去，再说父亲也不是出来观景的，他是来看儿子的，没事儿，就在我宿舍里待着。

我分管的炊事班和连部五大员，都过来看父亲，其中也有几个是沧州籍的老乡，父亲与他们谈得很投缘。喂猪的小刘是任丘人，没事儿经常找父亲聊天儿，还带父亲看他养的猪，父亲很感兴趣，给他传授养猪经验，一来二去，两人成了忘年交。小刘退伍后，经常跑到献县看父亲，一进门，父亲就叫上他的名字，你是喂猪的刘新宅，小刘至今跟我保持联系。跟父亲交成朋友的还有唐宗升，他是献县人，曾在我手下当过上士，也就是给养员，后来当了炊事班长，转了志愿兵，转业后每年都去看父亲，父亲一见他，拉着手不松开，话说个没完没了。父亲曾私下对我说：要论当家理财，唐宗升比你强，我看出来了，在你们连队后勤，是你当家，他主事儿。父亲说得没错，我到连队报到之前，唐就当上士，我当时是三七赶集，四六不懂，权力都交给他。试想，一个连队的家当，交给两个献县人管，如果这两个人合起来贪污，还不把连队的家底儿全折腾光喽，只不过，我没把蝇头小利的东西放在眼里，我是有远大志向的，不会绊在不该倒的地方。我们汽教连那个年代就节余万元伙食费，在全师也是少见的，不能说跟司务长会当家没有关系，也确实，我当了两年司务长，两次带部队进坝上，种土豆，种胡麻，为连队开源节流，增加伙食费。为了让村里的老百姓帮着干活儿，我曾悲壮地喝下一斤白酒，把自己灌个半死，躺了一天才醒过来。

父亲在连队待了五天，虽然没出过连队大门，但依然很开心。他一会儿去看伙房，一会儿去看仓库，一会儿看烧火间，一会儿去看猪圈，忙得很有章法，他看着不顺眼的，当场就提出批评，给人的感觉，这老头儿不是来队探亲的家属，倒像是下来检查工作的领导。我有一种说不出的感觉。

父亲还亮过绝活儿。

一次，上士买了猪肉回来，觉得账算得不对，拿算盘来回算，一直摇头，父亲过来问：你买了多少斤肉，多少钱一斤？上士报完了，他就把钱数算出来了，我拿过算盘打了两遍，都是那个数。在场的还有兄弟连队的一位司务长，他也拿算盘算了一遍，结果跟父亲口算的分文不差，大家都服了，紧接着，又有人给父亲出了几个难度比较大的数字相乘，我们几个拿算盘在一边打，结果

129

都没父亲口算快。大家不得不对这个乡下老头儿刮目相看。

那一次，父亲真的给我露脸了。但那套本事，我至今没学会。我们的思维方向不一致，我打上学就不爱学数学，在这方面，脑子一直不灵光。

父亲提出来要走，我留他多住几天，他说：我来看看，就放心啦，家里也离不开我呀。他说的是实情，母亲当不起那个家。

我在丰宁待了十三年，父亲再也没来过。

但我若干年一直琢磨不透，父亲为什么突然造访，而且是那身打扮？

二弟当兵

1983年10月，我回家休假，碰上一件事儿，二弟要当兵，实际上也是被父亲逼的。那一年，二弟十九岁，初中没毕业，在村里混，前途渺茫。父亲认为，如果不当兵，这孩子就废了。叔也帮着说：像他这么大的，人家都娶媳妇儿了，可他连一个提亲的也没见。

我不太想让二弟当兵：一来我在外面当兵；二来父亲年龄大了，家里用人。

父亲说：家里的事儿，不用你们操心。接着又说：我还是那句老话，我没能力帮你们找饭碗，但有能力放你们走。我记得，我

130

第三章

当年当兵的时候，他也说过这话，总的意思是，我放你们走，你们能不能闯荡出来是你们的事儿，反正，我当老人的，不能将来落你们的埋怨。父亲的高姿态，令我们敬佩。

但眼下，二弟当兵的事儿，我拦也拦不住了。二弟他们已经通过了政审、体检等项目，只等着定兵走人了。也就是说，如果我不回来探家，这事儿根本就不会知道。我这样想，我当年当兵，自身条件要比二弟强得多，带兵的也看上我了，去了部队，是有前途可奔的，事实也证明了这一点儿，我没辜负自己，也没让家人失望。而二弟这样的条件，去了部队，如果不发生奇迹，服役三年，肯定背着背包回来接着种地。我也想过，父亲逼二弟当兵，二弟也愿意去，是不是因为我在部队提了干，或许能拉他一把，可我眼下只是个小小的副连级干部，这还不算，我在北京军区大山沟的基层部队，而二弟他们这批兵，是去广州军区，鞭长莫及，爱莫能助。再说了，我拦着二弟当兵，对他也不公，我当年抬屁股走人了，自己混出人模狗样来了，到了人家奔前程的时候，我出来挡横，不管我是什么用心，都不占理。

我又想，二弟想出去当兵，是不是也跟我当年想逃离这个家的愿望是一样的。我当兵走后，二弟理所当然地成了受气的对象。记得一次，我回来探家，一大早，我还在睡觉，就听到父亲和二弟吵闹，哪是吵闹，是父亲对二弟大打出手，我跑过去一问，起因很简单，父亲问二弟：今儿初几了？二弟说：初五。因为声音

二弟当兵

小了点儿，父亲没听清，训斥道：你不会把舌头捋直了说话呀？偏脾气的二弟回了一句：大点儿声，也是初五。父亲二话不说拳头巴掌就上去了，我叫你初五！我叫你初五！二弟既不躲也不跑，还小声嘟囔着。父亲越打越生气，就抄起了笤帚疙瘩，我阻止了父亲，并对他说：老二大了，不能这样对待他！父亲把手里的笤帚疙瘩扔了，依然气呼呼的。我又劝二弟，以后别这么偏，好好说话。我们这弟兄几个，都挨过父亲的棍棒，但量化起来，还是二弟挨得最多，也最狠。也许是真是棍棒出孝子，在父亲病重和弥留之际，还是二弟尽孝最多。这又是后话。

那就什么也别说了，眼下是看看自己能为二弟做些什么，就在那几天，二弟当兵的事儿定下来了，我和带兵的见了一面，还请他们在县城的小饭馆里吃了一顿饭。带兵的见我是军官，口口声声称我首长，我跟他们推杯换盏，喝得不少，谈得也挺愉快，他们答应我，到了部队一定要把二弟照顾好。我知道，他们本身也是个兵，决定不了二弟的前途命运，就像当年带我到部队的那个战士，回了部队就退伍了，以后再也没联系了。可我眼下能做的，也只能这样。我很快想起来，我们村的付学江在广州当兵，参加过边境作战，也已提了干，听说干得不错。我和他既是老乡又是同学，从小学到高中都是一个班的同学，又是一个生产队的，从小光着屁股一起长大，父辈关系也不错，或许，他能帮上二弟的忙，像二弟这样的自身条件，提干是没什么希望的，但学门技术，闹好了转个志愿兵，还是有可能的。

我给付学江写了信，同时，父亲也给他写了信，因为两家关系不错，付每次来了信，都是父亲读给他的父母听，还要代写回信。

做完这些，我回了部队，走前嘱咐二弟，到了部队就给我写信。

我回部队大概一个月的时间，接到了二弟来信，因为他文化水平低，一封信有十几个错别字，我用红笔逐一改过来后，又给他寄回去，我给他的每一封回信都会写五六页，教育他如何当好兵，尽好义务，争取进步，几乎就像老师教学生，大人教孩子一样，而且要把字写得跟字帖一样，让他跟着练。

二弟当兵走了，年过六旬的父亲接着当壮劳力使唤。这时候，农村已经实行了联产承包责任制，我们家分了十几亩地，父亲更累了，好在三弟初中毕业了，没考上高中，回家成了父亲的帮手，但耕耩拉打的技术活儿，还是靠父亲，人家儿女在家的，像父亲这个年龄的人，到地里支支嘴，做些轻省活儿就行了，可父亲没那命。

二弟当兵走的第二年秋天，我休了一个半月的探亲假。之所以选择这个时候，就是想帮家里点儿忙，那一年又赶上大丰收，地里庄稼怎么也收不完，好在有父亲、我和三弟，三个劳动力，也没让人家落下多少。那是我当兵的第八个年头儿，庄稼活儿丢下了，何况我高中毕业后，就到公社海河指挥部工作，庄稼活儿根本就没拿起来，所以在家也就顶半个劳力，每天都觉得累得要死，

二弟当兵

暗暗庆幸自己离开了农村，不然，这一辈子可真够受的。

在家里那些天，与父亲交流，也常提起二弟，父亲夸二弟文化水平提高了，写信没那么多错别字了，语句也通顺多了。我暗自说，那是我的功劳，我一边当他的大哥，一边当他的老师，远程施教，用心良苦。也就是在我休假期间，二弟正好给家里来信了，第一句话，就是告诉家里一个好消息，他到汽教连学开车了，我们都为他高兴，学了开车，当了驾驶员，就等于将来有了铁饭碗。那年月，听诊器、方向盘，在农村还是吃香的差事，就二弟的自身条件，也算是人尽其才了。

我得知是付学江从中帮了忙，先是买两瓶酒到他家看看老人，再就是写信表示感谢。同时，父亲也给付写了信，信我看了，文采稍逊于我，但也情真意切。

闲下来，父亲对我说：你要经常给老二写信，让他好好表现，光靠别人不行，打铁首先自身硬，自个儿烂泥扶不上墙，神仙也帮不上。

一晃到了第三个年头，二弟虽然学了开车技术，但也面临进退走留。父亲给我来信说：一定要让二弟留队，回到家，也不好找工作。我理解父亲，让二弟转了志愿兵，成了公家的人，再找个有工作的媳妇儿，这才算达到出来当兵的目的，可以我的能量，这个任务是完不成的。说来也巧，付学江到国防大学读书，我也正好去北京办事儿，我们见面了，我们商定把二弟调到我所在的部队。后来，经过"里应外合"，多方求人，终于把二弟调到了我所在的部队，因为他的职业是司机，就把他安排在我以前当司务长的汽教连，而这个时候，我是师宣传科的副营职干事，家属已随军，在家属院有一套营职房。二弟刚调来，先在家待两天，我又对他进行一番教育，把父亲对他的期望，把他这次调动的艰难，都跟他说了一遍，叮嘱他说：到了我跟前，也不等于进了保险箱，我一个小小干事，也决定不了你的命运，将来混得怎么样，还得靠自己努力。总的来说，就一句话，我们不能让父亲失望，他这辈子太不容易了。

后来，二弟转了志愿兵，我松了一口气。我这当大哥的，长了些出息，伸出手来拉兄弟一把，这是应当应分的，更重要的是，为父亲分忧，这更是我的本分，既责无旁贷，又不能掉以轻心，还要任劳任怨。

父亲得知二弟转了志愿兵，心里也像一块石头落了地，给我来信说：你守着老二近，一定要让他好好干，让他好好报效国家。

进京

我当兵，目的是离开家，离开父亲，一辈子再也不踏进家门，但事实上，那只是孩子般地赌气，最终是家也离不了，父亲也离不开，感情可以有波动，但血脉却不能割断。这是根本。

135

拿破仑说，不想当将军的士兵，不是好士兵。像我们这些从农村出来的兵，哪个不梦想当将军呢？只有当了将军，才能算职业军人，才能在部队干一辈子，可像我这样的，没有靠山，没有过硬的军事技术专长，也没有带兵打仗的经验，就算你提了干，凭哪一点儿能当将军，能在部队干一辈子？

跟我一起入伍的老乡，干到连职，或者营职，就转业回了献县，或者沧州，第二次就业。那不是这样我的理想，我要利用部队这个平台，寻找属于自己的出路，当然，我也没有明确的目标。

1985年3月，我调到师医院二所任指导员，那是个闲差，自己不懂医，只有给战士们开开会，跟病号们谈谈心，恰好，我利用这个机会好好读书写作，另外，我还报名参加了自学考试，一大堆教材，天天复习。到了5月份的一天，我接到一个通知，让我跟师里的宋喜庆副政委到军里出差，任务是参加新四军史料编纂。

读万卷书，不如行万里路。那一年，因为工作关系，我陪同宋副政委先后跑了东北、西北、西南、中原多个地区，我回来计算了一下，大概有三十多个城市，这对于从冀中平原农村长大、在燕山深处当兵的我来说，简直做梦也没想到。我走遍了新四军所有的部队，也到达了新四军战斗过的一些地方，真是大开眼界，一路上坐了火车、轮船，还坐了飞机，看了不少美景，赏了不少名胜，还见了许多当年新四军的高级将领，最大的收获是，通过这东南西北的旅行，我把新四军的来龙去脉彻底弄清了。要知道，在这之前，我只知道，我们的共产党领导的八路军、新四军是革命的队伍，其他都所知甚少。这个课，我得到了恶补，而且为我以后从事军事题材的文学创作积累了大量素材，我后来创作的长篇小说《百草山》《血地》《戎装之恋》都跟这些素材有关。

这一年，我写了不少文章发表在全国各大报刊上，其中，《叶挺心中的党》发表在《人民日报》上，又占了半个版；小说《盼》发表在《中国青年报》上，也是半个版的篇幅；还有一些游记、诗歌、散文，几乎是写一篇，发一篇，到年底，看师里的刊稿剪贴，我一个人占了好大一片，这是谁也没想到的，包括我自己。

走了一路，写了一路。我得出体会，人必须走出去，迈开双腿，打开眼界，另外还要广交人脉，整天闭门造车，是难以成才的。我这次旅行，也结识了一些有学问的人，虚心向人家学习，包括北大中文系毕业的宋副政委，一路上成了我的老师，我从他身上学了不少东西。另外，还结识了一些报刊编辑，熟人好办事儿，稿子投出去心里有谱。后来，我也做了报刊编辑，同样的水平，我肯定用熟人的，那没办法，中国就是人情社会，不懂人情世故，很多事儿都不好办。

一路上，我跟宋副政委培养起了不一般的感情。在师里，人家是师首长，我是个小干事，单独接触的机会很少，他挑选我跟他出差，不是因为我们有多好的私人关系，是因为他看过我发表的文章，就像我当年高中毕业被选到公社海河指挥部当宣传员一

进京

样，是看中我会写诗歌，会写大字报。

宋副政委是从大学毕业直接分到部队的，在他身上，知识分子的味道很浓，在师里，老一些的干部都叫他"宋大学"。他问我：将来是在部队干，还是转业？我说：还没想好，先干着看吧。他说，他打算转业，他家在石家庄，爱人在河北师范大学工作，老母亲上了岁数，需要他回去照顾。他还对我说：我先走，给你打前站，将来，让你转业进石家庄。石家庄是省会城市，离我老家献县也不远，我当然高兴去，问题是，我有资格吗？

我和宋副政委经常去北京军区党史办汇报工作，晚上住军区招待所，夏天，军区大院在西广场放露天电影，我俩就去看，不管什么片子，都要从头看到尾。电影散场了，人家拉家带口，搬着凳子，有说有笑地回家了，我们俩默默地回招待所。有一次，看完电影，他对我说：咱上山逛逛吧？军区大院后面就是西山八大处公园，我们俩踏着月色爬到了五处龙泉庵，我们停下脚步，转身俯瞰军区大院的座座高楼，万家灯火，感慨万千，沉默了一会儿，宋副政委郑重地对我说：西岳，你将来能不能"杀"进这个大院？吓死我了，我哪敢想？宋副政委又说：我是没希望了，就看你的了。说完，我们下了山，还是默默的。

若干年后，我携妻带子"杀"进了这个带有神秘色彩的军区大院，不由想起宋副政委当年对我的激励和鞭策。我安家后，特地跑到石家庄向他报喜并谢恩。宋副政委说：报喜可以，但谢恩实

138

在谈不上。我说：必须谢恩，如果不是你当年发出那句狠话，激将我，逼迫我，我可能就没有那么大的动力。那天，我们先是举杯小酌，后是一醉方休。

这一年，因为一直在外流浪漂泊，也没怎么给父亲写信，只是去军里报到之前，给他写了封信，自己要出差了，没告诉他去哪儿，干什么，要去多久？这一年，我跑野了，当然也顺道回家看看，先后回了两次，但每次回去，心里都不大好受。二弟当兵走了之后，父亲更累了，地里的活儿，家里的活儿，还是他挑大梁。二弟在家的时候，父亲三天两头跟他怄气，说他这也不行，那也不行，巴不得早一天把他撵出家门，眼不见为净，但现在二弟一抬屁股走人了，他才感觉自己真是力不从心了，毕竟他是六十多岁的人了，毕竟他身体受过伤，落下了后遗症。有一次，我回家的时候，正赶上收秋，我帮他干了几天活儿，准备回部队，我头一天去县城买票，父亲追到门口对我说：你捎着镰，回来把西洼的那块谷子割了。我那一刻感到，父亲俨然就是一个老地主，我好像一个短工，把我的剩余价值榨得一干二净。过后，我又心疼父亲，他操那么多心，受那么大累，不都是为了我们，为了这个家吗？

我也想留下来多帮父亲干点儿活儿，无奈，官差不自由。另外，我也真受不下去那么大累了，包括家里的饭，也吃不习惯了。我忘本了。

进京

我把一路发表的文章给父亲看，累了一天的父亲有些感慨地说：你快出息啦。父亲对于表扬我一向很吝啬。记得上初中时，我把学毛主席著作积极分子奖状拿到家，他看了一眼丢在炕上，吭了一声鼻子：穷显摆什么？打那以后，我无论得了什么奖状，都不给他看了，但我当兵后，立了六次三等功、三次二等功，县武装部的领导敲锣打鼓把喜报送到家，听说，父亲还是春风满面地出来迎接，我的立功喜报被他亲手贴在墙上。

父亲每次送我到大门口，我不忍回头看，他的身子佝偻了，皱纹也添得挺快。我的父亲，老了。

我出了家门，便暗自下决心，再等等，再等等，我长了大出息，一定把父亲母亲接到城市，让他们好好享享福，把一辈子受的累都补回来。

我在外面跑了一年多，完成了《新四军》军史编纂任务后返回部队。因为百万大裁军，师医院取消了政治指导员的编制，我的调令下到了师修理所，仍是指导员。我回来后，没去上任，而是到师政治部报到，因为我一年来发表了一些有影响的文章，引起了政治部领导的关注，还因为我参加《新四军》军史的编纂工作，了解新四军的历史脉络，师里正打算筹备师史馆，留我担当这项任务，也算是人尽其才。我所在的步兵第70师，前身是新四军二师五旅，对这段儿历史，我已经比较熟悉了，还在新四军档案馆查了一些资料，有文字，有图片，我很用心地带了回来，现在就派上用场了。我一年多来都沉浸在新四军的历史中，现在等于接着做新四军一支部队的历史研究，当然很感兴趣，更令我高兴的是，我的命令下到了师政治部宣传科，职务是副营干事，随之，办理了家属随军手续。

我1981年8月提干，1986年9月，升为副营职，五年时间，升了四职，在同年兵中进步是比较快的。我没什么靠山，没什么门路，靠的是笔杆子写点儿小文章，或者不遗余力地努力上进，但我从内心感恩党，感恩军队对我的培养，这不是说大话或者空话。那时候，部队相对比较纯洁，风气比较正，不用跑官要官，只要你好好干，进步问题，组织上会给你考虑。比如，有两次提职，我正赶上在家休假，回到部队，新的命令就下了，若是现在，那是绝对不可能的事儿。另外，我还感觉到，我每前进一步，都有一只无形的大手在背后推动着我。那是父亲。

办师史陈列馆，不是件容易事儿，既要有文字，又要有照片，还要有实物等等，可我接手的只有少量照片和几件实物，根本撑不起一个馆，怎么办？我向首长建议，下去征集文物和照片。首长非常支持，给我新启封了一台北京吉普车，还买了一部摄像机，让我带着车和摄像员，沿着老部队战斗过的地方走一遍，收集到文物资料，通过邮局就地寄回。这一趟，我们走了四十天，我凭借三寸不烂之舌，搜集了一批文物和图片，不到一年的时间，师史馆建起来了。开馆那天，时任中央政治局委员、国务委员方毅

141

应邀参加。他是我们老部队的第一任政治部主任，我作为师史馆讲解员，还同方毅同志合了影。我在 70 师工作了十三个年头，被后人记住的就是这个师史馆，后来，又拍了师史纪录片《劲旅雄风》。

我一边紧张工作，一边寻找自己的出路，虽然干得顺风顺水，但这不是我的初衷，我还是要离开这个地方。我没能力穿一辈子军装，早晚要转业。宋副政委帮我在石家庄联系工作，一时没有着落，另外，我还在搜集师史资料时结识了公安大学教授查秉枢，他是 70 师的老同志，参加过抗美援朝，对师史很感兴趣，我接他到师里住了几天，对师史馆提了一些具体修改意见，接触中，他看了我发表的一些文章，想帮我调到军事科学院去。后来，他邀我去北京，晚上住他家，第二天带我，一人骑一辆自行车，从牛街到厢红旗，找军科战史部的老战友，人家对我的文章还算满意，但一问我是高中学历，就没下文了。这两年，东跑西颠，忙得四脚朝天，自学考试也没坚持下来。就这样，我想调动的事儿就搁浅了，好在没外人知道。

可天无绝人之路，到了 1989 年初，解放军艺术学院文学系招生，给了我所在的集团军一个名额。因为我那时已经发表了一些文艺作品，在部队也算是重点文学创作骨干，自然这个名额就落在我的头上了。我报了名，填了表，上报了作品，通过了文化考试，竟被录取。天呐，这可把我激动坏了，我做梦都想当作家，一直在为这个目标不遗余力地努力，进了作家班，我离这个目标不远了。

我第一时间把这个消息，写信告诉了父亲，我想他一定为我高兴。我们家还没出过大学生，而且考入的是军队唯一的高等艺术院校，他老人家应该为我自豪。

进了军艺，我的脑子开始一层一层地开窍，知道了什么是小说，小说怎么写，怎么能写好。一个学期后，我的短篇小说《芦苇席花儿》上了《解放军文艺》，小说是以我和父亲为原型，写了一个农村青年在家与父亲的关系格格不入，最后偷偷报名参军。之前写过一些其他题材的作品，都发不出来，听莫言老师讲课，说一定要写自己熟悉的生活，写你最刻骨铭心的记忆。我想来想去，就觉得自己的家乡最熟悉，与父亲的关系最刻骨铭心，写起来也顺手，当然，有一部分情节是虚构的，文学，要源于生活又高于生活嘛。那篇作品发表之后，我就断定，以后我还要写一些关于我与父亲的生活，也可能将来还能写出代表作呢。

两年的时间，一晃就过去了，临近毕业，学员们都各自寻找出路，我也一样。说实话，不是我厌倦基层部队生活，我觉得要想在部队多干些年，必须往大机关走，大机关能容纳各类人才，出路也会更宽，另外，就搞创作而言，在大山沟里憋着，眼界打不开，也难以成才。上了军艺，为进京搭了跳板，我一定要把握住这个难得的机会。作家柳青不是说嘛，人生道路虽然漫长，但紧要处常常只有几步。我感觉，我已经到了人生的关键几步了，必须走好，别留遗憾。

我到军艺上学之后，宋副政委就来信说，你想办法留北京吧，那是首都，别考虑来石家庄了。查秉枢教授也一直盯着我，说拿了文凭，军科那边就可以调了，可我这时候心高了，觉得搞战史研究已不是我理想的选项，我的理想是搞文学创作。我明确告诉查教授，军科那边不考虑了。虽然最终没去军科，但查教授对我热心地帮助，我是一辈子忘不了的。留京之后，我们成了忘年交，我常去看他，还帮他搬过家，一间房子，住三口人，挤得满满的，但书籍资料，一件也不舍得扔。后来，因为种种原因，我去他那儿少了，我退下来，人闲了，想去看看他，但想不起住哪儿了，好不容易打听好，准备去一趟，却从她女儿那儿得知，老人家已经在一年前离世了，我好后悔，好自责。

军艺文学系张学恒主任，原来也是和我一个老部队的，也是河北老乡，想把我留校，我当然高兴，就在这个时候，我碰上给军区首长当秘书的冀运希，他也是70师的，我们熟识，他说：你还是留军区吧，发展要好一些。我也倾向于留军区，政治部有一个单位，叫文艺创作室，是专门培养作家的，我认识几位，他们不坐班，一天到晚就是侍候文学，太幸福啦，我特向往做这样的职业。就这样，在冀运希的引荐下，我留在军区，因为我的创作成绩不太突出，当专业专家还不够格，就在文化部帮忙，等写出了名，再进创作室。我很感恩冀运希，他是引我入京的恩人，到现在，我们仍保持着很好的关系。

没留军艺，但张学恒主任的良苦用心，我也一辈子铭记，毕竟在人生十字路口的紧要关头，有人帮忙，有人想着，是多么多么的幸福啊！

我调军区不算顺利，先是在文化部帮助工作，因种种原因，下不了命令。其间，军区与军艺联合举办小戏小品创作培训班，我负责管理和组织教学。一次，去军艺听课遇到张学恒，他已升任训练部长，得知我调动不太顺利，对我说：不行，你还是到军艺来吧。我考虑自己不适合留军艺，当老师不够格，而在机关打杂，我又不情愿，我还是下决心等，好饭不怕晚。在我帮助工作长达一年的时候，文化部领导找我谈话，让我到文化站工作，那里有一张小报叫《战士与电影》，每月出一张，一人主办。庙是小了点儿，但我想，去就去吧，先落下脚来再说，先生存，再发展，可万没想到，在这节骨眼儿上，调动冻结，我的调动命令又被卡住了。

我觉得自己的命好苦，提干的时候，赶上冻结，进京调动又赶上冻结，冻结这俩字，怎么老跟我过不去呢？

那些日子，我很纠结。在师里工作期间，领导们都拿我当香饽饽儿，到哪儿都抢着要，现在这是怎么了？看来我那点儿小本事，只能在小地方施展，到了大机关，人才多了，自己算个屁。连上学再调动，这三四年的时间，我把老婆孩子扔在了大山沟，生活几多难处，不堪回首，随便举个例子，儿子已七八岁，跟妈妈进女澡堂洗澡，已不方便，而进男澡堂，就要一次次求人带进去。每次见了面，儿子都会苦苦地对我说："爸爸，你别走了。"我听了心里很不是个滋味儿。师里跟我一起调到军区机关帮助工作的两位战友，命比我好，在冻结之前下了命令，没过多久就举家进京，而我每次回到部队，人家都以为我回来搬家了，弄得我苦不堪言，只好躲在家里不出门。这期间，我也经常回家看父母，毕竟离家近了，交通也方便了，加之，两位老人年纪也大了，母亲身体又不好，经常回去看看他们，给他们带些吃的用的，以尽孝心，平时接连不断地给他们寄些钱，但他们舍不得花，变成了实物，他们就享受了。每次回来，父亲都会问我：你毕业了，留在北京，怎么还不搬家呀？扔下她们娘俩在丰宁，多不便利呀？我就说：快了，快了，马上就办手续了。

尽管心里纠结，面子上难堪，但信念还是不能动摇，想想越王勾践的卧薪尝胆，想想韩信大将忍受的胯下之辱，想想大英雄刘备在后园种菜，他们以屈求伸，忍辱负重，最后都成就了一番事业。

我也时常想起毛主席《论持久战》中的教导："往往有这种情形，有利的情况和主动的恢复，产生于'再坚持一下'的努力之中。"我记得当年父亲曾在这段重要论述下画过横线，表示出

146

他对伟人这段话的关注和理解。

穷则思变，要干，要革命，不干，半点马列主义也没有！

我觉得，自己一路走来，一没门路，二没靠山，曾几次把走到死胡同的路走通了，把弯路走直了，把窄路走宽了，靠的是坚忍、硬扛，不自暴自弃，不破罐子破摔，就像打牌，你把一手烂牌打好了，下一把牌运就好转了，反之亦然。这是规律，老天是公平的。

除了编报纸，我还有项重要工作，就是组织军区部队影评骨干参加全国全军影评征文比赛，几乎每年都有，征文结束了，要发通报，因为是代表一个大军区参赛，成绩拖后腿了是要挨板子的。常听领导说，我们是首都军区，不管参加什么比赛，争一保二，绝不垫底，听了这话，压力山大呀，尽管你是一个人组织参赛，但领导要的是结果，没什么客观理由可讲。打铁首先自己硬，参加这么大的比赛，仅靠业余作者是不行的，我得亲自上，可我在这之前，一篇影评也没写过，但自己写过文学评论，是有基础的，用心看了几部电影，写了一篇，得了全国二等奖，紧接着第二次、第三次连续得了全国一等奖，连续获高奖，在影评界小有名气了。随之，我的影评文章经常出现在一些大报的显眼位置，还接连不断参加一些剧本研讨活动和电影首映式。一次，遇一同学当面损我："军艺文学系作家班毕业的，文学上没见起色，倒是跟影评扛上了。"我不辩驳，也无言可辩，为了生存，我得先把饭碗端

进京

住了再说。

整整两年的时间，我的调动才完办手续，面对那张调令，我差点儿哭了出来。我毕竟熬出来了，我终于进京了，等安了家，分了房，我就可以接父亲母亲来住了。

小弟当兵

1991 年冬天，我出差绕道回了趟老家，正赶上小弟从东北打工回来，人回来了，行李却给弄丢了。父母冲他发火，他出去闯荡一年，一分钱也没拿回家，还把铺盖弄丢了，能不挨呲儿吗？

那一年，小弟十九岁，到了人生的十字路口。

我一进门，父亲就唉声叹气，为小弟愁得要命，跟二弟当兵前一样，看来，父亲又要把球踢给我了。

我猜出了父亲的心思，说：那就让他当兵吧？

父亲当时没答话，过了一会儿，才说：在家看来也没什么出息了，可当了兵，又是你的累赘。

累赘就累赘吧，谁让我是当大哥的呢。

我问小弟：愿不愿意当兵？

小弟说：没办法了，就去呗。

从这话里听出，他也是迫不得已才当兵的。

小弟在家是老疙瘩。我们弟兄四个，数他挨的揍少，他再调皮捣蛋，父亲举起手来，也就是吓唬吓唬，从不像打我们哥仨那样下死手，所以，小弟才不像当年我们那样，恨不得插上翅膀逃离这个家，飞得越远越好。

我立马意识到，我又该给父亲分忧了。二弟当了兵，调到了我跟前，又转了志愿兵，服役期满，回家可以安排工作，饭碗就算端上了。三弟已经结婚生子，独立门户，又会木匠手艺，日子过得还算可以。现在就剩下小弟了，而这个时候，父母都是六七十岁的人了，眼瞅着这个老疙瘩不成材，也是着急上火，愁眉不展。如果在家找对象，盖新房，要彩礼，办婚礼，又是一笔不小的花销，小弟不能挣，父母无能为力，我挣死工资，除了自己养家糊口的花销，剩下的钱就周济家里，但那也是杯水车薪，满足不了这个家的需求。我想，那就让小弟当兵，把这些压力都揽在我一个人身上，让父母省心，这也算尽孝。

小弟当兵还算顺利，但跟他一起入伍的还有四叔家的老二，高中毕业，没考上大学，也出来当兵了。我当兵是四叔送走的，他把儿子交给我，我要尽我最大努力管好，另外，一个亲弟，一个堂弟，我要把这一碗水端平。那时我的调令还没下，关系还在原单位，但在军区机关帮助工作，也有一定的影响力，找部队熟悉的领导，办点儿事，还是好使的。小弟他们这拨兵正好来了北京，新兵训练结束之后，我把他们俩调开了，一个去了我的老部队；一个去了另外一支部队，让他们在基层部队好好锻炼。我还像对

149

待二弟那样，每周给小弟写一封信，嘱咐他怎么当兵，怎么当一个好兵，让他经常向我汇报在部队的进步情况。小弟文化水平跟二弟差不多，每封信都有错别字，我还是老办法，批改了退回去，还嘱咐他每个月至少给家里写一封信，同样都当兵，他是老疙瘩，在父母心中的位置是不一样的。

就这样，我们弟兄四个，三个是当兵的，一个军官，一个志愿兵，一个义务兵，在村里很显眼。人家说，朝里有人好做官，其实，我既不是什么朝里人，也没做什么官，只是在父亲面前，我作为长子，在三个弟弟面前，我作为长兄，我不得不这样做，不这样做，父母就坐蜡，弟兄们就前途无望，事儿就这么个事儿，理儿就这么个理儿。我了解到，在部队像我这样当长兄的也不在少数，长兄为父，这是中国几千年传统文化赋予我们的义务，也是父母托付给我们的责任。

过了三年，堂弟不负众望，考上了军校。又过了两年，小弟转了志愿兵，他文化水平低，跟二弟一样，也只能走学技术、转志愿兵这条路子，就这样，我的俩兄弟，跟我出来当兵，都实现了他们各自的理想。

小弟虽小，但知道顾家，他转了志愿兵，开了第一个月的工资，就探家了，恰好二弟也在家休假，我就请了几天假，回去看看。我见小弟把工资如数交给了父亲，父亲很乐呵儿，接着又夸我，当新兵的时候就给家寄了三十块钱。我记得，小弟带了好多山西的老陈醋，还有小瓶的保健醋，见我回来了，就说让我带回北京，看来他的大哥，需要保健，或者值得保健。我又见父亲把小弟带来的老陈醋，让小弟跑腿分给老李家各门户。

小弟也像我，进家炕还没坐热，就跑出去串门儿，街坊邻居都夸，老疙瘩进步了，成人了，接着就是给他介绍对象，小弟征求我的意见，我对他说：不急，等等再说。

我们当兵的哥仨，很难遇到一起探家，父母当然高兴。晚上，全家人聚在一起，父亲亲自下厨，做了几道菜。那天，父亲显然有些激动，急喝了两杯，老脸通红，对我说：我的担子，都让你挑了。现如今，你们哥仨都出息了，你这当大哥的也该松口气了。

我记得，打我记事起，父亲就没夸过我，不批评就等于表扬，无过便是功，何况，我当兵前，他还恨我不文不武，烂泥扶不上墙。大概眼下服了我，不仅自己端了公家的饭碗，还给他拉出去了俩儿子。父亲对我说，他当年走津门、闯关东，一是为了寻找出路，二是为了拯救全家的命运，但都没成功。因为喝得多了点儿，父亲敞开心扉地对我说：当年打发你出去当兵，知道你会长出息，但没想到会成这样。他没说我现在成了什么样，但看得出来，我在部队走到今天，尤其从大山沟进了大都市，一下子给他拉出去俩儿子，是他做梦也没想到的。

酒喝得差不多了，父亲突然宣布：你们都给我听着，从今儿起，这个家，就由老大当了。

小弟当兵

我连忙说：不，不。事儿可以干，家还是您当。

父亲摆摆手，极其郑重地对我的三个弟弟说：我老啦，你们以后都得听你大哥的。

我忽然想起，有一次我回来探家，碰上小弟到邻居房顶上偷枣，被人家告到家门。等邻居走后，父亲把门插好，对我说：老大，我老啦，打不动了，你上！我也憎恨小偷小摸，尽管那一年小弟已经十一岁了，我还是下狠手打了他。小弟大哭大叫：凭什么让你打？父亲冷笑一声：我死了，就你大哥当家，他不打你谁打？

那时候，我认为，长兄如父嘛，有管的责任，就有打的权力，何况，还有父亲背后撑腰。

过后，我又想，我那是为虎作伥。扒瓜摘枣的事儿，谁小的时候没干过，自己也不例外呀。

眼下，我突然间觉得父亲彻底变了，尤其二弟和小弟当兵以后，他对我的态度判若两人，从某种角度看，是有些服我了，甚至怕我了。我在家里发表见解时，他都是乖乖地听着，有时点点头，有时一言不发，我觉得这已不是真实的父亲了。

不管怎么说，二弟和小弟当兵以后，我觉得父母心头的压力是明显小多了，家里只剩下他们老两口儿，我接济一些钱，三弟承担家里的活儿，他们的日子轻省了好多，他们精神好了，我自然也就不那么挂心了。

第三章

第四章

父亲母亲

看过张艺谋导演的电影《我的父亲母亲》，也看过刘静编剧、后来挺火的电视连续剧《父母爱情》，还有一些写父亲母亲的文艺作品，我也曾感慨，但始终没有用文字叙述父亲母亲的冲动，因为我的父亲母亲太普通了，就像天上的星星，不仅数不清，也辨不清它们各自的模样，也像地上的小草，遍地都是，无人在意它们各自的姿态。但现如今，父母双双离世，我在写这篇文字的时候，就无法回避父亲母亲的共同话题，也就是说，他们共同走过的人生历程，无法不进入我眼下的文字。

父亲母亲于1944年结婚，具体时间没有记载了。我记得像是见过他们当年的结婚证，珍藏在一个帽盒里，用一个小本子夹着，想必是彼此珍惜，不然不会保留那么长时间。其中经历了1956年和1963年的水患，家里房倒屋塌，坛坛罐罐都砸碎了，而那张结婚证却完好无损，不能说不是个奇迹。母亲去世后，父亲搬出老宅，后来老宅屋顶坍塌，再没人进过，但屋里的东西，一样也没动，一直保持着父母在世时的原样，如果进去翻箱倒柜地清理，兴许会找到父母的结婚证。

细算一下，他们结婚那年，父亲二十二岁，母亲十八岁，从年龄上看，还是挺般配的。父亲家境贫寒，如果不是三爷出钱帮着买了房子，居者有其屋，恐怕没人上门提亲。母亲呢，芳龄十八，也到了女大当嫁的时候，她不识字，相貌平平，也就没有挑三拣四的资格。父亲呢？虽然个人条件比母亲要好，但家庭条件较差，也只能把婚姻，当作一项任务去完成。也就是说，父亲和母亲的结合，也只能说是婚姻，谈不上什么爱情，即便是结婚生子，相守一生，也没培养出什么爱情，他们只是搭伙在一起过了一辈子。那个年代，在农村，大部分男女都是这么过来的。

　　如果说起母亲的最大贡献，就是为老李家一共生养了九个孩子，而最终只活下来我们五个，我前面有两个姐姐、一个哥哥先后夭折，我下面有一个妹妹没活几天便死了。那时候我已经记事儿了，小妹妹死了，我一点儿也不伤心，因为她每天哭，弄得我心烦。等二弟降生的时候，我就懂事儿了，我大他六岁，能抱着他出去玩儿了。我们老李家在村里是独门小户，人不嫌多，人多力量大嘛，毛主席他老人家还说过，世界一切事物中人是第一可贵的，只要有了人，什么人间奇迹都可以创造出来。但当我的小弟出生的时候，我就又不高兴了。那时候，我已经上初中，人家的父母都不再生孩子啦，何况，那一年，父亲已经五十岁，母亲也四十六岁了，她身体一直不好，可在生孩子方面却顶一个壮劳力。我不高兴是有理由的，这么穷的一个家，这么一大帮像虎羔子

156

似的半大小子，将来怎么讨媳妇儿？再有，小弟出生的时候，也就是1972年，国家已经提倡计划生育了。记得父亲曾带有歉意地对我们说：你娘上回坐月子落下了病根儿，再坐一回就养回来啦。我觉得父亲对我们说这话，也怪难为情的。我是老大，心里稍明白一些。

母亲常生病，什么病，我说不上来，记得症状是全身麻，除了看医生，还吃一种偏方，但也没见好，到了后来，病就越来越多了。打我记事儿起，就知道，母亲在家里没地位，奶奶看不上，父亲也不待见。分家前，我们过着十几口人的日子，这一大家子人在一起过日子，没有马勺不碰锅沿儿的，而爆发矛盾，往往是在婆媳之间，或者妯娌之间，而母亲每次都是引发矛盾的一方。母亲说话直，又倔，不会拐弯儿，好听的话不会说，难听的话，张嘴就来。我记得每次爆发矛盾，几乎都是由她说话引起的，而等别人跟她掰扯道理的时候，她就没词儿了。每当这个时候，她就会被奶奶数落一顿，或者被父亲拳头巴掌打一顿，成为矛盾的结局。那时候，我胆儿非常小，放学回家临进门的时候，听到家里有吵架的声音，就不敢进门。我人微言轻，谁也劝说不了，我唯一能做的就是，当父亲拳头巴掌打过来的时候，跑过去用身体护着母亲。我不知母亲对错，只知道她是弱者，这个弱者是我的母亲、我的亲娘，出于天性，我不忍心看着她受委屈，但对她的脾气秉性，我又无可奈何。

母亲会过日子,会过得出奇,在她手里,几乎没有可扔的东西。蒸一锅馒头,别人拿起来趁热吃,他却把粘在揢布上的馒头皮儿,一点儿一点儿地抠下来吃掉,实在抠不掉的,就下嘴咬,直到揢布上一干二净。烀熟的红薯也是那样,你揭掉的皮,她捡起来就吃。菜里点香油,不是用瓶子倒,而是用棉球儿蘸,先蘸水,再蘸油,几个月下来,香油不减反增。这样的例子,不胜枚举。母亲会过日子,在那个年月,不算稀奇,穷嘛,谁家也大方不到哪去。问题是,母亲做事效率极低,比如烧火做饭,柴禾是玉米秸,直接烧不就完了吗,不,她要耐心把玉米秸上的叶子挨个剥下来,再把地上的碎沫子收起来,分类堆放,然后再一把一把地往灶膛里填,以为这样就省了,把这些东西烧尽了,还得往里填硬柴禾。这样一来,不但省不了柴禾,还会耽误做饭,做出来的饭也会夹生。母亲是勤劳的母亲,每天起得很早,但就是做不熟饭。我们上学的着急,晌午,干活儿的人回家了,人家进家吃热饭,可我们家烟筒里还在冒烟,又累又饿的父亲就吼叫,但没办法。其实,父亲上洼没多大功夫,母亲也下炕准备做饭了,可到院里抱柴禾的功夫,又看见别的活儿了,东摸摸,西弄弄,一上午就过去了。母亲虽然干活慢腾,却爱干净,下了地,看到哪儿不干净,就去清理哪里,手里不闲着,就把做饭的时间给耽误了。

父亲母亲的婚姻,既谈不上志同道合,也算不上情投意合,只是父母之命、媒妁之言让他们在一起过了一辈子。那个年代,在农村，这样的夫妻日子都过得安稳和平，没见到几个打离婚，闹离婚的。原因在于农民信守宿命论，谁给谁过一辈子，那是上帝安排的，女人更甚，嫁鸡随鸡，嫁狗随狗，嫁条扁担抱着走，谁也不跟命争。与其他农民夫妻不同的是，我的父亲母亲，无论是文化素质，还是脾气秉性，都有着不可调和的差别，这种差别到了儿也没缩短。父亲骨子里是个乐观豁达的人，年轻时走津门，闯关东，进粮站，见过世面，经过风雨，还有点儿文艺细胞，在天津南市打工的时候，忙里偷闲听京戏、评戏、河北梆子，日子长了，也能吼两嗓子，后来回到村里，还上台演过《铡美案》，扮演过陈世美，一嗓子亮出来，也是满堂喝彩。而母亲呢，除了爱叨叨以外，没有半点儿这方面的爱好。记得父亲在收音机里听戏，按捺不住跟着唱两口儿，就会遭母亲抗议。母亲长年生病，心里烦，容不得别人娱乐开心。

父亲乐善好施，知恩图报，只要自己家里有一点儿富裕的东西，就想着别人。那一年，我从丰宁往家捎了两麻袋土豆、一麻袋大米。那个年代，这些在老家都是稀罕东西。刚到家，父亲就拉起了单子，除了当家伙族，就是街坊邻居，还有曾经帮助过自己的人。比如他住院的时候，谁去探视过，谁陪过床，借过谁家的小推车，用过谁家的水筲，都是回报的对象。土豆一家一脸盆，大米一家一碗，让我的几个弟弟挨家送，家里剩得没多少了，母亲就急了：这是队里分粮食吗？老两口就吵起来了。当然，母亲阻挡不了父亲要做的事情，干扰太多，他就该动武了。母亲不怎么走外面儿，认为我不沾别人家的，也不随便施舍于人，关起门来过自己的日子。父亲说：你那是死门子活相，你平常舍不得为人，别指望你有灾有难的时候，有人帮你。父亲有时很无奈地对我们说：我一辈子积攒的这点儿人缘儿，都让你娘给搅和了。实际上，不管是在村里，还是在族里，人家跟我们家交往，不看母亲，看的是父亲，父亲永远是我们家的门面。

记忆中，有两件事，反映出父亲与母亲为人处世的截然不同。

其一，某王姓邻居借我家自行车去天津做买卖，驮二百多斤绿豆，夜行晓宿，到天津黑市场交易（那时叫投机倒把），返回途中把自行车的前叉摔断了，自行车不能骑了，他直接扛到了我家，父亲见了，自然不高兴。那年月，自行车是家里高档物件，一般人家没有，一百多块钱买来的，现在坏成这个样子，当然心疼，但他没说什么，那人转身要走，母亲说：车子坏成这样，你得给修呀。父亲摆摆手，让那人先回去，第二天，父亲把自行车扛到十五级大集上，掏五块钱，找焊工给焊上了，回到家，对我们说：这回可焊结实了，再断也不会从这儿断了。感觉他不像自己家东西受损了，倒像做买卖赚了。母亲还在一边嘟囔：邻里乡亲的，哪有这么办事儿的，自个儿出去跑买卖挣大钱，把人家东西弄坏了，屁也不放一个，就走人了，往后这邻居还怎么处？父亲倒是没拦着，一任母亲把怨气撒完。

其二，付姓邻居得了肝癌，晚期全身浮肿，为怕传染，一般人都躲得远远的，父亲却每天都去看望，患者放弃治疗，父亲耐心地劝说：把液输上，说不定哪天就下炕了。临终那晚，父亲还去守候。母亲不乐意了：咱上有老，下有小，你要被传染了，这一大家子人，谁也跑不了。父亲说：没那么严重，要传染，他们一家子不早就都染上啦。我也纳闷儿，跟那家人，一不是亲戚，二不是朋友，仅是邻居，用得着那么上心吗？父亲跟我说：那一年，老二在村边小桥上骑自行车摔断腿，是人家给弄到家来的，就凭这一点儿，咱怎么报答，都不为过。

父亲常说，做人要记功不记过，忘怨不忘恩。我知道，那是《朱伯庐治家格言》中的名言，我也会背，但做起来却不那么容易。滴水之恩，当涌泉相报，我能做到，我曾把一路帮过我的人，一一记在日记本上，随后准备报恩，但彻底忘怨，或化敌为友，我真做不到。这就是我与父亲之间的差距。

父亲宽容，大度，乐于吃亏，以德为邻，与人为善，确实是我们的榜样，但作为家庭妇女，目不识丁的母亲，在这两件事上的表现，也不为过，我这么认为。

我们家是绝对的男权主义的天下。父亲在家一言九鼎，母亲的话，基本上等同空气，没有任何存在感，无论大事小情，几乎听不到母亲发声，或者压根儿就没有发声的机会和资格，但到了父亲母亲的晚年，似乎发生了一些变化，就像我们父子之间的关系一样，发生了质的变化，到底是为什么，从啥时候开始发生的变化，一时也说不好。

母亲过了六十以后，病越来越多，也越来越重，一年到头，大部分时间是在炕上躺着，大概是让病给折磨的，母亲的脾气越来越暴躁，年轻的时候是叨叨，老了就嚷，喊，发火。这期间，我和二弟、小弟都出来当兵，三弟挑家单过，照顾母亲的任务，主要由父亲承担。我每年都回家一两次，看到父亲如何很有耐心地给母亲做饭、喂药，稍有不痛快，母亲的火气一下子就蹿到房顶，连珠炮似的数落父亲，而每次父亲都是微笑着，小心翼翼地服侍母亲，无论母亲嗓门儿多高、数落多久，父亲都不还一句嘴。父亲平时喜欢和邻居的老头儿们到大街上贴墙根儿，晒太阳，聊大天，可聊得正在兴头上，他就借故离开，因为母亲躺在家里，需要他伺候，路上要走得飞快，一进门儿还要歉意地说：你看，你看，我又让老头儿们给绊住咧。我记得有一次，母亲躺在炕上对父亲说：我的病，都是因为生了孩子，没坐够月子，就下炕推磨落下的。父亲带着歉意地说：对，对。你是我们老李家的大功臣。说得慢言细语，不像夫妻之间的对话，俨然就是大人哄孩子。父亲怎么一下子变得这么乖顺了呢？后来，我听父亲对我说：给你娘买药的钱是你挣来的，我再不好好伺候，还说得过去吗？我听了心里很不是滋味儿，都说久病床前无孝子，床前尽孝的应该是我们这些做儿女的，可我们都出来为国尽忠，把伺候老娘的任务扔给了父亲，仅因为我给母亲挣了医药费，父亲便任劳任怨，甚至还有些自卑感，我真是好惭愧，同时也佩服父亲，日复一日，年复一年，就这么忍气吞声，毫无怨言。我是真服了。

村里人说，母亲命好，生下了我这样一个好儿子，能挣钱，也孝顺，不然，母亲活不到七十多岁。的确，村里有几个人跟母亲同样的病，可早就走了。听了这话，我不认同，我认为，是父亲照顾得好，陪伴得好。如果没有父亲那样年复一年，日复一日，不遗余力地悉心照料，母亲是活不到古稀之年的。这是事实。

我记得，大概是 1993 年，我带着照相机回了老家，给父亲母亲拍了一张合影。母亲不愿照，说自己老了，不上相，又病病歪歪的。父亲劝母亲：老夫老妻了，还没一块儿照过相，留个纪念呗。又经我们劝说，母亲最终同意照，还换了一件衣裳，拿起镜子照了照脸，拿过梳子梳了梳头发，才让我照。我的照相技术不咋地，照了三张，只有一张还凑合。这张照片成了父亲母亲唯一的合影。日子一长，照片让我给弄丢了。父亲去世，我们整理他的遗物，偶然在三弟家的相册里发现了那张照片，我赶紧收了起来。

母亲去世

4 月 9 日，这一天在我心灵上烙下悲欢而复杂的记忆。其一，此日为母亲忌日；其二，为儿子生日。老家话，孩儿的生日，娘的难日，不知为啥，到了我们这个家族，儿的生日却成了其奶奶的忌日，我从感情上接受起来，是相当有障碍的。比如，给儿子过生日本是高兴的事儿，可想起母亲是这一天离世的，心里又难受，这个日子究竟该怎么过？好在，老家无论记生日，还是记忌日，都是记阴历，而我们给儿子过生日，是过阳历。1999年4月9日那一天，阴历是二月二十三，到现在已过去二十多年，阴历和阳历，早就错开了，儿子的生日和母亲的忌日当然也就错开了，家里人每年按照阴历的日子给母亲烧纸，可我在心里还是过不了4月9日这个坎儿。

1999年4月9日，我们一家正吃晚饭，电话铃响了，是二弟打来的，那时，二弟已转业回老家，他声音低沉地说：大哥，咱娘病得厉害，你今儿晚上能不能回来？这消息使我茫然失措。母亲卧床多年，离开人世，是早一天晚一天的事儿，但我不希望那一天就是今天。我对二弟说：你过一会儿再来个电话，随时向我报告母亲的病情。

放下电话，我开始发呆。我居住的北京与老家献县不通火车，就是心里再急，也得等着坐明天一早的长途汽车，我现在唯一能够做的，就是等电话。二弟家的电话安上两年了，轻易不打，而每次打几乎都有事儿。对来自老家的电话我又想又怕，尤其是晚上，每个带有不好信息的电话，都会搅得我彻夜难眠。

二弟没跟父母住一个院儿，报告情况有时会不太及时。我心里

164

急，稍耽搁一会儿，就把电话打过去，得到的消息越来越坏，最后说把氧气也撤了。零点以后，我直接问二弟：你跟我说实话，咱娘是不是已经走了？二弟仍说：没有。如果明天你回来得早，还能见上一面。但我断定，那时母亲已经不在人世了。

果然，我第二天赶到家，母亲早已躺在灵床上。据说，母亲走得很平静，几乎没受多大罪。我掀开盖在母亲脸上的烧纸，母亲瘦得可怜，但神态还算安详，似乎还带着一丝笑意，这使我昨晚已经流干的眼泪，又断断续续涌动出来。我真没想到，我那遭受了一辈子罪的亲娘，竟能带着笑容离开人世，我真不知道是该替她辛酸还是为她安慰。

说说我们母子关系吧。

多病且唠叨的母亲确实没给我们留下过多的爱。罗丹有句名言，世界上有一种美丽的声音，是母亲的呼唤。放学后，作为在大街上疯跑的野孩子，我当然也经常享受母亲的呼唤：小岳儿，回家吃饭来！那声音细润而绵长，每当这个时候，我们一起疯跑的孩子都会听到呼喊声，纷纷往自家跑，到门口，跟着自己的娘回家了，可我不行，母亲会在大门口数叨我：你不知道饥饱呀？不叫你，你就死在外头呀你？往往在这个时候，别人家的孩子就停下来，听母亲数叨，看我的笑话，尤其还有我们班上长得俊的女生，害得我好没面子。第二天到学校，那俊女生就当着班里同学的面儿，学母亲的数叨：不叫你，你就死在外头呀你。我没了

母亲去世

面子，便恨母亲，她每次叫我，我就撒了丫子往家跑，不等她数叨就窜进了家，但还是听到她的数叨声不绝于耳，每次都不重样，伤我面子一次比一次狠。现在记起来，母亲骂我们的话还不乏经典呢。骂我们馋：见了好吃的东西，两条腿就走不动道儿，恨不得割了脖子装进去。骂我们懒：懒得屁股生蛆，横草不拿，竖草不沾，倒了香油瓶子也不想扶。骂我们脏：你看看你们身上的衣裳，就像从坟窟窿里扒拉出来似的。骂我们最狠的话：也不替人家好人死喽。

母亲身体不好，脾气更不好，不知道是因为脾气不好加重了她的病，还是因为身体多病助长了她的脾气，反正在我记忆中，没有留下多少母爱的痕迹。若干年后，我读过不少作家写追忆母爱的文章，很多感人的细节，让我潜然泪下，我也试图写些类似的文章，但挖空心思却找不到感人的生活素材。对了，我还真写过一篇小散文，写母亲厨艺不佳，却擅长烙一种包皮火烧，所谓的包皮火烧，就是里面是粗粮加少许盐和葱花，外面以白面做包皮，猛一看就像白面火烧。母亲的技术在于，外面的包皮擀得像纸一样薄，却照不见里面的粗粮，这也叫作粗粮细作吧。外观好看，吃起来挺有味道。那年月，家家穷，有的人家吃不饱肚子，包皮火烧，也就成了好食物。有一次，我带一个小伙伴儿来家，张着手，要母亲从干粮篮子里给我们拿东西吃，等了半天，母亲给我们拿出来的是玉米面儿饼子，我不干，非嚷着要吃包皮火烧，无奈，母亲只好给我们换成了包皮火烧，那孩子没吃过，连嚷着好吃。有一天，母亲烙了好多包皮火烧，给我切成几块，对我说，给你的朋友分分吧。那一次，我把好几个小朋友都哄欢喜了，这大概是母亲给我留下的最感人的一件事儿，也就被我写进文章里。

说句实话，我从出生到当兵前，十八年的光景里，对母亲一直爱不起来，因此，也就根本谈不上回报，当然，那时候，我也没什么能力回报，但潜意识里，回报的愿望是淡淡的。

确切地说，我对母亲给予爱的回报，是在我娶妻生子之后，我仿佛在一夜之间明白了"不养儿不知父母恩"的道理，但我确实不知道该怎样做，才算是真正的尽孝。比如，我每年都有探亲假，临行前，都要给母亲买药，买营养品，大包小裹往家提，而到家之后，看看母亲，就甩手去串门访友，整天忙于酒肉应酬，难得有心思坐下来陪母亲坐一坐，聊一聊。我那时悠闲自在，来去无牵挂，自认为临走的时候给母亲炕头上撂下几张人民币，就是很像样的回报了，也算是尽孝了。

1994 年春节，我携全家回到老家，这一年，母亲病得厉害。据医生说，她已由气管炎转成肺气肿，而且还有心脏病。医生说，母亲的病不知从哪儿下药。我见母亲瘦得脸上手上的青筋格外突出，几乎快要崩将出来，看了让人既揪心又害怕。一见面，母亲就拉着我的手说：儿啊，娘怕是过不了这个年啦。母亲说着，自己倒先流出了眼泪。母亲的眼窝很深，泪水经过一段时间的囤积

167

母亲去世

之后才掉下来。那一刻，我的心陡然悬了起来，紧接着有一股阴冷气体奔涌出来，并迅速传遍全身，我不由得哆嗦了几下。我上去抓住母亲的手，一边摇头一边流泪。母亲的手冰凉，像不通血脉一样，无论我怎么给她搓揉，都不见回暖。我的母亲太可怜了，可怜的不是她全身的病，而是她生养的儿子直到摸着她冰凉的双手，才知道儿子是母亲的血脉！

那年春节，我和在外当兵的二弟和小弟都回来了，我们是一起回来和老人过团圆年的。难得这么齐全，父亲由衷地高兴，母亲却不住地说：好哇，好，这么齐全，都来送送我了。母亲说这话的时候，仿佛还带着些笑意，我却背过脸去，以咬牙的方式阻挡流下的泪水。大年初一，母亲就昏迷不醒，输了液，输了氧，仍是不省人事。在过去的日子里，我们都烦母亲的唠叨，但如今听不到母亲的唠叨却是那样的可怕。正月初三，医生对父亲说，预备预备吧。

我明白，预备预备，就是准备后事。由于母亲多年生病，该预备的，我们都给她预备好了。

那一年过的是什么样的春节呢？从腊月二十八进家，到正月十五归队，我几乎连炕也没下过，全天候守在母亲身边，给她喂药，给她洗脸，给她按摩，看着液体一滴滴输进她的血管，等着她在昏迷中醒来。让我们心里感到安慰的是，我们的母亲很争气地奇迹般地活了过来。

第四章

记得我走的那天是正月十五的一大清早，母亲的身体还没有恢复到以往的状态，我跟她话别，她只是吃力地瞪着眼睛看着我，一句话也没有。我走到窗台跟前，透过玻璃朝屋里又望了一望，就在那一刻，母亲挪到窗台跟前，把整个脸都贴在玻璃上，朝我望着，我清楚地看到，母亲两行眼泪顺着她的脸颊，顺着玻璃曲曲弯弯往下流淌。我不知道，下次回来还能不能见到我的母亲。

那一年，我真真切切地看到了，母亲是怎样从死亡线上挣扎回来的，同时，我也看到了一个人的生命是怎样的脆弱，又是多么经熬。那一年，我的收获还在于，作为一个久在他乡远离父母的游子，是怎样地祈求父母的健康与长寿。

劫后余生，体弱多病的母亲更是没了元气，但母亲的生命力还算顽强，尽管多少年来，药品成了她的主要食物，尽管她瘦得惨不忍睹，但她依然活着，这一熬就是五个年头。这五年中，我几乎是在每年的腊月二十八踩着点儿回老家，进院先隔着玻璃窗望一望炕上的母亲。我到家的那一天，母亲总是打着精神坐起来，展示给我一种最佳的状态，以向我证明她一年 365 天就是这么活过来的，但第二天，输液瓶子就吊上了，每当这个时候，母亲就歉疚地说：你们摊上这么个病娘，连个年也过不舒心。接着便是连声叹气，闹得我们整个年节都没什么心情。在没有心情的年节里，我陪母亲坐在炕头上，攥着她的手跟她说话，给她洗脸，给她剪指甲，给她梳头，其中梳头是我认为最尽孝道的一件事。

169

母亲虽然打年轻身体时就不结实，但头发却长得又黑又密，年过七旬仍不见稀黄，直到梳完，梳子上竟不沾一根头发，我就想，娘的生命这么经熬，大概与头发有关，每当梳完，我就拿过镜子让母亲左右看看，直到她老人家满意。第一次给母亲梳头，她感到很不自在，埋怨自己活着多余，后来梳的次数多了，也就心安理得了，而且还显得有些骄傲，每当这个时候，我什么话也不说，只是默默地梳。我不管母亲用怎样的心境接受我的梳头，反正我是把平生爱与恨的积蓄都梳进了母亲的丝丝缕缕。我爱我的母亲，是因为她给了我生命；我恨我的母亲，是因为她自己的生命质量竟是如此糟糕！

母亲的哮喘一年年加重，随后又添了一大堆常见或不常见的病，纵是华佗再世，也无力回天。我的母亲遭了常人难以忍受的洋罪。晚上睡觉，母亲脱一次衣服要一个多小时，而别人帮忙她又坚决不肯，夜间睡不着，躺不住，她半趴半卧，一连串上不来气的咳嗽声，使人揪心裂肠。母亲年轻的时候家里穷，有病没钱治，想吃点营养的东西也买不起，天长日久，小病就拖成了大病。如今，我们做儿女的手头上有钱了，给她买了各式各样的营养品，而她又吃不下，她的肠胃里都让或固体或液体的药物塞满了。尽管母亲活着就是受罪，尽管母亲每年都是在炕头上迎送着我，但我还是从感情深处希望母亲活着。她活着，我们这个大家庭就算完整，她活着，我们就算有娘。出门在外，进家有娘，这就是福分。

老家人常说：阴来阴去要下雨，病来病去病死人。我是个彻底的唯物主义者，我知道我迟早要有失去母亲的那一天，我知道，可能会在哪一年，我在腊月二十八背着大包小裹回到家，隔着窗户朝屋里望，炕上就会没娘了；我走的时候，再不见娘把整个脸贴在玻璃上默默无语地流泪；灯光下，没了娘半坐半卧的剪影；屋里永远失去了娘的咳嗽与唠叨，小院变得让人承受不了的冷清与宁静。那一天，一定十分可怕。

母亲走了，也许她寻找了一种解脱，她活着，除了受罪，还是受罪，或许，到了天堂之后，她会活得很好。我只有默默地祝福她。

父亲赴京

我有一个愿望，让父母一道进京小住，这也是我一路打拼的目的之一，他们一辈子受苦受累，甚至遭罪，到了晚年，跟我这当儿子的到了大都市，享享福，开开眼，但由于母亲身体的原因，这个愿望一直都没实现，这是我最大的遗憾。眼下，母亲去世了，父亲自由了，我劝他跟我一道去北京，让他暂时离开家里的环境，转换一下心情，但他表示先不动。当时正是春天，北京的天气比老家还要冷一些，我就没强求，到了秋天，北京不冷不热的时候，我来接他，他愉快地跟我来了北京，那一年，父亲七十七岁，还不算老，身体很棒，精神也好。我带他爬八大处，登香山，逛天安门广场，上天安门城楼，瞻仰毛主席遗容，一天换一个地方，父亲玩得很开心，很尽兴，脸上始终带着笑容。我呢，既是导游员，又是摄影师，为老人家保驾护航。我记得父亲爬八大处的时候，一位老者冲他点赞，他手里本来拄一根棍子，人家一夸，他索性把棍子扔了，动作很潇洒，像一个老小孩儿，偶尔还哼声小曲儿。但父亲也有矜持的时候，登上天安门城楼，照相的时候，我让他挥挥手，可他把手抬到半空中，又停下了。他说：在这儿可不敢造次，这是皇上登基大典的地方，是毛主席检阅红卫兵的地方。他还说：我一个老农民，能上来看看，就已经受抬举了。

晚上，我陪他小酌，没上两个菜，他就对儿媳说：够了，够了。我又不是住一两天就走，别那么破费。他在家，每天都喝点儿，有时小葱蘸酱，有时啃俩蒜瓣儿，也喝得有滋有味儿。他跟母亲一样会过日子，一粒花生米掉在地上，也会钻到桌子底下仔细寻找，剩菜剩饭，一点儿也不能扔。他喜好喝热酒，下肚之前，要用开水热热，够了温度再开喝，他说：这样喝下去好受、舒坦。父亲感慨地说：我有两个没想到，没想到，你们能在北京安家；没想到，我这么大岁数的老农民，还能来北京，还登上了天安门城楼。说这话的时候，父亲的脸上泛着老年人少有的亮光，看来他是真的高兴了，彻底满足了。但只住了一个礼拜，父亲就提出打道回府，他说：该看的都看了，在这里住着不方便，还是回去吧。

172

我好说歹说，还是留不住，只好答应送他回家。孝顺孝顺，以顺为孝，这是父亲经常教导我们的。

第二次来京，父亲是绕道天津过来的。

父亲很自豪，到了秋天，天儿不冷不热的时候，他就开始旅行了。第一站，先到沧州。那时候，小弟已调到沧州军分区工作，且娶妻生子，安家落户，住上个把礼拜，便在小弟的护送下去天津，去看大他几个月的大哥，也就是我的大伯，这是第二站。老哥儿俩多年未见，当年又有那么深的交情，回忆起来是一件很幸福的事儿，老哥儿俩喝完小酒，我便把他接到北京，完成他旅行的第三站。这三站走下来，要用个把月的时间，回到家，与老头儿们贴墙根儿的时候，便有了谈资。的确，在村里，像他这个年纪，还能出门儿，走这么多的地方，是一种骄傲。父亲一向低调，但对自己的幸福旅行，还是按捺不住地要炫耀一下。

记得有一次来京，我给父亲买了一个助听器。父亲耳背已经有些年头了，正常说话，经常打岔，我拉父亲到医院测了一下听力，医生建议配助听器。我挑选了一款助听器让父亲试听，是西门子牌的，花了两千多块钱。听力明显好多了，他却不想买，他说村里有人戴了，根本就没用，还挺别扭的。我知道，说到底他是疼钱，我硬给他买下了，他问我多少钱，我说五百多。他怀疑地嘟囔道：不会吧？北京的东西有那么便宜吗？到了家，父亲看说明书，不小心看到了发票，嚷着非要退货，我好一阵做工作，才不

父亲赴京

再坚持了，但一直骂我败家，这么个玩意儿，两千多块钱，农民一年的收成，你眼也不眨就买了，你那钱是大风刮来的呀？一直到送他回家，还在生我的气。后来几次回家，我发现他从来不戴，不知是赌气，还是疼钱。

我跟父亲半开玩笑地说：你不常说嘛，省着省着，窟窿等着。光靠节流不行，必须开源，才能过上好日子。

父亲瞪了我一眼，说：你爹没开源的能耐，只能靠节流。

我笑笑，无语。

父亲最后一次来京是2011年夏天，按虚岁，父亲那年九十岁了，按照老家"七十不留宿，八十不留饭"的说法，是不该拉他出远门的，但我感觉父亲的身体条件允许，除了听力不大好以外，没别的毛病。再就是，那一年我搬了新家，是四室一厅的经济适用房，气派、宽敞、豁亮，让他老人家来享受一下。我调到北京以后，先后搬了四次家，几乎每搬一次家，我都接父亲来一次，这是最后一次搬家了，必须接父亲来看看，哪怕住上三天五天，也算我尽到心意。我的新房子，有两个朝阳的卧室，又是高层，采光相当好，其中最大的房间有二十多平，是我的卧室兼书房，刚装修完，我还没住过。父亲来的那天，是我陪他入住的。出门饺子进门面，那天为父亲接风，吃的是冷面，老家叫冷汤，父亲吃得不少，状态相当不错。九点多钟，我们上床休息，上床之前，给他洗了脚，擦了身子，我担心他一路旅途劳顿，让他早点儿歇息，然而，父亲却心情激动，话题很多，一旦说开了，好像耳朵也不聋了，我们说了大半夜的话。以往，父亲来京，都是他一个人住一个房间，我每天晚上都要过来一两次，看他睡得怎么样，我发现，父亲很能睡，不仅入睡快，而且睡眠质量很高，即使小解回来，也很快入睡，这可能就是父亲长寿的原因之一，可这次父亲来京已经九十高龄了，我不放心，要陪他睡，看看他这一夜的睡眠情况，一旦需要帮助，我在第一时间能做出反应。那一夜，父亲睡得相当好，甚至比我要好得多。我很欣慰。

第二天，我给父亲换上了早就为他准备好的衣裳，然后给他照相。先在室内照，大厅、卧室、阳台、书房等等环境，都照了若干张，接着又到室外照，花园、草地、亭台、游乐场、健身区，凡是有特点的地方，都拍了照，换上新装的父亲显得异常精神，笑容可掬，不时跟小区里的老年人打招呼，虽拄着拐杖，但步履轻松，春风满面，从哪个角度看，都不像一个年届九旬的老人。上几次来，父亲不大喜欢照相，刚照两张，就说：行啦，行啦。一个大老头子，照那么多相干啥？这次却很乖，在哪儿照都行，让摆什么姿势，都积极配合，既不呆板，也不拿捏，始终是微笑的表情。父亲是个很阳光的老人。

我见父亲精神状态甚佳，就带他各处走走，带他听京戏，逛庙会，看杂技，隔三岔五出去吃饭。记得有一次带父亲吃自助餐，见一大堆好吃的，父亲看花了眼，围着主食副食样品转了一遭回来

175

说：给我来俩煮鸡蛋吧。好笑，自助餐每人的标准是一百八十元。我去取菜，父亲眼睛四处踅摸，我落座后对我说：你看看，这么多人吃饭，一个咱村儿的熟人也没有。父亲显然是在幽默，他是很有幽默细胞的，实际上，父亲不仅幽默，还很智慧，而幽默也是以智慧为前提的。记得有一次和献县籍的几位老乡吃饭，人家送了他烟酒和营养品，我当场说：你这可是无功受禄。父亲很快接过来道：那我是寝食难安。我们爷俩的一唱一和，惹得众人称赞，谁也没想到一个老农民会如此睿智，如此对答如流。我当然引以为豪。

记得还发生了一件有惊无险的事儿。

有一天，我们陪父亲出去玩，住进一家宾馆，我们都感觉有些累了，让父亲睡会儿午觉，我和陪同的两个弟弟，到隔壁房间斗地主。等我回到房间的时候，发现父亲不见了，床是空的，在走廊里找了半天没找到，我慌了，招呼弟弟们下楼找，竟发现父亲在和几个老头儿聊天。我印象当中，父亲没坐过电梯，上下楼都是我陪同，我按电梯开关，他怎么自己就敢坐电梯下楼？我们见到他时，他还朝我们摆手，笑笑，像什么事儿也没发生一样，非常淡定。回到房间，我批评他：以后可不能一个人到处乱跑，你毕竟是九十岁的老人，且人生地不熟的。他笑笑，不理我的茬儿，也没表示任何歉意。看来父亲很自信。

老友重逢

　　父亲来京住得最长的一次，是 2004 年，说是时间长，也不过是三七二十一天，再多住一天，就要跟我急了。记得父亲那次是从沧州过来的，小弟买了房，让他过去小住。大概待了一个礼拜，就让小弟送他到北京，小弟住了一天，便回了沧州。

　　记得有一天，我陪父亲在国家大剧院看戏，看的是《空城计》，那是父亲最喜欢唱的一出戏，马派代表作。台上唱了多长时间，他就在台下哼了多长时间，一直到回家的路上还意犹未尽，拍着大腿哼唱：我本是卧龙岗散淡的人，凭阴阳如反掌御驾三请，就算是汉家的业鼎足三分，官封到武乡侯执掌帅印……我也算是京剧爱好者，一路跟他哼唱，惹得司机小张不住地偷笑。

　　父亲的情绪很高，又提起一个话题。他在公社粮站工作的时候，有一位工友叫邱俊起，长得大高个儿，那才叫标致，家是八里庄的，大概 1959 年当兵走了，好像是去了内蒙古，提了干，在外面安了家，后来就不知道音信了。这个话题，父亲曾经几次向我提起。言外之意，他十分想知道这个人的下落，当年他们关系处得非常好。

　　说者无意，听者有心。作为儿子，我忽然觉得应该为父亲完成这个心愿。我想起了我的战友邱阳，当时任北京军区直属法院院长，老家是献县的，与我关系很好。有一次，与他的父母一起吃饭，闲聊中，他的父亲提到入伍前曾在八章粮站工作，后来当兵去了内蒙古。我向他提出了父亲的名字，他摇摇头，表示记不得了，此话题没再提起，但我感觉到，他与父亲描述的形象有些相似，大个儿，笔直，精神，一表人才，但我就是没好意思问其尊名，但目前我认为，他就应该就是邱俊起，是父亲念念不忘的那个老工友。

想到这里，我给邱阳拨了一个电话，张口就问：你父亲是不是叫邱俊起？邱阳肯定地回答：是啊。我说：得了，晚上咱们一起吃顿饭吧。我们两个的爸爸是四十多年前的老工友。放下电话，我兴奋地对父亲说：好了，这回你的心愿该了却了。

晚上，我在军区院内的小白楼招待所订了一个包间。我们爷俩刚进房间，邱阳就带着他的父亲来了，一见面，未经我介绍，两个老人就抱在了一起。很像电影电视上的画面：久别重逢的老战友，久久拥抱，热泪盈眶，激动万分，而话题又不知从何说起。两位老工友，怎么也没想到，失联四十六年后，竟在两个儿子的牵线下得以重逢。

那一年，父亲八十二岁，邱俊起叔叔六十四岁，两人相差十八岁。

落座后，两人的手一直紧握着，谁也舍不得松开。

父亲说：没承想，这辈子还能见着你。

邱俊起叔叔说：我也常想起你。

178

父亲说：你比我文化深，业务能力比我强，没少帮我。

邱俊起叔叔说：你责任心强，很能吃苦。

父亲说：咱们在一起待了一年多，五九年你当的兵，去了内蒙古。

邱俊起叔叔说：到了部队，我还给你写过信。

父亲说：对，我也回过。后来就失去联系了。

菜上齐了，酒也斟上了，我站起来发表祝酒词：今天是个大好的日子，看到您两位长辈久别重逢，我和邱阳为您二老高兴，向你们祝福。来，干一杯！祝二老健康长寿！

满满一杯酒，两人都一口干下去了，我和邱阳谁也没拦着。

那顿饭，我和邱阳基本上都没说什么话，都是两位长辈满满的回忆，他们不停地说，不停地喝，情绪热烈，语调激昂，场面感人。我劝他们少喝多说多吃，但基本上起不到作用。我不由想起郭小川《祝酒歌》里的诗句：舒心的酒，千杯不醉；知心的话，万言不赘……一杯酒，开心扉；豪情，美酒，自古长相随……

席间，父亲讲述了一个故事：当年，你们家日子好过，俺们家穷。有一次，我借你的自行车回家，回来的时候，下起了雨，路上泥泞，可我不小心把车链子给弄断了，骑不了，推不动，我只好把自行车给扛回来了。第二天，我要去街上修自行车，可你死活拦着不让……

两个人哈哈大笑，由此，宴会气氛达到高潮。

老友重逢

酒过三巡，菜过五味，很快，两个小时过去了。鉴于父亲年事已高，我劝他回家歇息，改日再聚，但他依依不舍，最后，两位老工友，又实实在在地干了一大杯，才罢休。我看见，两人的脸都喝得红红的，格外滋润。我从未见父亲如此激动，如此高兴过。

那天，我给两位老人照了很多照片。后来，找了一张满意的放大加洗，镶上镜框，两位老人各送一张，直到现在，那张合影照还摆在三弟家。我记得，父亲常给来人讲起照片的来历，讲起来就有些激动和自豪。

那天晚上父亲失眠了，彻底失眠了，他又给我讲起了一件件与邱俊起叔叔之间的故事，讲到两人最终结局的时候，也感到自卑，他说：同样在粮站当临时工，人家成了军官，我到了还是农民。命啊！

命啊，人不能和命争。这是父亲常说的话。

从那以后，父亲和邱俊起叔叔家建立起了联系，邱俊起叔叔每次回老家，都要去看父亲，父亲也时常感叹他们的意外重逢，他把这段经历写进了回忆录，说这是一辈子都值得珍惜的缘分。

父亲去世后，我回到北京不久，把消息告诉了邱叔叔，因为他每年清明节回老家，都要去看父亲，我不想让老人家白跑一趟。听到消息后，邱叔叔埋怨我，应该告诉他，他说：你父亲是好人，也是个了不起的人。我理解邱叔叔的善意责备，但在当时怎么可能告诉他呢，一来他也是八十岁的老人了；二来又在北京，怎么好惊动他？

　　父亲过世两年后的中秋节，我去看望邱俊起叔叔，已八十二岁高龄的邱叔叔，依然精神矍铄，充满精气神，对我热情有加。我本来想坐半个小时就走，但聊起来就收不住了，不知不觉一个多小时就过去了，当然主要话题，还是围绕父亲展开，时过境迁六十余载，老人说起他们当年的经历，却如数家珍，时间、地点、人物，包括一些细节，表达得都很清晰，仿佛发生在昨天。满打满算，父亲与邱叔叔一起工作的时间，不足两年，可他们却留下了那么多的故事，结下了那么深的友情，而且时隔几十年，他们还都那么记忆犹新，那么弥足珍贵。我想，虽然父亲不在了，但他与邱叔叔之间建立起的友情，作为晚辈，我要传承下去，这是责任，也是孝心。

　　我给邱叔叔带去了我的一幅书法作品，是我的一首五言诗。2019 年，邱叔叔回家看父亲时，二弟给我打来视频电话，当时我正在陆军总院检查身体，看了两个老友再次重逢的场景，我很激动，放下电话，便写了这首诗：

　　　　昔日老工友
　　　　今又喜相逢
　　　　弹指六十载
　　　　感情一脉通

老友重逢

年久音信断

子辈来传情

耄耋齐长寿

青山夕照明

父亲和我的小说

截至目前，我写了长、中短篇小说几十部，大约有六七百万字，我仔细梳理了一下，大概有三分之一的文字与父亲有关。

我的处女作《可怜孩子心》1980年发表在《承德群众报》上，虽不足千字，但字字句句都在"控诉父亲"的棍棒教育，也就是说，我的文学起步是父亲这个原型对我一生的深刻影响已深入骨髓。我不知道，为什么我每当构思一篇小说的时候，父亲的形象就浮现在眼前，或缘于爱，或缘于恨，或缘于复杂的感情，让我不能自拔，觉得只有围绕着父亲搞创作，才能使我才思泉涌，一发不可收。1990年我在《解放军文艺》上发表的第一篇小说，题目叫《芦苇席花儿》。如果系统归纳，那才是我的小说处女作，那时我正在解放军艺术学院文学系读书，听了好多老师讲课，我初步总结出的经验是，文学和童年连在一起，文学和故乡连在一起，文学和家庭连在一起。一个人，无论你成长在什么环境，面临什么样的境遇，最终是成功，是失败，是幸运，是不幸，你冥冥之中，总是感觉有一个人在纠缠着你，影响着你，追随着你，让你无法摆脱，挥之不去，我认为，我命中的这个人，就是父亲。《芦苇席花儿》写了"我"高中毕业之后，被父亲逼迫学习编席手艺，而心比天高命比纸薄的我，一心想当作家，不仅无心学手艺，而且还经常和父亲较劲，弄得父子关系很僵，最后"我"赌气当兵离家。那时我的想象能力还不太发达，作品中的人物、故事，包括细节，基本上都是我和父亲之间发生的，可以说是我们父子生活及情感的真实写照。《解放军文艺》是全国性的大型文学期刊，是我最尊崇和敬畏的文学刊物之一，从新兵下连，我就给它投过稿。但在入军艺之前，却一个字也没上过。我觉得它的门槛儿太高，我的这篇小说能够顺利通过，说明我找到了与它对话的接口，也就是说，写我的个人经历，写我与父亲之间发生的故事，可以成为我的文学命题，抑或永恒的命题。记得责编刘立云鼓励我再写几篇类似的小说，觉得挺有味道。我受到鼓舞，很快又创作了两个短篇。一个题目叫《探家经历》，写"我"当兵后开始反思父子关系，决心在探家中修复与父亲的感情，结果适得其反，又与父亲发生了几件针锋相对的事情。父亲逼"我"归队，我收拾行囊时，却发现军帽找不见了，原来是父亲藏起来了。另一篇题目叫作《正月十五》，写"我"正月十五利用出差的机会回老家，父亲嘱咐"我"不能与新婚妻子团聚，因为老家有句俗话，这一天晚上，若新婚夫妻同居，那就会"看见灯，死公公，看见火，死婆婆"。而我只有一天的假期，第二天就要归队，于是，我便与父亲展开了"明修栈道，暗度陈仓"般的斗智斗勇，故事有些诙谐，但也很苦涩，甚至不乏悲凉。说实话，写这两部作品的时候，我的"文学脑袋"已经开窍了，不再过分依赖生活的真实，想象能力打开了，小说的灵光也得以显现，但父亲这个原型，却一直离不开、脱不掉，这是铁的事实。这两篇小说同时发表在《昆仑》1992 年第二期。这几篇小说的发表，使我以父亲为原型的小说形成了个人风格，之后，又在《清明》《红岩》等杂志上发表了《秋天无故事》《秋凉秋热》《小村往事》等中短篇小说，里边或多或少都有父亲的原型，说明笔墨聚焦父亲，以父亲为心目中的叙述对象，这条路子是可以走的，也是适合我走的，因为我生命中有一个能成为小说叙事载体的父亲。我很庆幸。

尽管我写了一些以父亲为原型的小说，也是在全国一些刊物上发表的，但并没引起读者和评论家的注意，也就是说，我虽然能发表小说了，但我还没有一部属于自己的代表作。我从解放军艺术学院毕业之后，好多学员都冒出来了，名字覆盖全国各大文学期刊，作品还经常被转载、连载，可我还是不被关注，我一度很是苦恼。在这期间，我读了一些关于写父亲的小说，比如邓一光的《父亲是个兵》、余华的《活着》、石钟山的《父亲进城》，等等，我受到启发，何不写一部以父亲经历为原型的中篇小说？

第四章

前面我发表的以父亲为原型的小说都是短篇，而且在小说中父亲并不是主要人物，另外也只是选取父亲的某一生活侧面或某种性格特征，并没有把父亲这一形象立体式、全景式地塑造出来，而父亲一生中走津门、闯关东、进粮站、回农村的坎坷经历，完全具备小说素质，我为何不完成这个使命？记得动了这个念头，是在1999年的"五一"，正好放假在家休息，晚上，我一个人孤灯下冥思苦想，猛然间冒出"农民父亲"这样一个题目，突然拍案而起，兴奋地大叫一声：好，就它了。紧接着，我铺了稿纸，写下了这个题目，父亲的形象又出现在眼前，闭上眼睛思考了一会儿，我写下了这篇小说的开头：父亲并不是一个地地道道彻头彻尾的农民，他曾有过改变农民属性的经历，但命运又请他回到了农民的序列。父亲说，命就是命。

有了这个题目，有了这个开头，我信心满满，接下来，我又下定决心，以"我"的视角，也就是儿子兼军人的视角，叙述父亲一生的沧桑经历，以及父子之间的情感纠葛，铺设两条线：一条主线是父亲一路走过的城市与乡村生活；另一条线是"我"奋斗成长经历的军营生活，这两条线，就像数学中的立体几何，时而平行，时而交叉，时而重合。也就是说，这次创作，对我以前的作品是颠覆性的。我觉得，根据我的生活积累和艺术积淀，我该往前走一大步了，尽管这一步比同龄作家晚了一些，但必须走出去。

185

父亲和我的小说

我觉得自己的创作欲望相当强烈，近五万字的稿子，只用了三天即搞定，那可真是一气呵成。那时，家里虽买了电脑，但我还不会打字，手写完成初稿后，是爱人帮着打出来的，然后修改起来，就方便多了。

稿子完成之后，我感到痛快淋漓，如释重负，经反复修改酝酿之后，我预感到这部作品能够产生一定影响，同时，觉得对于父亲，也是一种不可替代的精神尽孝。

投给哪儿呢？我想到了《解放军文艺》，但很快又否定，因为这算不上一部纯军事文学作品，不一定能发，想了想，还是寄给《清明》吧。那是安徽省作家协会主办的文学刊物，我已经在上面发过几部作品，人脉也熟，就给他们吧。很顺利，《农民父亲》发在《清明》1999 年第四期（双月刊），头题位置，卷首语上做了浓墨重彩的推介，可见，他们对这部作品是相当重视的。刊物收到不久，我便接到《小说月报》责编电话，表示他们要转载《农民父亲》，让我写一篇创作谈，激动中，我很快写了题目为《我生命中的农民父亲》的创作谈。稿子刚刚寄出，又接到《中篇小说选刊》责编的电话，他们也要转载这篇小说，也要让我写一篇创作谈。一篇小说，写两篇创作谈，但也没难倒我，我很快又写了一篇题目为《你父亲是农民吗？》的创作谈。我一下子幸福地忙碌起来，就这样，《农民父亲》被《小说月报》1999 年第十期头题转载。责编很用心，还在作品前面加了一幅摄影作品，画

186

面是：一个身穿粗布棉袄的老农民，揣着手，佝偻着水蛇腰，迈着八字步，在雪地里踽踽独行，那形体，那神态，那感觉，活脱脱就是父亲的翻版，我真是服透了。《中篇小说选刊》是在1999年第六期（双月刊）转载的，接着又是好戏连台：《作家文摘》全文连载；《经济消息报》《战友报》做了选载，并配发评论文章；《文艺报》利用半个版面的篇幅，刊登了两位文学博士写的评论文章……《小说月报》《中篇小说选刊》《作家文摘》《文艺报》，这些全国权威性的文学报刊，在这之前，一直令我望而生畏，认为高不可攀。更没想到，《农民父亲》给我带来的荣誉还在后头，第二年，获得了《小说月报》第九届"百花奖"。这个奖项如同电影"百花奖"，是全国读者投票产生的，两年评一届，中、短篇小说各十篇，中篇获奖作者有铁凝、池莉、毕飞宇、方方等，按得票多少排列，我排在第三；短篇获奖作者有王蒙、莫言、高晓声、冯骥才、裘山山等，除了我，都是大腕儿。在天津开的颁奖会，得了奖杯、奖状，还有三千元奖金，可谓名利双收，令我欣喜若狂。不久，《农民父亲》又在全军文艺"新作品奖"中获得了二等奖。

对于《农民父亲》这篇小说的影响，我确实有一种期待，我觉得发表肯定没问题，被读者关注，也有可能，但没想到会引起一系列的连锁反应，一下子取得这么多的荣誉，这是我多年的追求目标，然而，我没想到，《农民父亲》会持续发酵，接连升温。

父亲和我的小说

许多熟悉的老朋友打来电话表示祝贺,有的说,太感人了,我是流着泪读完的。有的说,你把农民父亲写活了,写透了,它就是罗中立油画《父亲》的解说词。还有人问,小说里父亲的原型就是你父亲吧?还有失散很多年的朋友,也不知哪儿找来的电话,一再祝贺。我解放军艺术学院的老师,毕业后,联系也不多,但主动打来电话,给我热情鼓励,其中一位老师说:你冒得有点儿晚了,但毕竟还是冒出来了。冒出来,这个词儿,在军艺读书的时候,一部看好的作品出炉了,老师会在课堂上歇斯底里地表扬:某某某又冒出来了!那时候,我心里一直惊惊乍乍的,每当老师表扬一个冒出来的学员,对我这种不温不火冒不出来的学员,都是巨大的打击,可一直到毕业,我也没冒出来。估计老师们对我已失去了希望,或淡忘了我的姓名。我记得,我们临毕业的时候,一位老师很诚恳地说:上了军艺文学系,不一定每个人都能当作家,如果不是那块料,拿个文凭回去,该干啥干啥吧。我听了,脸上火烧火燎的,好像那话就是直对着我说的。

20 世纪 90 年代末,通讯工具远不如现在发达,除少数人手里有大哥大,一些人有 BP 机以外,大部分人还是靠固定电话进行通信联络,还保持着传统的书信来往。我记得从《农民父亲》发表起,就有读者来信,尤其《小说月报》《中篇小说》《作家文摘》转载之后,来信更多,要说每天像雪片一样飞来,那确实是吹牛,但一天收到十几封或几十封,是事实。写信的人,农民出身的偏多，因为他们都有一个农民父亲。一个在校大学生来信说：看了你的小说，我要做的第一件事，就是给父亲打一个电话，问他身体好不好？有的来信问：我的父亲和叔叔多少年不来往了，能像你小说里写的那样，通过续家谱，让他们重归于好吗？还有的来信说：我以前总为自己的父亲是农民感到自卑，看了你的小说，我觉得一个农民父亲其实也很伟大。一些有代表性的信件，我收起来了大概有一百来封，现在还和我的日记本放在一起，没事儿的时候，翻开看看，还是很温暖、很自豪的。

　　还有一个更典型的故事。我去石家庄出差回来，接到《小说月报》责编刘书棋的电话，他说：有一个来自湖南邵阳的读者，来北京找你，已经在一个旅馆等你好几天了。刘把那个读者所住旅馆的位置告诉给了我，我当天下午去那家旅馆找到了那个读者，是个二十岁出头的女孩儿，她对我说，她的爷爷在县文化馆工作，在《小说月报》上看到了《农民父亲》，很受感动，推荐给她看，随后让她拿着那本杂志到北京看我，嘱咐她一定要让我签上名。我大受感动，给她签了名，请她吃了顿饭，然后送她去火车站。20世纪90年代末，小说已经不像七八十年代那么火了，但还留有余温，我赶上了一个尾巴。到今天，这样的事情不可能再有了，你就是获了茅盾文学奖、鲁迅文学奖，也无人问津了。真庆幸，我冒得还不算特别晚，还蹭了点儿热度。之后，再参加活动，人家介绍我的名字时，马上会有人说：哦，是写《农民父亲》的；或

189

者说：我读过你的《农民父亲》。1999 年，文学评论家们梳理当年的中篇小说创作情况时，《农民父亲》要提上几句。记得江苏某市还把分析《农民父亲》的艺术特色列入了中学语文考试试题，我是听江苏的一个朋友说的，后来在网上查到了。在这之前，没人知道我写小说，也没人知道我发表过什么作品，一部《农民父亲》让我有了标签儿。

还有两件事儿，也与小说《农民父亲》有关。一次，我半夜发烧，爱人陪我去医院，我迷迷糊糊地听值班医生问爱人：这就是写《农民父亲》的李西岳吧？得到肯定的答复后，对我特别关照。我输液的时候，她拿来载有《农民父亲》的《小说月报》让我看，我见她在上面勾勾画画，圈圈点点，弄得很热闹，她说她一连读了三遍，还推荐给家人和朋友们看。自此，我们成了多年的朋友，我再去医院看病，她就自始至终陪着。还有一件事儿，儿子高考报的军校，分数够了，可却让我报成了第二志愿，我们去体检，人家把我们拒之门外，告之，本校从来没录取过第二志愿的学员。我不死心，找到了该校的招生办主任，刚开始谈的时候，对我爱搭不理，当我递上名片的时候，他反复端详我的脸，突然问道：你是不是写《农民父亲》的作者？我说：是。他马上把手伸给我：写得太好了，太感人了。我佩服。接着又说：孩子能不能录取我说了不算，但体检的事儿，我落实。后来，经过多方努力，还真录取了。通过这两件事儿，我感到，《农民父亲》不仅

第四章

给我带来了荣誉，也给我带来了实惠。因为一部小说，陌生人可以变得熟悉，萍水相逢的人可以亲密无间，对你冷若冰霜的人可以变得肃然起敬……看来，文学太伟大，也太有魔力了，我能写小说，又能让小说进入读者的内心，净化灵魂，进而受到读者的信赖和尊敬，真是我一辈子的福分。

有了这些荣誉，我要感谢的第一个人，就是父亲。如果没有这个活生生的原型，我就写不出《农民父亲》；没有《农民父亲》，我就不敢说自己写过小说，更不敢称自己为作家。那年春节，我回家过年，特意带了一本《农民父亲》，让父亲对我的作品进行检阅。没想到，一进家，见炕上摆着一本《小说月报》第十期，《农民父亲》那篇文章袒露在外面，我拿起来翻了一下，封面的纸角都卷起来了，颜色也显得脏兮兮的，说明已经看过多遍，或不知有多少人翻过了。问过之后，是一个在外地打工的年轻人在报刊亭买的，回到老家就送给了父亲。我问父亲：您看过了吗？父亲说：看了三遍。我说：您觉得写得咋样？父亲叹口气说：你怎么把咱家那些个陈芝麻烂谷子的事儿，都抖搂出来了？接着反问我：你，你怎么可以往我身上泼脏水，说在粮站当保管员的时候偷了公家的豆饼，让人家押着游街？我说：小说里的父亲不是您，只是有您的影子，那里边的父亲当了村支书，您不是只当过生产队队长兼会计吗？您不说过，《三国演义》里的故事也不都是真的，好多是演义的。父亲摇摇头：人家看了，都说是写的我。

父亲和我的小说

我偷着笑了。莫言写《红高粱家族》第一句就是："一九三九年古历八月初九，我父亲这个土匪种十四岁多一点……"听说也遭到过父亲质问，他的父亲也是一个有点儿文化的农民，跟我的父亲差不多，看来当作家下笔还真得小心，说不定哪句话就伤了祖上和先辈。人家莫言，也是我军艺的学兄，后来得了诺贝尔文学奖，成了世界级的大家，无论伤着谁，都值，可我刚冒出来，就伤着老爹了，真是的。我临行前，带着那本《农民父亲》，是想先跟父亲解释铺垫一下，再让他看，没承想，他早就看了。

因为写《农民父亲》挣了稿费，我临行前给父亲买了一些高档营养品，还买了一部能放光盘的收录机，光盘里都是戏曲，有京剧，有评剧，有河北梆子，都是父亲喜欢的剧目，能听，又能看，操作也比较简便，我给父亲演示了一遍，他很快就掌握了，先听了一出评剧《花为媒》，父亲听得很得意，还说他在天津看过新凤霞的演出。有了这个宝贝玩意儿，父亲彻底高兴了，估计以后的日子也好打发了。听完，父亲问我：这玩意儿挺贵吧？我半开玩笑地说：是用您的钱买的。父亲问：怎么会是用我的钱买的？我说：这是用《农民父亲》的稿费买的，没有您，哪儿来的《农民父亲》？父亲笑了：嗬，你爹老了还值钱了。晚上，我陪父亲小酌，看来他已经从《农民父亲》的纠结中走了出来，几杯酒下肚之后，感慨地说：看来你是出道了，这篇文章确实有文采。你上学时作文好，又在海河工地上锻炼了两年，当兵也是奔着写作去的，摸索了这些年，又上了专业学校，看来，往后能吃这碗饭了。那天，我也很高兴，多喝了几杯。后来，父亲说：如果拍电视剧，就把游街那一段儿掐了去，现在村里家家都有电视，街坊邻居会笑话我。我又偷偷地笑了。

没想到，我回京不久，还真应验了父亲的预料，长春电视台找上门儿来要买《农民父亲》的电视剧版权，他们曾拍《咱爸咱妈》引起热播，而《农民父亲》这个题材也与《咱爸咱妈》的风格有些相近，被他们看中了。跟我联系的是长春电视台的祖主任，接通电话后，他就让我晚上找个安全的地方见一下，并嘱咐我带上盛钱的包裹，最好坐专车来。我一听，有点儿蒙，见一面，就给钱吗？还让带上盛钱的包裹，坐专车去，能给多少钱呀？我一想，反正是好事儿，想那么多干吗？我还真跟单位要了一辆车，谎称去车站接人。

我正要出发，接到军艺老师黄献国的电话，他说：今天约你的人，是我同学，你去归去，但不能跟他签合同。我现在天津，明天回去，我们再一起跟他谈。又说：《农民父亲》是好作品，不能轻易出手。我答应了。

晚上是在我朋友开的一家餐馆吃的饭，那地方绝对安全，还有一个大包间，条件也不错。我刚坐定，祖主任一行三人就来了，互相介绍之后，他就大张旗鼓地夸我的《农民父亲》多好多好，小说的叙事中画面感很强，故事也好，拍成电视剧肯定一炮

193

打响。接着，就招呼上酒上菜，还一再说，跟军旅作家合作是缘分，也很高兴，今天一定要吃好喝好，别省钱。看来他们电视台的真是家大业大，把餐馆里好吃的都点了。我有点儿受宠若惊，从长春大老远地跑来上赶着买我的东西，还豁出血本请客，真是太够意思了。我不喝白酒，但在客人热情劝说下，高兴地喝了三瓶啤酒，对于我来说，已经到极限了。记得有一次，就是喝了三瓶啤酒，发了酒疯，恶语伤人，把一位领导给得罪了。从那以后给自己定下戒律：酒不过三，可今天又突破底线了。席间，大家兴致勃勃，记得那位祖主任情不自禁唱起了《咱爸咱妈》的主题歌，声情并茂，大家鼓掌。我礼尚往来，唱了京剧《红灯记》李玉和的唱段儿"穷人的孩子早当家"，唱得不咋地，但还是响起了掌声。酒过三巡，菜过五味，祖主任问我：盛钱的家伙儿带来没？我从屁股底下拿出一个手提包给他看，他说：好。顺手从自己的手提包里拿出几张纸，说是合同，让我看一下。我没见过合同，更没签过合同，又喝多了酒，只看清了甲方乙方，我是甲方，电视台是乙方，后面好多条款，我也看不大明白。这工夫，祖主任把一个长方形的纸袋放在桌上，说：李老师，你点点，三万！啊？三万？我忽然想起了陈佩斯的小品里有一句台词：我王老五从来没见过这么多的钱啊。这三万块，相当于我一年的工资，我是有些见钱眼开了，眼里估计放出了绿光。祖主任说：你再看看条款，如果没意见，就签字吧，一式两份儿。我又在合同上溜了两眼，实际上还是没看出个所以然，拿起笔就签了。祖主任随手把桌上的钱袋子推给我，我迅速放进了自己的提包里，感觉像在黑市上做交易，那袋子鼓鼓的，都是银子啊，我的包可从来没装过这么多钱。我一下子像小人有了权、穷人有了钱一样飘起来。

回家的路上，我的激动情绪还未消减，也没看几点了，就拨通了二弟家的电话，还让父亲接电话，二弟说：爹早就睡了。我就说：明天你问问他，想要什么东西，我给他买。还好，没说自己有钱了，而且得的是稿费。后来，不知跟二弟啰唆了一些什么，聊的时间太长了。二弟说：大哥，你喝多了，天也不早了，你早点儿歇着吧。

第二天，我还没睡醒，就接到黄献国老师打来的电话，说他从天津回来了，晚上找个地方，跟长春电视台的人见一下。我说：黄老师，不用见了，合同已经签了。他们回长春了。黄老师在电话里声音变高调了：啊，签啦？多少钱？我说：三万。黄老师说：你呀，你，算了吧。说完，把电话挂了。我不知道黄老师为什么生气，一部几万字的中篇小说，卖三万块钱还少吗，生的哪门子气呀？真是的。

过后，我想起来了，父亲曾嘱咐我，如果改成电视剧，别写他挂着牌子游街的情节。父亲一生清正廉洁，充满正能量，别让我这不孝之子毁坏了他的名声，可昨天因为喝酒热闹，把父亲的话给忘了。我翻了一下手机，找到祖主任的电话，礼节性地问候

195

之后，把父亲的意思转达了过去。祖主任连说：好的，好的。就挂了。

没过两天，我又接到河北电视剧制作中心领导的电话，他们也想买《农民父亲》的电视剧版权，我告诉他已经卖了。他们没问卖了多少钱。我又是一阵高兴，没想到，《农民父亲》如此抢手，但后来，不知什么原因，长春那边没有拍成，父亲担心的问题，也就不用担心了，可毕竟还是有些遗憾，现在好多作家，都是被电视炒火的，小说怎么也不如电视关注度高、覆盖面广。我这个人大概没什么影视缘儿，后来写的《生命线》《百草山》都卖过影视版权，可一部也没拍成，有的还不只卖了一次。

《农民父亲》也可以说改变了我的命运。2000年5月，也就是《农民父亲》发表的第二年，我调进了北京军区政治部文艺创作室，进入专业创作队伍，这是我一生的追求。在中国人民解放军的序列里，各大军区、各军兵种，都编制一个文艺创作室，属于政治部的附属单位，由宣传部代管，每个大单位的文艺创作室编制十来个人，分文学、美术两个专业。这些人不坐班，眼睛一睁就搞自己的专业，每个人都有专业技术职务和级别。进来不容易，一旦进来就干到退休了，不出意外，退休前都能享受到师团待遇，有的甚至更高，你想想，哪有这么好的单位？我的一个同事说，一个创作员，给个副总理都不换，虽然有些调侃儿，但足以证明这个岗位有多么的优越。我从小爱好文学，把当作家看作最

196

第四章

崇高的理想，一直在孜孜不倦地追求，如今，自己的爱好和事业并在了一个轨道上，有什么理由不高兴、不知足、不好好写？但坦率地说，能进这个门槛儿，是《农民父亲》把我推进来的，进了这个门槛儿，穿一辈子军装，就有很大的可能性了，从这一点讲，我还得感谢父亲。

随着《农民父亲》打响，我更坚定信心，沿着这个路子走下去，把父亲写透，把油水榨干。《清明》杂志向我约稿，我很快又写了《人活在世》，实际上是《农民父亲》的续篇，写了农民父亲的晚年岁月，很快又在《清明》头题位置发表，紧接着，又被《小说月报》《中篇小说选刊》《作品与争鸣》转载。我趁热打铁，又写了《战友》《遍地胡麻》《生命线》《大奶奶》《娘，朝着天堂走》《哥们儿弟兄》等中篇小说。几乎是，写一个，发一个；发一个，转一个，最多的时候，同时被六家杂志转载，我的名字渐渐被读者所熟悉，我也感到，是《农民父亲》把我的创作思路打开了，把各大文学期刊的人脉关系也建立起来了，随之便是约稿不断，一些文学评论家们也对我予以关注，不时有评论我作品的文章见诸报端。2008 年，我出版了第一部中篇小说集，书名理所当然地选用《农民父亲》，封面是一个头戴草帽、身穿粗布棉袄、体形佝偻的农民形象的剪影，那是我亲自设计的，是父亲在我心中的形象。2003 年之后，我由中短篇创作转入长篇小说创作，进了专业队伍，又担任主任职务，我觉得没有几部长篇小

父亲和我的小说

说搁在那儿，是撑不起军旅作家这个称谓的。我写的第一部长篇小说叫《百草山》，百草山是我老家付家庄村村北的一座古汉墓，我从小就在山上玩儿，和小伙伴儿们上山摸爬滚打，很早就立志为百草山写一部大书，我觉得现在是时候了，通过百草山这个叙事平台，折射中华民族几十年的沧桑变迁。跟写《农民父亲》一样，百草山下主人公的老家七里冢是一条线，主人公所在部队的生活是另一条线。我已经养成了思维惯性，只要写到农村，就想到老家，写到老家，就想到父亲。《百草山》中的贺老拴就有父亲的原型，后来，我又写了《独门》，那是一部自传体小说，作品中的"爹"基本上就是父亲的人生缩影。再后来写的《血地》《戎装之恋》等，多多少少都有父亲的影子，不管搞哪类题材的创作，对于我来说，离了父亲，我好像就无从下笔。

我每出一本书，都要带给父亲。我每次回家，都见他捧着我的书看，好几本书都被他翻烂了。渐渐地，父亲成了我的第一读者，也是最忠实的粉丝，然而，村里人问他：你大儿子是干什么的？他就说：当兵的。别人又问：他现在是作家了，写过《农民父亲》《百草山》。你看过吗？他便摇摇头。从小我就受父亲的影响，为人处世，低调，低调，再低调，哪怕你有了天大的本事，也不要张扬，不要嘚瑟，人外有人，天外有天。记得父亲常对我说，三年学说话，一生学闭嘴。此话很经典，但仔细想想，我没那么严谨，也有发飘的时候。

第四章

记得大概是 2017 年春天，老家献县电视台给我做了一套系列专访节目，其中有一集叫《传承》，专门采访了父亲，我真没想到，年过九旬的农民父亲，竟思路清晰，声音洪亮，滔滔不绝。记者问：你把儿子培养成了大作家，感到骄傲吧？父亲说：不是我培养的，是军队培养的。回答得干净利落，记者和摄像师都冲父亲竖大拇指。

　　受父亲教育的影响，我对自己有很清醒的认识。尽管我写了一些小说，当了专业作家，也获了一些奖项，有了一点儿名气，但就我个人先天的文学基因和后天的个人因素而言，我成不了大作家，也不会取得多么辉煌耀眼的成就，但有一点，与别的作家不同，那就是我的创作始终关联着父亲。我因为有个农民父亲，而写了《农民父亲》；因为写小说，而改变了我和父亲的关系，我是不是该感谢小说？而父亲呢，因为有一个作家的儿子，他才刻意去读书，去关注我的创作。每次我要回家前，给他打电话，问带什么东西，他就说：又出新书了吗？有的话，就带回来。他在两个儿子家轮流居住，从乡下到城里，又从城里到乡下，他什么东西也不拿，只抱着我的书。父亲去世了，我没收藏他的任何遗物，被他读过的书，我全收走了。

父亲和我的小说

小弟出事了

这件事是我一辈子的伤痛，从不曾在人前提起，但在这本书中，无论如何也绕不开了。

2004 年 10 月 18 日，小弟因车祸去世，年仅三十二岁。

记得是在 2004 年 10 月 17 日上午，刚从天津回京的我，接到三弟打来的电话：小弟出车祸了，现正在沧州中心医院抢救。

那天正好是星期天，放下电话，我立即和爱人驱车赶往沧州。一路上，我在不停地打电话，发动我在沧州的人脉，帮我出主意，想办法，为小弟提供好的医疗条件。我从小弟主治医生的电话里得知，小弟受的是复合型创伤，现在刚做完手术。我问：有无生命危险？医生说：不好说，反正挺重的。我又问：能不能转院？医生说：如果家属要求转院，出了问题，院方概不负责。

我心一下子凉了。

我赶到医院的时候，家里的哥们儿弟兄差不多都来了，有七八口人，还有我的战友们也在，从他们的表情中，我也意识到了小弟伤势的严重程度。我进了重症监护室，见小弟躺在床上，全身插着管子，人处于高度昏迷状态，脸上没什么外伤，生命体征监测仪上显示着小弟的各项指标，其中血压高压只有 60，其他指标还算正常，我叫了几声，他没答应，眼睛也不睁，没任何反应，我摸了一下他的手和脸，都是冰凉冰凉的。

200

主治医生向我介绍了情况，再次对我说，患者随时都有生命危险，让我做好充分的思想准备。

我让自己镇静下来，随时准备接受最坏的结果。

输血，输血浆，需要量很大。每输一次都要让我签字，我来之前，是二弟签字；我来了，我是长兄，父亲不在场，我就是小弟的第一家属，我还是这个家庭的主心骨儿，我要顶得起来。

我在病房待到晚上十一点，小弟的生命体征相对稳定，但仍处于昏迷状态，大家让我去宾馆休息，我希望有奇迹发生，到了宾馆，睡不着，隔一会儿，就给值班的二弟打电话，询问情况，一直到凌晨四五点钟，才迷迷糊糊睡着。

第二天一早，我即赶赴医院，小弟跟我离开时的情况差不多，没有意外发生，我心略平静，找个地界儿，匆匆吃了早点，赶紧回病房，让值夜班的人回宾馆休息。九点多钟，小弟的血压骤然下降，医生检查过之后说：腹腔出现渗血，需要做第二次手术。我见医生翻了一下小弟的眼皮，轻轻地摇了一下头。我感觉不好，问道：不行了吗？医生没回答我，护士们过来推小弟进手术室，我们也跟着帮忙，我见医生和护士们都不急不慌，就意识到小弟恐怕下不了手术台了。

医生把我叫到办公室，拿出一张手术报告单，让我细看，我看到了某些手术风险的表述，犹豫了一下，签上了自己的名字。那一刻，我忽然想起晚清重臣李鸿章的一句话：世界上最难写的字，

小弟出事了

莫过于自己的名字。但我面临的压力却与李鸿章有所不同，他亲笔签署了若干卖国条约，留下了千古骂名，而我害怕的是，这次签名之后，恐怕再也见不到小弟了。

出了医生办公室，我和亲属们坐在走廊的长椅上等待。那是十分漫长的等待，一日长于百年。大约不到一个小时的时间，医生办公室的门开了，我第一个站了起来，医生朝我摆了一下手，我跟着医生进了办公室，医生摘下口罩，声音凝重地对我说：你弟弟走了。尽管我有充分的思想准备，脑袋里还是"嗡"地响了一下，接着便是一片空白，但我很快又镇静下来，握了一下医生的手：谢谢，你们尽力了。

我慢慢地走出医生办公室，闭了一下眼睛，很快又睁开，静静地对弟兄们说：小弟走了。众人落泪，我没哭。

迈着沉重的步子，我们把小弟的遗体推进太平间，当那个大抽屉缓缓关上的时候，我忍不住地咆哮了一声：这让我怎么向八十岁的老爹交代呀？

回到宾馆，我把门关上，想趁着屋里没人，往死里哭一顿，把我这两天积压的委屈与伤痛都宣泄出来。我是个感情极其脆弱的人，泪点很低，看电影电视，都莫名其妙地跟着演员哭，无论参加什么人的遗体告别，眼圈儿都是红红的，好几天缓不过劲儿来，可今儿，我却怎么也哭不出来。我这是怎么了？

我和小弟相差十四岁，我当兵走的那年，他才四岁。在家里，

第四章

他最小，父母宠他，我也疼他，每次回家，都给他些零花钱，少则三块五块，多则三十或五十，反正不让他吃亏。他当兵后，父母就等于把他交给了我，先是调到野战军，学了开车，转了志愿兵，后又调到沧州军分区，服役期满，又托人把他安排到《沧州日报》社车队工作，可刚上班，第一个月的工资还没拿到手，就匆匆离开人世了。这十几年的时间，我不知道为他费了多少心血，虽不在身边，却不断地给他写信，千叮咛，万嘱咐，还要求他不要在外找对象，等安定下来再说，终于，他在沧州安家落户、娶妻生子了，我才松了一口气。

小弟很懂孝道，每次回家，都会给母亲梳头，给父亲洗脚、剪指甲，把父母的房间，炕上炕下，屋里屋外，收拾得干干净净，利利落落。母亲欣慰地对外人说：俺家老疙瘩像个小闺女，贴身小棉袄儿。母亲去世后，他跟我一样，第一时间把父亲接到沧州小住，买了房子，也是让父亲先去温居。对我这个老大哥呢，也是百般敬重，唯命是从。记得他给我写的最后一封信里曾这样表达：大哥，除了生命是父母给的，剩下的，都是你给的。我这辈子虽然做不到你那么优秀，但我会努力做到不让你失望，不给你丢人。看到这段文字，我很欣慰，甚至有些感动。2003 年，我的长篇小说《百草山》在《沧州日报》上连载，小弟打来电话说：大哥，你给我寄一本《百草山》，签上你的名。我也显摆一下。书收到后不久，他又来电话说，他连看了两遍，挺有意思的。他还

203

要把书拿回去跟父亲一起分享。

这些年，我感到小弟长大了，成熟了，能为我分忧了。我没白为他付出。

可我刚刚感受到的一点儿欣慰，却被这场突如其来的意外给打碎了。我不明白，老天为什么这样不公平，让我无辜的小弟遭受如此的厄运？

我心痛，我委屈，我无助，但我很快又意识到，作为长子长兄，我现在是顶梁柱，我必须让自己坚强起来。小弟的后事需要操办，要与交通队协商调查事故原因，要与肇事者协商善后赔偿，还有，也是最重要的是，如何向父亲交代，这是我面临的最大的难题。

当天下午，我们去了交通队，半道上，二弟告诉我，小弟就是在这儿出的事儿，我让车停下，我们一起下了车，在出事现场看到了留下的明显痕迹，又在不远处的马路边看到了一大摊血，我用步伐丈量了一下，距出事现场大约二十多米，也就是说，小弟被肇事车撞飞了二十多米远才倒下的，可见当时车速该有多快。我问了一下坐在路边下棋的群众，其中一个人是事发现场的目击者，他说受害者是推着自行车过马路时被撞的，死得那个惨呀。我听了好一阵揪心。

一位交警接待了我们，当时是他出的警，他把事故经过跟我们轻描淡写地说了一遍，然后告诉我们，肇事者全责，人已经拘了。我问：肇事者家属呢，到现在也没露面儿。交警说：真是刁民，我给他家打过几次电话了，叫他们赶紧送钱来，可就是不见来人，嗨呀，你不知道，他家里穷啊。接着又对我说：你们先回去，我再催催，一旦来人，我就通知你们。你们把联系电话留下。

第二天，我们又去了交通队，接待我们的还是那位交警，给的答复跟昨天一样，还说马上要出警，对我们下逐客令了。

我感到交通队是在敷衍我们，事故发生两三天了，肇事方一个人影也不见，这太不近情理了，如果见不到肇事方家属，得不到应有的赔偿，怎么对得起我死去的小弟？我觉得这样等下去，根本解决不了问题，而小弟的后事也要赶紧操办，家里还有八十多岁的老人，夜长梦多。我坐不住了，找了军分区齐政委，他是市委常委，也是我的好朋友，与小弟也熟识，他找了市政法委书记，找了市公安局长。与此同时，《沧州日报》、沧州电视台的领导也出面了，找到交通队，要求跟踪和曝光这起交通事故。交通队顶不住了，主动给我打电话，要我马上去交通队。一见面，那位交警态度明显变了，而且肇事者的叔叔、大伯都在场，都站起来给我们道歉。后来，我了解到，其实肇事者家属一直跟交通队有联系，他们到医院，了解到受害者已经死了，还在门诊把我们的消费数额都抄走了，就是不主动跟我们联系，不知道是不是背后有人支着儿。经过协商，肇事家属拿出五万元作为经济赔偿，外加那台肇事车。五万元就把我们打发了，那可是只有三十二岁的

205

年轻生命啊，弟弟们都说不同意。我却保持着冷静态度，咱人都没了，五十万，五百万能买回来吗？我要的是肇事方的态度，要的是给小弟一个交代，给父亲一个交代！另外，见肇事者家属的穿着打扮，见那脏兮兮有整有零的五万元现金，我起了恻隐之心，犹豫了一阵，我在协议上签下了自己的名字。交警立马夸说：你看看人家这当大哥的，多敞亮，多有格局。我没看他一眼，站起来与肇事方家属握手告别。

父亲经常说：得饶人处且饶人。

事故处理完，接下来，该料理小弟的后事。在殡仪馆，小弟的寿衣是我和殡葬师一起穿的，这是我第一次给死者穿衣裳，母亲去世的时候，我没赶上。给小弟整理遗容的时候，我轻轻地抚摸了他的脸，那是一张英俊而年轻的脸，那一刻，我觉得是在替父亲抚摸他的老疙瘩。小弟的灵堂是我布置的，父亲的花圈摆在正中央位置，挽联是我写的：老疙瘩，爸爸永远爱你！

送走小弟，我感到我整个人好像被什么东西掏空了。

瞒 瞒 瞒

小弟去世的当天晚上，在家人面前，我说了自己的几点想法。第一，小弟的事儿，决不能让父亲知道。那一年父亲已是八十二岁高龄的老人了，就是再坚强，也经受不住白发人送黑发人的打击。第二，小弟的遗体就地火化，通过关系把骨灰放在沧州烈士陵园。第三，小弟英年早逝，属夭折，丧事从简，家里尽量少来人，避免父亲猜疑。二弟问我：怎么向父亲隐瞒？我早就想好了，就说小弟肇事逃逸，被判五年徒刑，过了五年再说。我那可怜的小弟，一辈子老老实实，年纪轻轻的被人家撞死了，还让我给安上了这样一个莫须有的罪名。

为小弟办完丧事，我想回老家，亲口对父亲撒谎，想想，还是罢了。我生性脆弱，说不定，说着说着，自己就受不了了，破绽百出。另外，我不回家，就说明事情没那么严重，父亲就会放松。回京的当天，我打电话问二弟：父亲是什么态度，什么反应？二弟说：父亲信了，还骂了小弟，说这小兔崽子这么不争气，撞死人还逃跑，能不坐牢吗？我叹了一口气，但也并不彻底放心。父亲是聪明人，能如此轻信我编造的谎言吗？转念又想，瞒一天算一天吧。

小弟在我们全家猝不及防的情况下，扔下八十二岁的老爹和年仅四岁的儿子撒手人寰，留给我无限伤痛。我虽然活了四十多岁，又从军二十多年，但并没经历过如此惨烈的生死别离，这远远超过了我的承受能力。现在想想，在沧州的那几天，我是怎么挺过来的？可转念一想，我失去手足，悲伤到如此程度，那老年丧子的父亲呢，何况是他宠爱的老疙瘩，一旦知道了这个消息，他会怎样？我简直不敢想象。

瞒 瞒 瞒

夜阑人静，灯下独思，我不由想起宋代词人唐婉《钗头凤》的后半阕：人成各，今非昨，病魂常似千秋索。角声寒，夜阑珊。怕人寻问，咽泪装欢。瞒，瞒，瞒。

瞒吧，瞒一天算一天。

过了一些日子，我觉得自己身体和情绪调整得差不多了，就给父亲写了一封信。信中没有叙述小弟事情的处理过程，只是安慰父亲要多多保重身体。以往我写信，有事没事儿，父亲都按时回，可这次没有。若干年后，我到即将坍塌的老宅清理东西，其中就找到了那封信，我仔细看过，虽年过已久，但信上明显留有父亲的泪痕，由此可知父亲当时读我那封信的心境。事情过去近两个月，我觉得应该回去看看父亲，毕竟自小弟出事儿之后，我们爷儿俩还没见面。那时父亲一个人住老宅，三弟家的儿子跟他做伴儿。说实话，一进门儿，我真不敢直对父亲的眼睛，不知为什么，我对父亲充满了愧疚，仿佛小弟出事儿，我有逃脱不了的干系，或者怕父亲突然跟我要人。晚上，灯熄了，我们爷儿俩聊天，我本想把小弟的事儿，按照我编的谎言再叙述一遍，我也知道，同样是儿子，我作为长子，在父亲心目中的位置不一样，出了这么大事儿，又是我亲自处理的，应该对他老人家有个交代，有个汇报。可父亲呢，自我进家门儿，也不主动问我一句，就好像什么事儿也没发生过，沉稳得让我心颤。想了半天，我才说：爹，老疙瘩的事儿，您要看开，要不是我找了人，判得会更重。兴许他表现好，会提前释放。我是写小说的，说个瞎话，编个故事，不在话下，可眼下要编造如此弥天大谎，我还是心虚，不能不说，又不敢多说，说多了免不了要露馅儿。假的就是假的，伪装应该剥去。我把话收住了，等父亲的反应，可等了半天，父亲也没回话，最后说：天不早了。睡吧。

我在家待了一个礼拜，一直到我回京，我们爷儿俩再没提这事儿，我偷偷观察父亲的表情，还行，未见过分忧伤的样子，吃饭睡觉都香，我就不放心地放心了。

临走的时候，我嘱咐二弟、三弟要密切观察父亲的动向，家里不能离人，一天三顿有人陪父亲吃饭，另外，还嘱咐二叔三叔，在外面蹲墙根儿的时候，盯着父亲点儿。好事儿不出门，坏事儿传千里，虽然小弟是在沧州出的事儿，但现在村里早就传开了，我生怕哪个老头儿不小心说走了嘴。

结果，怕什么就有什么。我回京没几天，二弟突然打电话给我说：坏了，有人把小弟的事儿，当着父亲捅出来了。

事情是这样的，父亲从地里干活儿回来，碰上一个老头儿有意无意地对他说：哎？你家老疙瘩让人家撞了，你知道不？父亲一发愣，那老头儿赶紧改口：俺是瞎说的，你别当真。父亲当时的脸色变了，抽身回了家。叔叔和弟弟们闻讯追过去，安慰父亲，说那老头儿听错了，是老疙瘩撞了人家，父亲静静地听着，不再争辩。过了一段时间，父亲对二弟说：你们说的都是假的，那老

209

头儿说的是真的。老疙瘩让人家撞死了。二弟一再解释，父亲一再摇头，之后，不再提及。

听到这个消息，我知道，对父亲的隐瞒，已失去效果，但没听到我向父亲说实情，父亲就会抱一丝希望，这一丝希望，就能支撑父亲的生命。我就对家里人说：只要父亲不逼问，咱就不主动坦白。

一晃春节到了，这是小弟去世之后的第一个春节。腊月二十八，我像往年一样，提前购买了一大堆年货，并特意给父亲买了一套上档次的唐装，让他老人家光光彩彩高高兴兴地过个新年。以往，小弟都是开车带着老婆孩子回去过团圆年，如今小弟没了，我就绕道沧州，把小弟媳妇儿，还有父亲的小孙子接上，一道回家。

那个年，过得五味杂陈。

三十晌午，父亲的两个小孙女，不知为什么打起架来，到了饭桌上，两个孩子还在哭，谁哄也不听。这时，我担心的事情终于发生了，只见父亲突然把手里的筷子摔在饭桌上，大声道：哭！哭！难道你们比我心里还委屈吗？父亲哭了。男儿有泪不轻弹，只是未到伤心处。然而，父亲很快收住了。两个孙女向父亲道歉，父亲擦擦泪说：吃饭吧。父亲带头吃起了除夕年饭，还像往常一样，喝了二两，我们都端起杯来，可说不出祝福或宽慰父亲的话。

还好，父亲没逼我们说出事情的真相，也没过分宣泄自己的感情，我悬着的心终于落下了。我已想好，如果父亲要硬逼，我只好实话实说了，大不了，我们哥几个跪下来陪他大哭一场，把这个事情做个了结，但父亲不逼，就这样心照不宣吧。

大年初一，饺子煮熟了，以往只要小弟在家，都是他放鞭炮，动作稍迟，父亲就催：老疙瘩，点鞭啊。小弟不在了，我们哥几个也没商量好谁去放鞭，坐在饭桌前的父亲向窗外看着，张了一下嘴，又闭上了，我知道他想起了谁，想说什么，赶紧起身去点鞭炮。

鞭炮响了，噼里啪啦砰砰响个不停，一股充满年味儿的硝烟带着纸屑飘进屋来，袅袅落下。

该给父亲磕头了，按以往序列，我在先，弟兄几个以此类推，然后再是媳妇、孙子，一个挨一个地来。父亲嘴上说，别磕咧，并不起身拦着。我们磕头都不言语，跪下实实在在磕便是，只有小弟每次下跪之前都要说一句：爹，过年好啊。那一阵，父亲的脸上绽放着无限幸福。

我给父亲磕完头，转身出去了，我不敢看父亲的表情。老三之后是小弟，这是没了小弟的第一个春节，我的心情都是如此，何况父亲。我回屋的时候，儿女们都磕完头了，我还是没敢正眼看父亲，下一个环节是发压岁钱。父亲有个老惯例，儿女们无论年龄大小，到这天，他都要发压岁钱，而且是从儿媳们开始，他很会表达：你们为老李家生儿育女，相夫教子，不易，这是年终奖。

瞒 瞒 瞒

这个家庭的和谐，也当归功于父亲的聪明智慧。老家有规矩，不在家过年的人，也要给他盛上饺子，放上筷子，代表他是这个家的一个成员。小弟的饺子也盛上了，父亲发压岁钱的时候，把钱在空中举了一下，然后轻轻地放在了小弟的碗边，那一刻，父亲没说话，怔了一下，带头吃起了饺子。我紧咬牙，闭上眼睛，使尽浑身的能量把泪水顶了回去。

吃完饺子，父亲穿上新装，正襟危坐，以笑容可掬的面容迎候登门拜年的晚辈们，来一拨，起身相迎，走一拨，拱手相送。那些老套而暖心的台词，一句连着一句：见面发财；年礼是俗礼，来到就是礼；人人过年，岁岁平安。父亲真像演员一样，演得很到位。我服了。

那个年，我心里七上八下的，总是提溜着。家里来人多，我生怕有人在父亲面前提起小弟，我一直盯着，关键时刻好出来打破僵局。一直到过完年回到北京，我的心才放回肚子里。

对了，记得那一年，小弟的儿子李祺独自回来陪父亲过年，父亲偷偷问他：你妈改嫁了吗？李祺懂事儿，没回答这个问题，过后却对我说了。过完年，李祺临回沧州，父亲偷偷在他兜里塞了一千块钱。我知道，父亲是细手过日子的人，对下边儿孙，从未这么大方过。父亲是替小弟还债呀，我真不敢想象他当时的心情和表情。

有一年，我让父亲写回忆录，洋洋洒洒两万余字，父亲把一

212

生的经历都记录下来了，包括哪年哪月哪日与母亲完婚，谁保的媒，哪年哪月哪日走津门、闯关东、进粮站，哪年哪月哪日，为全家糊口，被奶奶揪回老家……都记得清清楚楚，细枝末节都记录详尽，却唯独只字没提小弟。如此规避，我想父亲是经过一番思想斗争，是在极度痛苦中做出选择的。我看了之后，有些后悔，当初不该给他布置这项作业，戳父亲心灵的伤疤。

我记得父亲常说这两句话：牙打掉了，往肚子里头咽；胳膊折了，往袖子里边揣。记得电视剧《人世间》里也有一句台词：有苦，有憋屈，自个儿嚼巴嚼巴，咽了得了。这些对我来说都很受益。如果有什么能证明你长大了、成熟了，那就是你能扛事儿了，能往肚子里咽苦水了。

不过，作为感情丰富的父亲，也一定有宣泄自己感情的时候，只是背着我们而已。自母亲去世到小弟出事儿，五年的时间，父亲一直一个人住在老宅。父亲说，只要自己能动，就不扰人，一个人的日子最自在。小弟出事儿后的某一天，父亲独自在家饮酒，不小心从凳子上摔下来了，磕得不轻。在大家的劝说之下，父亲跟了三弟家，后来是二弟三弟轮。我想，父亲腿脚利索，饭菜适量，饮酒节制，那天为什么把自己喝倒了？我想，他一定是含悲而饮，抑或借酒消愁，过后又怕人寻问，咽泪装欢。

有一次，我们哥几个陪父亲小酌，趁着高兴，我提出为父亲庆祝九十大寿。父亲听后，表情一下子变得有些严肃，过了一会

瞒 瞒 瞒

儿，说：老大，你想想，咱人口齐全吗？咱太张扬了，不怕外人笑话吗？这话好像他早就准备好了似的，字字在理，而又一针见血，让我这当作家的儿子，无言以对，自叹弗如。

就这样，关于小弟的事儿，我们一直瞒着父亲，再后来，他干脆闭口不谈了，好像他天生就没这个儿子，实际上，可能吗？听二弟说，在父亲病重期间，他曾叫过小弟的名字。我回去守在他身边的时候，有人对我说，干脆把实底儿告诉他得了，让他放心地走。我犹豫再三，没张这个口，我不知道，一旦说了，是延缓还是加快让父亲离开这个世界。

一直到父亲走完人生最后路程，我也没向他说出实情。我不知道，我这样做，到底是孝还是不孝？我这个长子长兄，真难当啊！

看一眼沧州我不忍去，叫一声小弟你何时归？小弟去世，我们千方百计瞒着父亲，可作为长兄，这些年，我是怎么过来的？自小弟去世后，沧州便成了我的伤心地，没有要紧的事情，我不曾光顾。小弟的骨灰就存放在沧州烈士陵园，可在十年内，我没去看过他，不是不想他，是怕自己受不了。每到清明节，我就找个路口为他祷告，给他焚烧的不是冥纸冥币，而是我为他写的文字，一页一页，叙述他走后家里的情况，包括父亲的身体及生活，一字一句，读完烧掉。到了第十一个年头，我感觉自己能受得了了，壮胆去看他。小弟的骨灰很轻很轻，那是当年我亲手放进那小方格里的。如今，在我怀里却是很重很重，我的腿像被水泥浇

第四章

灌了一样,举步维艰。那天风很大,我生怕把他吹跑,就一直死死地抱着……

关于小弟的骨灰存放问题,我和弟兄们也是颇费脑筋。如果把小弟的骨灰迁回来葬入祖坟,若被父亲发现,如何解释?那时不仅父亲健在,我的叔叔婶子们个个都活得硬朗,我们一个老爷爷的重孙子一共十五个,小弟排倒数第二,最大的要大他两轮,要不是黄泉路上没老少,哪儿有他的份?大年三十,上坟祭祖,为老人们烧完纸,比小弟小的弟兄和晚辈儿,找一个规定的地界儿,朝着沧州的方向,专门为小弟放炮、烧纸、磕头。怕引起父亲怀疑,我每次都是搀着他提前回家,一路上也不敢回头。

还有,人生的不幸,是作家的财富。《诗经》中有这样的名句:"行道迟迟,载渴载饥。我心伤悲,莫知我哀。"小弟这个锥心事件,十几年过去了,我一直不敢用文字记载,我不敢碰,一碰就会溅出血泪,它成为我一生也不敢触摸的痛。另外,我怕留下文字被父亲发现,引来后患。就这样,在写与不写中,我内心一直矛盾着,纠结着,煎熬着,直到今天,才敢宣泄。

瞒 瞒 瞒

第五章

我去汶川地震灾区了

2008 年 5 月 12 日，距 8 月 8 日的北京奥运会还有 88 天，从天文数理上来看，应该是一个吉祥的日子。然而，谁也没料到，这一天，却成了一个让所有中国人把日历和心灵的记忆全部抹黑的日子。

这一天的 14 时 28 分，四川汶川，北纬 31°，东经 103.4°，发生了里氏 8.0 级强烈地震，烈度为 11 度。大地震波及范围包括四川、宁夏、甘肃、青海、陕西、山西、山东、河南、湖北、湖南、重庆、江苏、北京、上海、贵州、西藏等十六个省、自治区、直辖市，甚至波及泰国和越南。

从地震发生那天起，作为一个不坐班的作家，我放下写得如火如荼的长篇小说《血地》，坐在沙发上，或者藤椅上，不分昼夜而聚精会神地看电视。一时间，我的情绪立即从当年冀中抗战的悲壮转化为由大地震引起的悲伤。从那天起，央视一套就滚动播出抗震救灾特别节目，我掐着遥控器，一会儿央视一套，一会儿四川卫视，不住地来回倒。看着看着，就流泪了。看到地震后灾区山崩地裂，房倒屋塌，流泪；看到温家宝总理第一时间赶到灾区现场指挥，流泪；看到解放军、武警官兵、公安干警舍生忘死抢救伤员，流泪；看到学校成为一片废墟，流泪；看到孩子们被一个个救出，流泪；看到全国人民纷纷向灾区人民捐款捐物，流泪；看到一个个志愿者奔赴灾区，流泪；看到世界各国政府、慈善机构发来慰问电，流泪……

我在流泪的同时，忽然感到一种从未有过的激情与无序，悲悯与无助。我感到自己整个身心，瞬间被突如其来的地震所瓦解。我不知道，作为一个作家，一个军旅作家，此时此刻，要为灾区做些什么，能做些什么？我觉得心一阵阵地揪，血一股股地涌。我知道，就我的年龄、身体以及职业而言，到了前线，也不会有什么作为。但我期望自己的这种悲悯、无助以及冲动，能够得到释放。我希望我的心灵能够靠近灾区，靠近灾难。

在我无序与无助的情绪中，接到中国作协通知：组织作家艺术家为灾区捐款，数额不限。我捐了一万元，比起那些明星大腕儿，这些钱不算多，但对于一个拿工资的军人来说，也算是慷慨解囊了。记得我们是在中央电视台演播大厅参加的捐赠仪式，不仅在电视机前露了脸，还滚动飞出了字幕。在老家，父亲看到了，二弟来电话说：为你感到自豪。我倒不觉得有什么自豪的，只觉得，捐款之后，我心里略踏实了一些。

5月18日，汶川大地震由里氏7.8级修改为里氏8.0级。这就让中国人本来就滴血的心，又被狠狠地揪了一把。也就是在这一

220

天，我们接到了赴汶川地震灾区采风的通知，我马上组织五位作家、书画家准备前往灾区，作为文艺创作室主任，我理所当然要带队出征，然而，名单到了军区政治部首长那儿却被卡住了，因为首长们知道我刚刚出院，我的血小板降到20多个（计数单位），医生再三叮嘱我不能出远门，如遇内脏和脑颅内出血，一旦抢救不及时，就会有生命危险。一位首长半开玩笑地对我说：你这身子骨儿，到了灾区是救人，还是让人家救你？就这样，我的名字被划掉了。回到家，我把情况跟爱人说了，没承想她竟怼我道：你当领导，不能好事都是你的，危险的事，都是人家的。我一下子愣住了，接下来，我知道我该怎么做了。

可能是从小看小人书，或者看战争题材的电影多了，我特崇拜英雄，做梦都想成为英雄，可我是在和平时期当的兵，也就很难成为英雄。那一年边境轮战，我所在的部队组成侦察大队开赴前线，大队编有宣传干部，我第一时间报了名，写了请战书，但因为我正承担筹办师史陈列馆的任务，未被批准。之后，我考进解放军艺术文学系，毕业后调进大军区机关，离战争更远了。我曾抱怨自己生不逢时，军旅日子过得平淡无奇。记得一次，我和二弟、小弟都穿军装回家探亲，邻居们都很羡慕，父亲却对我们说：你们当兵，可不能光图外表光荣，要像杨家将一样，舍得为国尽忠。那番话，我深深地记在了心里。自打当兵起，我就一直寻找报效国家的机会，细想起来，作为一名和平时期的军人，执

我去汶川地震灾区了

行急难险重的特殊任务，就是为国尽忠，也随时能够成为英雄。

最终，我还是登上了那趟飞往绵阳的航班，因为怕领导阻拦，我是在赶往机场的途中才请示的。

在电视上看到绵阳也是重灾区，但从下了飞机到进城，还没看到地震的痕迹。我要采访的对象是国家地震救援队的队员们，他们身穿橘红色的制服，后背上印着"中国救援"的字样，实际上他们大多数是北京军区某工兵团的官兵。他们这支队伍对外叫国际救援队，12 号，也就是汶川大地震发生的当天晚上，他们就飞到了灾区，这些天，他们已经转战都江堰、绵竹汉旺、汶川映秀救援，两天前到达北川。

我碰到的第一个采访对象是副营长王庆山，山东汉子，大脸盘，皮肤黝黑偏红，个不算太高，但块儿特大，眼前一站，自然就是英雄形象。在帐篷里，我掏出笔记本，提出要采访他。他却不紧不慢地说：作家，先出去感受感受吧。他的声音是沙哑的。我问他是怎么回事，他轻描淡写地说：喊得。

出了帐篷，他领我上了一个山坡。这里的视野更开阔，放眼望去，我们所处的位置是一条很深的峡谷，两侧是海拔三千多米的大山，奇怪的是，南面的山体，植被茂密，万木葱茏，而北面的山体却被剥去了一层外衣，从山顶到山底，裸露着青面獠牙的大石头，山下是一棵棵连根拔掉的大树。地震和山体滑坡的肆虐，由此可见一斑。我不由对滴血的大自然产生了一种从未有过的悲

第五章

悯情怀。

王副营长把我带到一片废墟上，他告诉我，这就是北川中学七层高的教学楼。

我被眼前的惨景惊呆了，这哪是什么学校，而是一个被瓦砾堆起的大垃圾场。我走上废墟，弯下身子看着一件件散落在瓦砾上的物件：书包、课本、作业本、手表、文具盒、计算器等等，都是一些学生用的东西。最让人看不了的是那一只只颜色不同、大小不同的小鞋子，有的还系着带子，但不知道鞋子的主人究竟命归何处。走了两步，我还看到一张照片，照片上是一位漂亮的女孩子，笑得很甜，照片被雨水打湿，化作女孩的泪水或汗水。我捡起了那张照片，小心翼翼地收藏起来。

晚上在国家救援队吃的晚饭，接着进行我的采访任务，先后找队长王洪国、副队长刘向阳、搜救犬队长贾树志，采访结束就到凌晨三点多钟了，我确实累了，然而，当一名战士带我到机关帐篷里准备睡觉的时候，却发现给我留的床位被央视的一名记者给占了，我只好和一名战士挤在一张床上睡。快到天明的时候，我被余震惊醒，却发现，那个战士不见了，我往外面一看，那个战士在站岗，为了让我睡好觉，他连续站了几班岗，我很受感动。

第二天，我又随王队长和几位救援战士前往成都看望了"可乐男孩"薛枭，被温家宝总理看望的王佳淇、赵其松。每见到一位被救者，我就无比激动，采访的时候不时流泪，然后就是捐款。

我去汶川地震灾区了

国家救援队集体募捐的时候，我捐了五百元，看望三个孩子，每人给了二百元。

第三天，在曲山镇，我贸然走进一个救灾帐篷，里边住着一家人，家主是一对老年夫妻，看上去有七十多岁的样子，老太太正在输液，旁边站着一个护士。帐篷里有三个小床，分别住着两男一女三个小孩。问了一下，大的十一岁，中的八岁，小的只有五岁，他们各自玩着手里的玩具。老人告诉我，这三个孩子，两个是儿子家的，一个是女儿家，孩子的父母都在地震中遇难了……我听不下去了，不知道改用什么样的语言安慰这一家人，只是下意思地从口袋里掏钱，给三个小孩每人一百，出了帐篷，又觉得少，返回去，又给老头、老太太每人一百，老头儿追出来道谢，我头也不忍回。那时候，我们的工资每月三四千元，身上带的钱也不大充裕，但我每次都情不自禁地那样做。朱伯庐治家格言里有句话，"善与人见，不是真善"。记得父亲也经常引用这句话来教育我们，所以，每次我都是趁别人都撤出的时候，把钱给对方。印象中父亲也是善于施舍的，家里条件差，没钱借给别人，但家里粮食多，每年都要周济村里一些吃不上饭的人家。家里来了要饭的，不管给多给少，父亲从来不让人空着手离开。

接下来，我又去了安县、绵竹、汶川、茂县、都江堰等重灾区，几乎是马不停蹄。有一天，我在都江堰采访，忽然，大地猛烈摇晃起来，我手里的采访本掉在了地上，不好了，是强烈的余

224

震。后来从收音机里听到广播，这是汶川地震发生以来，最强烈的一次余震，6.4 级，震中在青川，遇难一人。

惊魂未定，我的手机响了，是二弟打来的，问我是不是在灾区，他说在电视上看到我了，我忽然想起是接受了一次四川电视台的采访。二弟说：咱爹要跟你通话。我来灾区对家里是保密的，但现在已无密可保，父亲在电话里说：你救了几个人？我说：我一个也没救，现在救援任务已经完成了，我是来采访救援的解放军。父亲说：那你得好好采访，国家遭这么大灾，老百姓多不容易呀。他没嘱咐我注意身体什么的，只说了句：你胃口不好……因为灾区信号不好，再也听不见了。

我没想到会接到父亲的电话，父亲虽然话不多，但对于在灾区日夜奔忙的我，却是莫大的鼓舞，他提醒我胃口不好，无非是让我注意饮食，保证身体不出毛病。我很受感动。

我的身体在灾区确实受到了考验，血小板减少的常见症状就是乏力，在灾区，没有交通工具，短路靠走，长途靠打车，而路上到处是山体滑坡滚下的大石头，三五十里的路，一走就是几个小时，真是蜀道难啊。我们四处奔波，居无定所，一天也吃不上一顿热饭，甚至连一杯热水也喝不上，吃药用矿泉水往下送，喝下去，一整天也不舒服。有一天，我打车从一个采访点儿往回返，我住的帐篷在山坡上，车上不去，只能往上爬，可一天没吃上饭，一点儿力气也没有，眼看着帐篷就在眼前了，就是爬不上去，我不得不停下来，靠着一棵大树喘粗气。后来，一个战士在山上发现了我，把我一步一步搀到目的地。

我感觉自己像经历了一次长征，仿佛爬雪山、过草地都尝试了一遍，确实有心慌气短顶不住的时候，但奇怪的是，等一周以后，我竟觉得浑身有劲儿了，胃口也打开了，吃嘛嘛香，记得成都军区的一名作家请我吃火锅，从不沾辣的我，竟吃得狼吞虎咽，风卷残云。我甚至想，我的病可能是娇惯出来的，一玩儿命，病就乖乖地跑了。

就这样，我像打了鸡血一样在灾区发疯地奔跑着，今天进灾区，明天访灾民，后天为救援官兵拍照，遇难尸体见了，被救伤员见了，孤寡老人见了，失亲孤儿见了，难民营见了……这些日子，把我以前的生活规律都打破了，甚至颠覆了，但是收获了大半辈子也没得到的东西，其中就有发自内心的感伤和感动。

我在映秀看到这样一个景象：一个老汉从自家的废墟里扒出了一把犁，他就像什么事儿也没发生一样，把犁扛在肩上，驼着背，很自信地朝田地里走去，落日余晖下，身后是一片废墟……我觉得那老汉肩上扛的已经不是一把犁，而是一座熠熠闪光的金山，一座不倒的民族精神丰碑。

我给那位老人留下了一张逆光背影照片，在镜头里，我突然发现这位老人很像父亲。

在灾区奔忙的第十四天，我接到总政艺术局的电话，让我们

226

第五章

马上回京参加抗震救灾文艺座谈会，说实话，我还真有些不舍。

会议结束后，我为《解放军报》《文艺报》《战友报》写了一些应急的稿子，充其量就是表扬好人好事吧，我觉得意犹未尽，于是决定写一部关于汶川大地震题材的长篇报告文学，把自己在灾区的所见所闻、所思所想都写出来，给后人留下一部关于灾难、关于生命、关于人类、关于社会的历史性文学记录。

我腰不好，也颈椎不好，从汶川回来，感觉更厉害了，坐不住，只有躺在床上写。我用笔记本电脑写，有一个木头架，是用来放电脑的，接线板、电源线都要拉到床上。我每天不叠被子，后背上垫几个枕头。我像一个长期卧床不起的病号，整天"噼里啪啦"乱敲，喝水杯子放在床头上，渴了就喝一口。小小的床头柜上还有座机、手机，有电话就接，闷了就打一个。我那张单人床1.2米宽，除了我和电脑，还放一些资料，满满当当，乱七八糟，乍一看，就是废墟。

就这样，在自造的"废墟"里掩埋了一个月，一部二十万字的长篇报告文学诞生了，题目叫作《大国不屈——一位军旅作家眼里的汶川大地震》。

我感觉，这是我有生以来最有激情的一次创作，也是效率最高的一次创作。完成之后，如释重负。

伸过懒腰之后，我想的第一件事儿是，该回家看父亲了，我要把灾区的故事讲给他听，就像他给我讲他的故事一样。

我去汶川地震灾区了

为"九三"大阅兵撰写解说词

父亲常说：你们哥几个出去当兵，首先要为国尽忠，其次才是床前尽孝。

我知道，军人是为战争而存在，我们这一代军人之所以没赶上战争，是因为我们的前辈替我们承担了战争，并赢得了战争的胜利，还因为我们国家和军队的强大，具备了止战的能力。我是军队的一名文艺战士，如果战争爆发，我会像前辈一样，义无反顾地冲到最前沿，去履行自己的职责，但和平时期，军人执行非战争状态下的特殊任务，同样艰巨而光荣，那么，作为一名文艺战士，能够参与其中，并担任重要角色，也是不枉此生的。

在我的军旅生涯中，如果谈得上为国尽忠的话，那就是两次承担特殊使命，一次是为庆祝新中国成立60周年大阅兵撰写解说词；一次是为纪念中国人民抗日战争暨世界反法西斯战争胜利70周年大阅兵撰写解说词，而值得记忆的是后者。

2015年9月3日，是中国人民抗日战争胜利纪念日，天安门广场将隆重举行纪念中国人民抗日战争暨世界反法西斯战争胜利70周年大阅兵，我又一次承担为大阅兵撰写解说词的任务。

2014年12月上旬，我就到阅兵联合指挥部报到，我知道，我又不能回去陪父亲过年了。人回不去，就拿钱说事，我给父亲寄回五千元人民币，并打电话告诉他，我不能回去陪他过春节了，原因是执行重大任务，具体任务保密。

　　跟第一次撰写解说词一样，我拿到唯一的参考资料就是印有"绝密"字样的《纪念中国人民抗日战争暨世界反法西斯战争胜利70周年阅兵实施方案》。我问联指（阅兵联合指挥部）首长，还有什么可参考的东西？首长告诉我，还有习主席的重要指示：首战必胜，打个漂亮仗。接下来，联指首长便提出最高要求：阅兵那一天，地面上部队要走得好，车辆要开得好，天上飞机要飞得好，解说词要写得好。都要有一流的标准。

　　两次受领大阅兵解说词撰写任务，我都是白手起家，独当一面。

　　联指首长要求我在一个礼拜内拿出阅兵解说大纲。

　　我向联指首长立下了军令状，实际上心理压力是很大很大的。新中国成立后，天安门广场共举行过十四次国庆大阅兵，解说词内容大同小异，而纪念抗战胜利阅兵是首次，没有任何解说词范本作参照，看不到权威的文件，也得不到上级的有关指示和要求，解说词说什么，怎么说，一切由我来定调。我感觉到，完成这项任务，对作家的政治智慧与艺术胆识、综合素质与写作经验，都是一场严峻而残酷的考验。

　　经过查阅大量资料，我认为，只要盯着"欢庆胜利，宣誓和平，展望未来"这三大主题写，就走不了调，跑不了题。

　　我狠狠地加了几个班，熬了几个夜，四千多字的大纲拉出来了。

　　一周后，联指办公室召开会议，联指首长及有关专家参加，我

为"九三"大阅兵撰写解说词

草拟的大纲得到了一致认可。联指首长说，没想到，进入情况这么快，大纲搞得这么详细。还说：我们想到的，他想到了；我们没想到的，他也想到了。

大家对大纲进行了讨论，也提出了一些补充意见，我一一记录下来，最后，联指首长要求我3月底拿出初稿。我觉得催得还不是太紧，如果各方队能在春节前后把相关信息报上来，按时完成任务是没问题的。问题是，各方队刚组建，部队尚未集结，训练尚未展开，各级机关工作人员尚未就位，材料由谁来报？

等，不能等，误了事，我要挨板子。记得国庆60周年阅兵时，联指首长让我在春节前拿出初稿，并很不客气地对我说：拿不出像样的初稿，这年，你过不好，我也过不好。

稿子按时完成，及时交联指首长及各位专家审阅，大家都认为不错。联指首长对我说：西岳，如果上次阅兵的解说词是本科生的话，这次应该是博士。

我听了暗喜。可联指首长把话锋一转：但不要骄傲，这毕竟是初稿，距中央军委的要求还有很大差距，要做好反复修改的准备。

我承认，这毕竟是我一个人的智慧，还需要众人拾柴火焰高。根据上次经验，我也明白，阅兵未至，改词不止。我就等着挨折腾吧。

拉锯式的解说词修改大战就此拉开序幕，第一个回合是联指政工组组织有关人员参加的解说词初稿论证会，有联指几位首长，

230

有宣传、组织、作战、装备、军史编研等部门的有关专家，还有战友文工团的词作家，拢共十来个人，大家七嘴八舌，各自发表高见，这些同志大部分参加过阅兵，有一定经验，都能说出一二。

联指首长在综合意见的同时，再三提醒我一定要跳出国庆阅兵解说词的思维方式，要大胆创新，这一点，我虚心接受，确实有惯性思维和依赖经验的问题。首长要求我，两周之后再拿出一稿。

我脑子里装满了一大堆意见，回到宿舍慢慢进行梳理，第一感觉认识到开头确实平了些：在隆重纪念中国人民抗日战争暨世界反法西斯战争胜利70周年的庄严时刻，中共中央总书记、国家主席、中央军委主席习近平，检阅了受阅部队的威武阵容。

我觉得这样开场太平了，然挖空心思，搜索枯肠，不得佳句。有一天，听爱人给小孙子放《小苹果》歌曲："我种下一颗种子，如今长出了果实，今天是个伟大日子。"哎！有了，开场把胜利日突出出来，我猛地从床上蹦起来，脑子里很快就冒出了"今天是胜利的日子！今天是伟大的日子！"两句话。是的，中国人民艰苦卓绝14年，付出了3500万人的生命代价，终于赢得了近代以来反抗外敌入侵的第一次完全胜利，从而开启了走向民族伟大复兴的新征程，在70年后的今天，扬眉吐气的中国人必须大书特书这个胜利的日子、伟大的日子。

两个"日子"很给力，就它了。

为"九三"大阅兵撰写解说词

两个"日子"的偶得，决定我以后能过安稳的日子。

接下来便是：70年前，中华民族浴血奋战，彻底洗雪了任人宰割的百年屈辱；70年后，我们用庄严的仪式，向这个用抗争与苦难书写的伟大节日致以崇高的敬礼！

我感觉，这样，调子一下子就扬上去了。

说实话，写这段词的时候，我有些血脉偾张，写完才如释重负。

两次为大阅兵写解说词，我深有体会，这是与诗、词、歌词、散文诗、电视画面解说词不同概念的文体，它的行文语境、节奏、情绪、特点等首先要与队列步伐、现场氛围及军乐背景相吻合，同频共振，相得益彰。文字要求大气而又严谨，庄重而又朴素，凝练而又上口，引用数字事例要权威、准确，经得住核实。除此之外，它对文字数量的要求也是极其苛刻的，少了太空，多了太满，而信息量必须传达出去，文采还要展示出来。行文中，每个方队通过的时间都用秒计算好，然后往里填字，字数统计要标在每个方队解说内容之前，与通过时间绝对吻合。这种苛刻的要求，是在其他文体的写作中难以体会到的。

大阅兵解说词虽然政治性强，但毕竟是让作家撰写，所以，我尽量把文学色彩运用到方方面面。

在写抗战支前模范方队解说词时初稿这样表述：父送子，妻送郎，兄弟争相上战场。70年前，华夏儿女众志成城，同仇敌忾。一寸土地一寸血，十万青年十万军，数不胜数的老民兵、老支前、

第五章

老地下党员、老游击队员，或横刀敌阵，浴血奋战，或毁家纾难，倾其所有，与全国人民一道，用血肉之躯筑起了拱卫祖国大地新的长城。联指审稿时，没有提出意见，但我自己不满意，第二稿引用了抗战时期流传在太行山区的一段民谣：最后一粒米，用来做军粮；最后一尺布，用来缝军装；最后的老棉袄，盖在担架上；最后的亲骨肉，送到战场上。当时很激动，也很得意，但没几天，在总政改稿时，由于篇幅限制，去掉了"最后的老棉袄，盖在担架上"，但把每句话的"用"字，都改成了"送"，当时也想在文字上岔开，换一个"拿"字，后来，有人说"拿"和"用"都有被迫之嫌，都用"送"字就体现了人民群众是甘心情愿积极主动支前。但经过琢磨之后，我又把"最后一个娃，送去上战场"的"去"字，改成了"他"，这里着重突出人，什么叫倾其所有，世界上人是最宝贵的，人都送上去了，还有什么舍不得。大家都说这个字改得好。

真是连推带敲，字斟句酌，一丝不苟，精益求精。

"两句三年得，一吟双泪流。"还是古人的话经典。

一直到 8 月 28 日下午，离"九三"阅兵还差一周的时间，解说词的修改工作才宣告终止。一万多字的稿子，消耗了我八个月的时间，参考的资料，大概有千万字，审稿的专家近百人，涉及的部门有几十家，修改的次数，已无法做准确的统计，打印的纸张，摞起来估计要有一人高。

为"九三"大阅兵撰写解说词

写大阅兵解说词，真是提着脑袋干活儿。

劳心劳神，惊惊乍乍，体现在方方面面。

记得一天晚上改稿子，刚开始改不进去，到后半夜才来灵感，凌晨5点才改完，却忘了存盘，粘贴稿子时不经意间，把改过的稿子弄"飞"了。我脑子一片空白，赶紧在各个盘里找，但手忙脚乱，始终没找到。

我朝自己的脸狠狠地扇了两巴掌，想哭，甚至想死的心都有。

我"咔嚓"一声，躺在床上"挺尸"，此时天已大亮，大夏天，我浑身冰凉。

怎么办？找专家恢复，因为保密不敢把电脑交给别人，找熟悉的专家，大半夜的，找谁？而且上午九点钟就要讨论稿子，时间已经来不及了。

稳了稳神，静了静气，我只有从头再来……

公元2015年9月3日这一天，我永远不能忘却。

2009年为国庆60周年大阅兵撰写解说词，忙活了近一年，而10月1日那一天，因为种种原因，我未到天安门广场，至今成为莫大遗憾。

这一次，我一定不能错过。

我拿到的是工作证，总参作战部发的，背面写着活动范围，可以到阅兵沿线的所有区域。虽然不如观礼台体面，但能流动，活动

第五章

范围大，便于拍摄不同场景、不同角度的照片。这是一个难得的机会，我相当珍惜和重视。珍惜和重视体现在两个方面，一个是要带高级相机好好照相，留作历史纪念；另一个是穿上礼服，在天安门广场好好风光一下，因为我穿军装的时间已经不多了。我一共用过两部相机，一部是理光10，是装胶卷儿的，早就不能用了，另一部是低档傻瓜相机，显然派不上这么大的用场。在这之前，我曾和内行朋友考察过照相器材市场，咨询了两款佳能高档傻瓜相机，但犹豫再三还是没买（主要原因还是心疼钱），拿到证件后，已临近阅兵，再买已来不及了，我不得不开口向朋友借了一架专业相机带专业镜头。

相机解决了，再就是服装问题，我看到有关文件，站在观礼台上的军人一律穿礼服。我打开衣柜看了一下，两套礼服都在，只是一次也没穿过（以往有穿礼服的机会，我尽量错过），更没装订佩饰，我从军需仓库把零零碎碎找齐佩戴好，尽管天很热，还是在身上试了又试，结果接到上峰电话，要求我们工作人员一律穿迷彩，我叹息一声，把装点一新的礼服又放回衣柜。

我们9月3日凌晨五点出发，五点二十到达京西宾馆，用完早餐，六点二十到达天安门广场。天公真是作美，之前连续几天阴雨连绵，今天晴空万里，天蓝得近似夸张，透亮得近似明镜。我们在北京饭店下车，我问了一下，我们所到达的区域，就是东长安街到天安门广场的地段儿。我们赶到的时候，受阅部队和装

235

备已集结待命，外军方队正陆续进入集结地域。真是一个很好的机会，我举起相机站在路口以逸待劳，抓拍了经过路口的所有外军方队，那天那个时间段儿，光线太好了，太美了，黄澄澄暖融融近似鸭绒般的色调，进入镜头之后，格外透亮清澈，温馨和暖，外军头上的军徽，身上的服饰，高擎的军旗，金光耀眼，熠熠生辉，只可惜，外军方队过完了，我没拍全，后来我后悔，应该追随他们到集结地域，把漏掉的方队拍全。但当时急于去天安门广场，便放弃了这个机会，沿途中，我又抓拍了许多受阅部队待命的镜头，二炮的导弹、空军的雷达、陆军的坦克，人与装备一一进入我的镜头。阳光下，一个小战士正站在坦克上擦拭，见我拍照，便向我微笑招手，等我走近，他指着我的军装说，首长，你的领衔挂倒了。我看了一下，还真是。那小战士跳下坦克，帮我把领衔正好，又上了坦克。那小战士太可爱了。

再往前走，就到了徒步方队的集结地域，受阅部队有的在练队列，有的站军姿，有的席地而坐，休息待命。徒步方队的亮点当然是三军仪仗队，仪仗队的亮点当然是女兵，我走到仪仗队方队跟前的时候，他们正席地待命，指挥员在提醒大家受阅前的注意事项。女兵们有的在喝水、吃东西，有的在互相化妆，都被我拍了下来。从镜头里看，她们精神饱满而淡定，其中有一位人们熟识的小女兵入伍前是名模，在电视和微信上见过她，只是记不起叫什么名字，几个男兵邀她合影，她有求必应，微笑着把自己美丽的脸庞和威武军姿展示给观众，和煦透亮的阳光把她照耀得愈加妩媚光采。再往前走，便是停在路边的检阅车和陪阅车，两个司机在调试扩音器，我也把这些画面拍下来了，等阅兵开始，机会便不再属于我，等阅完兵，这两台车就该进博物馆了。

我一路拍照，一路用手机发小视频，把阅兵前的动态传送到朋友圈，开始我顾不上看手机，等我在东观礼台下面坐下来喝水的时候，发现手机里的信息都挤爆了，有人问我在阅兵的什么位置，我回答，阅兵沿线所有区域，人家说我牛。有人怀疑我是不是真的在现场，我自拍了一个头像发出去，那边彻底服了。

我看了一下时间，是八点刚过，我已经拍了一个多小时，观礼台上的人陆续到达，千人军乐合唱团已经就位，天安门广场上，只有一排排大巴通行，上面坐着观礼嘉宾，直播厅里，播音员王宁和贺红梅在试播，我没有细听，在南口阅兵村听过几次，我一定要等正式阅兵时，带着感情认真地听。

阅兵式开始，解说词先开场，我心跳进一步加快。

王宁抒情解说第一句：今天是胜利的日子！

贺红梅激情接上第二句：今天是伟大的日子！

两个人把节奏说得很缓慢，很抒情，很悦耳。

我的热血开始沸腾，眼泪开始下淌，我的感觉像处女作问世。

一个五十多岁的人，一个发表了几百万字作品的作家，犯不上这么沾沾自喜，自我陶醉，甚至有些犯贱，但我却控制不住自

为"九三"大阅兵撰写解说词

己……

阅兵结束没几天，我就请假回了老家，跟以往一样，父亲大老早就在大门口拄着拐杖等我，也许是我大半年没回家了，或许是我为胜利大阅兵撰写解说词成了功臣，父亲见了我，脸上满是灿烂笑容，一直拉着我的手不放。进了屋，坐在沙发上，第一句话就问我：我看了大阅兵，也听了解说词，怎么抗日英雄里面没有马本斋呀？那可是抗日民族英雄，毛主席都为他题词，"马本斋同志不死"。

父亲看来是真"入戏"了，马本斋是献县人，抗战期间，父亲曾为回民支队抬过伤员，他对马本斋是很佩服的。前两年，我还带他参观了马本斋纪念馆，一向不喜欢照相的父亲主动提出来，要在马本斋的塑像前留影，还给我讲了马母两代英雄鲜为人知的故事，引起了一些游客的围观。

作为马本斋故乡的后人，我对这位民族英雄也有着特殊敬仰之情，说实话，在解说词中列举抗日英雄代表人物时，我曾写上了马本斋和赵一曼的名字，在最后一次审查中被中宣部的领导拿掉了，人家以习近平总书记在纪念抗战胜利69周年座谈会上讲话中提到的抗日英雄为准，分别是：杨靖宇、赵尚志、左权、彭雪枫、佟麟阁、赵登禹、张自忠、戴安澜。国共两党各四个。

当我把这个细节讲给父亲听的时候，他笑了一下说：你差点儿搞以权谋私。我也会心地笑了。

第五章

第六章

父亲晚年

如果按照小说对人物的归纳,父亲属于可变型的那一类。纵观他近百年的一生, 他的性格变化是相当大的, 作为他的儿子, 我是有发言权的。

父亲生我的时候,他就已经三十六岁了,等我记事,对他有印象的时候, 就已经四十出头了。在我幼小的时候, 我们和爷爷奶奶、叔叔婶子家一起过,那日子是奶奶当家,所以,显不出父亲的个性和权威。在会当家的奶奶面前,父亲俯首帖耳,唯命是从,对我们也没显出多么严厉的暴力。在我童年的记忆中,仿佛还有过暖心的故事。记得一次,父亲去白洋淀推芦苇,半路上捡了一本小人书,一进家就送给我。那时我已上小学二年级,识好多字了,尽管那本小人书破旧不堪,封面和封底都没了,但从书脊上,我隐约判断出名字叫《林海雪原》,里面的人物有少剑波、杨子荣、白茹、座山雕、蝴蝶迷等等。我跟样板戏《智取威虎山》对上号了,便发挥写写画画的小天赋,用彩色蜡笔画了一个封面和封底,企图还原小人书的原貌。这本小人书在我手里珍藏了十来个年头,我把它视为父亲送给我的珍贵礼物。

只可惜，父亲留给我们的温情太少了，等我们分家以后，父亲成了真正的当家人，脾气就变了，一进家门，看见我们哥几个就烦，稍不高兴，逮住就打。那时候，我们哥几个都怕他，只要他的嗓门儿一拔高，我们就吓得瑟瑟发抖，谁也不敢出声。

而到晚年，父亲彻底改变了。

小弟出事儿之后，父亲开始到二弟和三弟家轮流住。先是一家一年，后是一家半年，再到后来，就是以烧暖气为时间节点。夏天和秋天，跟三弟在村里住，到了冬天和春天，就跟二弟进县城住楼房。跟谁家住多少天，就不那么清楚了。我呢，除了保障父亲的花销外，再给两个弟弟家一些补贴。一直到父亲去世，十几年的时间，就是这么轮换。父亲无论到谁家都相处得诙谐融洽，其乐融融。我总结了一下，其中有两个方面的原因，一是两家都照顾得好；二是父亲自身做得好，更重要的是后者。父亲一直到去世，生活都能自理，他自己能做的事情，谁也不让帮忙，你要帮他，他就说：等我动弹不了的时候，再用你们吧。我每次回到家，都要跟他在一张床上睡几个晚上，晚上他经常起夜，我过去搀他去卫生间，他便把我推开：你睡你的吧。再后来，晚上用夜壶，因为前列腺发炎，解不出小便，坐在床上半睡半醒，我发现了，开灯陪他，他马上把灯关掉，令我睡觉。

父亲长寿且健康，起居有序，饮食规律，是很重要的因素。从早晨说起吧，虽然是老年人了，但父亲还是挺能睡。早晨还喜欢

242

赖一会儿床，临近吃早餐才起床，洗把脸，就上桌。年轻的时候，父亲不大讲卫生，他挂在嘴边的话是：庄稼汉，两把半，多不把，也不涮，名日省水，实则偷懒儿。我记得母亲经常逼他重洗。现在父亲虽然还是不那么讲究，但起码要把手和脸洗干净，偶尔也打打肥皂。父亲从不挑食，给啥吃啥，好吃的不多吃，不好吃的也不少吃，饭量把握得相当好。比如，馒头吃一个，多一口也不吃，谁劝也没用，摆摆手，表示就此打住。吃过早饭，回到沙发上坐一会儿，喝杯开水，就拄着拐杖出去遛遛，或到外面晒晒太阳，再回屋里看看书，一上午就过去了。午饭后，无论如何也要睡上一觉，睡着睡不着，反正要在床上躺两三个小时。起床后或沙发静坐，或看书，偶尔看看电视。晚饭后，无论家里有无客人，无论别人如何谈笑风生，父亲饭碗一推，就回自己房间，倒头便睡。我观察过，父亲至少平均每天睡七八个小时，真不明白，他那么大的年龄，会有那么多的觉。我觉得，他不一定真正睡着。保持安静，闭目养神，实际上也是一种良好的养生方式。

父亲喝酒的历史，大概是从 20 世纪 80 年代末开始的。我记得，父亲和邻居合伙开了一家棉花加工厂，也就是弹棉花。冬天天冷，厂房里又不能烤火，父亲就用喝酒的方式暖身子。一干就是一个通宵，半夜里还要喝两口，不然，就顶不到天亮。我探家时，曾赶上父亲上夜班，也见他大口大口地喝酒，喝完，穿上厚厚的棉衣棉裤，就出发了。刚出门，就听到他响亮的咳嗽声，一

243

声连着一声。出门前，我见他流鼻涕，说明他已经感冒了，但他还要坚持去上班。没办法，他要挣些钱补贴家用，家里仅我一个人挣钱，远不够花。后来，我才明白，父亲喝酒是被迫的，是为了养家糊口才去喝的。

养成喝酒习惯之后，父亲一天喝两次，每次喝一杯，大概有一两，不挑酒，是酒就行；不挑菜，一盘花生米，或一碟咸菜就行。后来，年龄大了，怕伤身体，改为一天喝一次，每当别人给他倒酒的时候，他就死盯着，发现没倒满，就眯着眼睛像孩子似的央求：再来点儿，别给小分量。后来，他对我说：孩子们不让我多喝，是为我好，我这么大人了，不能不懂事儿。我的俩弟妹都说，这老人真听话，真好伺候。一直到去世，父亲没跟晚辈儿们闹过一次别扭。

我觉得，父亲最重要的养生之道是心态好，那不是一般地好。我记得过了九十岁之后，他当着全家人的面说过这样的话：我活着，就是你们的累赘呀。其实呢，除了他摔伤住院，到去世七十来天的时间，给了我们床前尽孝的机会，这么多年，没给晚辈添过麻烦。他始终保持着良好的精神状态，见了谁都笑容可掬，非常阳光。比如住在二弟家的时候，二弟和弟妹两人都上班，早晨走的时候，父亲还没起床，等下班回家就快十二点了。一上午的时间，父亲一个人在家，连个说话的人也没有，应该是很寂寞，很难熬。可一旦有人回到家，他便笑着打招呼：回来啦？下午又

244

是这样，从来没说过一句抱怨的话。我退休之后，想给他请一个钟点工，陪他一天，做一顿中午饭，帮着洗洗衣服。我托人找到了这样的钟点工，可还没等来上班，父亲就住院了。我一直后悔，为什么不早点儿给他找，让他享受一天是一天。

我接触到的老年人，包括干休所的一些老干部，到了八九十岁以后，要么糊涂、健忘，要么牢骚、抱怨，而父亲一直到临去世，也没这样的表现，在什么样的情况下，都保持乐观向上，甚至风趣幽默。别人问他：孩子们对你好不好？他说：好，好哇。我回家喜欢陪他聊天，听他讲自己的人生经历。我每次都要给他录几段视频，然后再发给他看，他就笑：真有意思，老成这样，还能上手机。记得他录过他讲的笑话：

其一

今儿盼明儿也盼

一盼盼到八月半

本想吃顿牛肉包

弄了一顿茴香蛋

其二

人老猫腰把头低

245

树老焦黄叶儿稀

茄子老了一兜籽

倭瓜老了是面的

问他，这些顺口溜儿是哪儿学的，他笑笑说：忘咧。

我回到家，每次都陪他唱两段儿。这在农村的父子当中是少见的。父亲年轻的时候，也应算是文艺骨干。最早在天津南市看过唱戏的，学了些折子戏。回到老家以后，也在村里的舞台上亮过相，后来又跟着收音机、电视学一些唱段儿。父亲记性好，悟性高，学会了便过目不忘，倒背如流。很多传统戏，只要你一张口，他就知道是哪一出、哪一派、哪个名角演的，无论是唱腔还是念白，他都能大段儿大段儿地跟着走。在家里没知音，他不好自己唱，我回去一启发，他就来劲儿了，唱起来刹不住车，高兴了还会加上动作，兰花指、兰花掌、水袖、云步，一招一式很见功底。2019 年 10 月，我携全家人回去看他，吃过饭，我让他来一段儿，他说：不行，调太高的拔不上去了。我就说：来段儿短的。他说：那就来段儿《苏三起解》吧。

苏三离了洪洞县，

将身来在大街前。

246

第六章

未曾开言心好惨，

过往的君子听我言。

那一位去往南京转，

与我那三郎把言传。

就说苏三福命短，

破镜只怕难重圆。

倘公子得见面，

来生变犬马我就当报还。

就像父亲说的那样，最后的拖腔确实有些底气不足。想想啊，他毕竟是近百岁的老人了，能记住词，不跑调儿，就相当不错了。只可惜，那是他一生中最后的唱段。

父亲的人生态度是豁达的、敞亮的，尤其对生老病死看得很淡，看得很透。他说，人死如灯灭，一死万事休，活多大岁数，老天爷都给你算好了，没什么想不开的。他说，他早就活赚了。我记得，父亲刚进入八十岁的时候，就在祖坟里，找到自己将来的位置，并在自己的位置上，用脚划了一个圈儿，告诉别人，那块房地产就是他的专利了。他还给我们讲传统土葬有满堂红、领孙葬、怀抱孙、大排行等几种样式，还在纸上画了简易图，我把那张图保留下来了。后来，现场对照，我们老李家的祖坟是按怀抱孙的样式排列的，仔细琢磨，还挺有文化内涵呢。我的母亲，舅舅、

247

叔叔、姑姑，还有他的几个亲家，都比他小，有的甚至小十来岁，但都走在了他前头。每走一个，家里人有意瞒着他，后来他知道了，就说：寿限到了，黄泉路上没老少啊。村里有出殡的，他甚至还出去看热闹。付学汉大伯早年在天津帮过父亲，退休后回老家度晚年，两人关系甚好。学汉大伯只比父亲大几个月，但老了以后，胆儿小，村里死了人，他要知道了，就得输几天液，才能缓过劲儿来。有一次，我陪父亲给学汉大伯拜年，说完拜年的话，父亲问学汉大伯：你知道村里跟咱们同岁的还有几个不？学汉大伯说：不是还有仨吗？父亲随口说：剩下俩啦，连弟没啦。学汉大伯一听，脸色就变了，父亲又接着说：三十咽的气儿，初四出殡。学汉大伯嘴颤抖了几下，躺在炕上不说话了。家里人一直瞒着，没承想，大年初一，就让父亲给捅漏了。回到家，父亲歉疚地自责道：你看，这年拜的。

父亲是农民出身，在他身上体现得很明显，农民本色也保持得很地道，他到了七十多岁才放下农活儿，八十多岁还在老宅里栽树种菜。一个小院子，让他种得密不透风，瓜果梨桃，样样齐全，好像一天不干点儿活儿就难受。到了九十多岁，跟着老二老三过日子，还是闲不住。秋上收了玉米，几千斤堆在院子里，像一座小山，这下，父亲觉得有活儿干了，找条小板凳坐下，一个接一个剥掉玉米苞。剥出的玉米放进编织袋，玉米苞堆到一边。几个小时的劳作，他既不喝水，也不起身，够不到了，就用拐杖往跟前扒，动作很协调，忙而不乱。就像愚公移山一样，每天挖山不止，表现了很强的耐力，直到把活儿全部干完才罢休。我记得九十六岁那年，他还是那么有耐心地干。弟弟们劝他：你别干了，用机器一上午就剥完了。他说：用机器得花钱不，得用电不？反正我闲着也是闲着。

我在想，父亲这么做，是不是为了证明自己还不老，没有吃你们的闲饭，还能自食其力。后来，我觉得他就是为了打发时间，排遣寂寞，也许是任性地做自己喜欢的事情，从中得到快乐，感到充实。

我曾用心观察父亲一天的生活，尤其是生活细节，有时还会用镜头记录下来。现在没事儿的时候，就可以翻开细看，觉得一个活到近百岁的老人，都有其自身一成不变的特点。比如，父亲晚上睡觉，无论躺在多宽多大的床上，都喜欢紧贴着床边，几乎一翻身就会掉下床去，但他始终是这样睡，无论你如何提醒，哪怕把他的身子挪到床中间，到第二天醒来，他又翻到了床边。虽然一次也没掉到床下过，但看着有点儿悬，但他觉得这样很舒坦。还有吃饭，他从不喜欢用手端着碗吃，而是用嘴去追桌子上的碗，尤其喝粥的时候，身子是拧巴着的，脖子伸出老长，一口一口喝得有滋有味儿，别人看着别扭，但他觉得怪自在，一直以来，就是这个样子。后来，我发现，自己也慢慢学起了父亲的样子，不是有意模仿，而是潜移默化地传承。到了晚年，父亲的左手不太灵

父亲晚年

便，有三个手指伸展不开，但不是失去功能，如用另一只手硬拽，还是能伸直的，但松开后，就又卷曲在一起了。父亲没事儿的时候，就自个儿来回掰，他自嘲道：我这是懒就了筋了。但这丝毫不影响他打理自己的生活。比如，系扣子，为了防止系错位，他用不太灵活的左手先控制住最后一个扣眼儿，然后用右手把扣子小心翼翼地挤进扣眼儿，接着再顺着衣服往上捋，寻找另一个扣眼儿的位置，一个一个地慢慢来，直到系完最后一个，再抻一抻，拽一拽，认为系完整了，且没有错位，再站起来。看起来动作很慢腾，很笨拙，但父亲却完成得很有章法，甚至井然有序，而且是绝对拒绝别人的帮忙。我在家的时候，企图以尽孝心为目的帮他一把，都被他有力地推开，以此证实他能打理自己。我把这些细节录成视频放给他看，他说：你可真是没事儿闲得慌。我说：逗你玩儿。爷俩便开心一笑。

　　一个有意思的细节，值得记录。我给了他钱，他把大数存银行，但身上要装三五千，没事儿的时候，就一张一张地清点，点完，笑笑，再装进口袋，一天清点若干次。有一次，他睡着了，我把手伸进他的口袋，准备当一次小偷，没承想，父亲很机灵，从被窝里伸出手，把口袋死死地捂住：谁呀？你要干啥？我暗笑。父亲年轻的时候穷怕了，好不容易有俩钱，看得比命还紧。

四世同堂

　　儿媳怀孕后,儿子曾问我,喜欢孙子还是孙女? 我毫不犹豫地说: 时代不同了, 男女都一样。我的回答言不由衷。实际上, 生孙子更符合我的心愿, 这个心愿, 更是代表父亲。父亲那年九十二岁高龄了, 在村里, 像他这个岁数, 甚至比他小好多岁数的, 都已四世同堂了, 这是他的遗憾。农村老人心目中, 添了重外孙子、重外孙女, 那不算四世同堂, 因为那是外姓人。我的侄女早就给父亲添了重外孙, 而且每天在身边守着, 父亲也很喜欢, 却毫不客气地给他的重外孙起了个外号 "小白眼儿", 顾名思义, 就是小白眼儿狼的意思。老家有句顺口溜儿: 外甥是姥姥家门上的狗, 有了就吃, 没了就走。当姥姥姥爷的, 再疼, 也是瞎心, 伺候大了, 人家顺着自己的血脉, 找他爷爷奶奶去了。这种认识, 不一定在理, 但却是事实。除此外, 有重孙女, 也不是严格意义上的四世同堂。因为重孙女大了要嫁人, 要为人家延续血脉, 那算不上自家的根儿。把话说白了, 只有见了重孙子, 才是名正言顺的四世同堂。在家族中, 我是长子, 儿子是长孙, 父亲把四世同堂的担子自然压在我们头上。一向矜持的父亲, 曾对着我们爷儿俩说: 我都九十多岁了, 临死之前, 总得让我见着重孙子吧。

　　我认为, 他之所以能支撑自己, 并保持了健康的身体和乐观的心态, 是因为他坚守着 "子子孙孙无穷匮也" 的希望。其中,期待四世同堂，是他希望能实现的一个里程碑。作为孝子，我能不能尽早为父亲建造这个里程碑，已是当务之急。我曾对儿子说，我当不当爷爷并不重要，你爷爷当太爷爷那可是万分重要。

生孙子这一天，我的表现，可以说是既激动又尴尬。

二弟不断打电话，问生了没有。我知道，他是代表父亲催问的，一是催问孩子是否出生；二是催问是男是女，后者更为迫切。之前，儿子曾或明或暗地告诉我，是男孩儿，但孩子没落地，没有真凭实据，我不能谎报军情。儿媳进入产房之后，我在病房走廊与众多家属列队等候。一个小时以后，儿媳被推出产房，经过走廊的时候，我没好意思问。不一会儿，儿子出来了，我忙问：生了个什么？儿子大概急着到楼下取东西，按了一下电梯按钮，见没动静，没顾上回我的话便直接往楼下跑。我追到楼梯口又问：生了个什么？儿子一边跑一边回答我：男孩儿。因为他跑得急，我听得不是很清楚。这时，我手机又响了，还是二弟打来的，我把电话给挂了。作为公公，我今天的身份很尴尬，既不能直接进病房探清虚实，又不能擅离职守，用人的时候要随叫随到。整个一上午的时间，我一直在走廊里傻站着。这工夫，老伴恰好从病房里走出来，我一把拉住她问：是不是男孩儿？她肯定地回答：是。我又问：你确实看了吗？她说：看了。我还不是放心地问：你摸了吗？她很不耐烦地说：摸了。这下，我才彻底信了。我马上回拨了二弟的电话，报告了喜讯。二弟连说了两声：好，好！紧接着又问：几斤重？我说：不知道。是男是女比几斤几两重要多了。

我打电话的声音大概有点大，周围的人都在看我。我太拿捏不住自己了。

我还在兴奋之中，老伴从病房出来喊我，恩准我过去看孩子。我几乎是三步并作两步进的病房。我那刚出生的小孙子还没睁开眼睛，他旁若无人地酣睡在小床上，雪白的脸上挂着一丝笑容，尽管从他稚嫩的脸上，还难以分辨李氏家族的面貌特征，但一种当爷爷的幸福与激动油然而生，甚至难以自抑。我有备而来，对着孩子的脸连拍了几张特写，待护士过来催我离开之时，我又把裹在孩子身上的衣服撩开，对着孩子的命根子，狠狠地拍了几张，然后逃也似的离开病房。

傍晚，二弟打来电话，说：父亲对着照片连说了几声好，还说孩子那两只大耳朵像他，是福相。细咂摸一下，父亲说是福相，一来是夸孩子，二来也是夸自己。刚出生的重孙子，上边有他九十二岁的老爷爷罩着，不幸福么？我的老父亲，在他有生之年能享受四世同堂，不幸福么？我记得，父亲曾对我儿子说过这样一句似乎很绕口的话：我爸爸不如你爸爸，我爷爷不如你爷爷。三绕两绕，把他自己和我都夸了。有些文化的农民父亲，就是这样善于用他自己的语言方式表达自己的感情。

二弟告诉我，当天晚上，激动中的父亲执意要喝酒。往日，为了老人家的身体健康，二弟只允许他中午喝一次酒，而且每次只

四世同堂

喝一杯。那一杯是八钱，父亲经常为短斤少两而计较，但均无果。那晚，因为二弟也有了当爷爷的幸福感，便与父亲频频举杯相祝。以往父亲晚上喝了酒，容易闹毛病，这也是限制他的理由，那晚却平安无事。

之后，我几乎每天都给二弟发去孙子的照片或视频，他每次都回电话告诉我父亲看后的感受。就这样，每天等着看重孙子的照片，就成了父亲一日生活中的希望与期盼。二弟还告诉我，父亲有些日子不到大街上，与那些老头儿们一块儿贴着墙根儿晒太阳了。自有了重孙子，他又拄着拐棍儿去扎堆儿了。我理解，父亲四世同堂了，他又有了与人讨论家长里短的资格与兴趣。

人们说，隔辈儿亲。有了孙子之后，我的体会日益加深。生儿子的时候，两地分居，不知不觉，儿子就长大了。虽然在儿子成长的过程中，我也表现了一些父爱，但没留下多少刻骨铭心的细节。而孙子降生之后，我几乎变了一个人，一天不见，没着没落，一天不抱，觉得难熬，甚至对写作也冷淡了。每次把孙子抱在怀里，我就对着他说：孙子，你老家有九十多岁的老爷爷，他想你，什么时候让老爷爷看看你呀？我每次这样念叨，我的小孙子都默默地听着，瞪着大眼睛看着我。我知道，他根本听不懂，但他默默地听，便是我念叨的意义。

孙子满月，正赶上"十一"放长假，三个弟弟进京看孙子，年事已高的父亲未能同行，很是憾事。一家人举杯庆祝之后，我

254

跟他们一道回老家看父亲。我明白，此行最好的礼物是带孙子回家看老爷爷，但孩子尚小，来回颠簸五百来公里于心不忍。我进家见了父亲第一句话就说：爹，等春节我一定把你重孙子带回来。父亲却把大手一挥：不，别瞎折腾，孩子安全第一，爷孙见面不急。父亲总是在关键时刻，表现出他的大度，年轻的时候是这样，老了，还是这样。这让我很感动。

我把临来前拍的照片和视频让父亲看，父亲一张一张看得很仔细，表情也很丰富地变化着，他本来耳背，却被重孙子的"哇哇"哭声"惊"醒，不时发出爽朗的笑声，甚至笑出了眼泪。全家人都被老人家久违的开怀大笑所感染。

因为孙子一生下来就爱笑，我给他取小名乐乐。父亲说，这个名字好，人活着就该乐呵儿。我知道，这次回家，父亲虽然没有埋怨我没把乐乐带回来，但他想见重孙子的愿望一定是十分迫切的。这一点，从他看乐乐照片和视频时的表情中完全能够读懂。四叔在父亲这一辈儿是年龄最小的，也七十大几了，他找了个背人的地方严肃地对我说：你爹虽然身子骨儿还壮实，但毕竟是九十开外的人了，一旦有那一天，他看不见重孙子，你会后悔死。

四叔的话，让我产生了巨大压力，带乐乐回家见老爷爷，已是落在我肩上义不容辞的责任。

随着乐乐一天天长大，我的压力也越来越大。我一直在寻找机会带他回老家，但夏天太热，冬天又太冷，再加上乐乐还晕车

四世同堂

（一次带他到动物园玩儿，在车上吐了一片），我一时下不了决心，我就想等他过了周岁，大一些了，抵抗力强一些了，天不冷不热的季节再回去。到那时候，可能就会叫老爷爷了，一进门，给父亲一个惊喜。

我把这个计划跟儿子儿媳都说了，他们也都同意。之后，我在电话里跟父亲说了，让他耐心等待。这期间，我还是不间断地发视频和照片给父亲看，让他关注乐乐的成长过程，亦能缓解老人家的思孙之苦。

乐乐刚会叫爷爷的时候，我就教他叫老爷爷，还训导全家照我说的做，我接连不断地把父亲的照片拿到乐乐跟前，告诉他，这是你老爷爷。我的苦心孤诣，乐乐很给我长脸，他终于会叫老爷爷了，每当与父亲视频，我就逼他叫，他就叫，让他大点儿声，他就高声喊：老爷爷！老爷爷！我看见，父亲答应得很爽快，眼睛里时或闪着泪光。

又到了"十一"长假，乐乐已满两周岁，父亲也九十有四了，再不促使他们见面，就是我的渎职了。

我隐约有一种担忧，生怕乐乐见了父亲会哭，或者不敢往跟前凑，因为我带他到小区玩儿，碰到老人他就躲，有时会把眼睛捂住。小孩怕老人，大概不是个别现象，据说，老人也怕小孩儿当着他们的面哭。我接连不断让乐乐看父亲的照片，就是打这个预防针，让他有感性认识，这就是你的老爷爷，祖孙四代，一

第六章

脉相承，落叶迟早要归根。

一路上，乐乐精神状态很好，在我们的诱导下，他不住地叫：老爷爷，老爷爷。三个小时的车程，叫了几十次，有时还自言自语。我放心了。快进村了，我又让他叫了一次，他很恭顺地叫了，而且很清脆，也很带感情，我进一步放心了。

下了子牙河大堤，就是我的老家付家庄村，进村不到百米就是二弟家。因为知道我们回来，二弟家门口站满了人，我知道，这些人都是迎接乐乐的，代表李氏家族第四代人的小乐乐毕竟是第一次"荣归故里"。

我第一个下了车，打开车门，准备抱乐乐下车，向迎接我们的众亲做展示，然而，让我担心的一幕出现了，乐乐一头扎进奶奶的怀抱，大哭起来：我不下，我不下，我要回北京……

围观的人都聚集在车门前，一睹乐乐容颜，可不争气的乐乐不睁眼，不抬头，依偎在奶奶怀里哭叫不止，死活不下车。

我原设想自己把乐乐抱到父亲眼前，让他脆生生地叫声老爷爷，然后录下小视频，乐乐的表现，让我尴尬，让我无措，我不得不独自进屋去见父亲。

父亲端坐在沙发上，显然是在等他的重孙子，见我独自进屋，第一句话就是：四辈儿呢？

我明白"四辈儿"是指小乐乐，读过私塾的农民父亲选择这样一个称谓，我认为是经过一番考虑的，这代表他已经四世同堂，

257

这个称谓，使他洋溢着无限幸福。

我随口道：路上尿裤子了，正换衣裳呢。这个谎言不知道是否贴切，但我来不及想更有智慧的。

父亲又问：捎着换洗的衣裳哪？

我说：捎着呢。

为了拖延时间，让乐乐恢复状态，我与父亲攀谈，问起他的身体、饮食、生活状况，但我发现他心不在焉，眼睛不住地往门外看，期待"四辈儿"出现。

等了十来分钟，还不见乐乐进屋，我坐不住了，走到院子里一看，乐乐正和几个孩子玩儿，但精神状态还不够好，只是不哭了。我把他抱起来，问他：不是说好见老爷爷吗？你怎么哭啦？我抱他进屋，他往屋里看了一眼，不去，我不能强迫他，如果到父亲跟前哭了，更不好。

我心里急，又没办法，老伴看出了我的心思，说：别急，让他慢慢适应环境。

孩子们拿起了小铁锹、笤帚之类的物件，这是乐乐所未玩儿过的，也是他想玩儿的。在家里，成堆的玩具，他不玩儿，却玩儿锅盖、炊具，敲得叮当响。一见这些新鲜玩意儿，乐乐来了兴致，从一个小哥哥手里夺过小铁锹，举着"啊啊"大叫，院里的鸡们鸭们，被他撵得扑扑棱棱四散奔逃，乐乐兴高采烈，乘胜追击，惹得满院子人大笑……

好，乐乐终于恢复常态了，我不能让父亲在屋里等得心焦。

趁着玩兴，我把乐乐领到父亲跟前，对乐乐说：这就是你老爷爷，快叫老爷爷！

乐乐把手指头含在嘴里，用怯生生的眼神看着父亲，既不敢往前，也不退缩，或者奔跑，他大概是在整合自己的记忆，十分小心地判断着眼前这位老爷爷。

我从手机里搜出父亲的照片拿给乐乐看：你看，这不是老爷爷吗？

乐乐看了看手机上的照片，再对照一下父亲，迟疑了一会儿，小声地叫道：老爷爷。

耳背的父亲没听见，没答应。

我对乐乐道，大声叫：老爷爷！

乐乐终于提高了嗓门：老爷爷！老爷爷！然后撒腿跑开了。

父亲高兴地连连答应：哎！哎！

我听见，父亲的声音稍带点儿哭腔，他老人家一定是相当激动了。

我也激动了，手里拿着手机，却没顾上拍照。

之后，我每年至少带乐乐回一次老家看父亲，虽然每次在老家待的时间不长，但我都抓住机会，让乐乐跟老爷爷亲近。刚开始，乐乐与老爷爷不太熟悉，不敢亲近，我就千方百计给他制造机会。比如，让他与老爷爷握手，坐在老爷爷怀里，叫老爷爷吃

259

饭，吃饭的时候敬老爷爷酒，发表祝酒词，我就把全过程用视频拍下来，存在手机里，过后，让乐乐看，夸奖他做得好，懂事儿，受到鼓励后的小乐乐，下次会做得更好。记得有一次，我还让乐乐和老爷爷合唱《花木兰》，父亲不大会唱豫剧，乐乐就说：老爷爷，我教您。然后就一句一句地教，我们就不停地叫好，不停地为他们鼓掌。

乐乐最后一次见老爷爷，是 2019 年"十一"，那一年，乐乐刚满五周岁，明显比以前懂事儿了，一进门先扑进老爷爷怀抱，脆生生地叫老爷爷，还主动亲老爷爷的脸，拉着老爷爷的手奶声奶气地说：老爷爷，你今天好吗？你已经长大了吗？父亲笑得合不拢嘴：一晃长这么大了，真快。叫老爷爷吃饭，乐乐把老爷爷从沙发上拉起来，把拐杖递在老爷爷手上，然后拉着老爷爷走，还嘱咐老爷爷先洗手。吃完饭，拉着老爷爷的手，回房间休息，帮老爷爷轻轻开门，扶老爷爷上床，这些动作，都被我真实地记录了下来。

四世同堂的父亲，增加了幸福指数，他在人前说：四世同堂的日子，我算是享受了，但五世其昌，就难了。话语中，既满足又遗憾。在农村，像父亲这个岁数，如果都按二十出头的年龄结婚的话，活到九十大几，五世其昌是能享受到的，可父亲生我的时候年龄大了，我和儿子结婚又晚，就这样一代一代地耽误了，所以，五世其昌对于父亲来说，就是念在嘴边的梦想了，不过，我让他充分享受了四世同堂的天伦之乐，这一点，父亲是知足的、开心的。

父亲病了

2019 年 11 月 3 日，我接到二弟来电，说父亲摔伤了肋骨，住进了县中医院。听到这个消息，我心里十分害怕。我知道，摔伤，对于老人意味着什么，尤其是九十岁以上的老人。前不久，我熟悉的一位老人，身体好好的，因为摔伤，几个月就没了，而更让我着急和忧虑的是，我不能马上回家去照顾父亲。年初，我住院检查身体，准备做胃、肠镜检查，结果做血常规检查发现血小板计数只有 9 个，正常数值在 100 至 300 之间。我的血小板减少症是从 2003 年发现的，计数是 40，做了各种检查，未找到原因，医生给我定性为原发性血小板减少症，上了激素，血小板计数正常了，但往下减药，又跌下来了。看了中医，吃了偏方，都没管用。因为没什么明显症状，我又处于紧张的工作状态，就不管它了，什么药也不吃了。十几年的时间，一直维持在二三十左右。我每年都例行体检，见到这个数值也习以为常，医生却逮住我复查，并对我进行尽量减少外出，避免磕磕碰碰之类的提醒，我听着有一搭没一搭的。2018 年年底，也就是我住院的前几个月，我还随中国作家代表团到海南岛、西沙群岛采风，一马当先，高歌猛

261

进，一路上，没有任何不适的感觉，怎么血小板一下子降到这么低呢？这个计数，把我的主治医生曹丹阳吓了一大跳，给我家里打了电话，让派人来与我同住，还给我的单位打了电话，接着下了病重通知书。我一下蒙了，我活蹦乱跳的一个大男人，一下子成了病入膏肓、不久于人世的生命垂危的病人。经过多名专家诊断，决定给我上激素。开始是每天12片泼尼松，大概是我的年龄大了，感觉副作用相当大，失眠、乏力、心悸、发热、血压波动、肝胃不适、骨质疏松……从未有过的并发症状，像狂风暴雨一样，凶神恶煞地向我袭来。我的小身子骨儿一时难以招架，但为了血小板数值的提升，我只好忍着，忍着，人的整个状态都变了。无论做什么事都精神恍惚，疲惫不堪，缺乏信心。一个多月后，我带着正常值的血小板出院了，但这些并发症却一直困扰着我。后来，随着药量减少，症状轻了些，可我得了一次感冒，血小板计数"唰"一下又降下来了。没办法，咨询医生，又适当加大药量，那些症状又跟着上来了。就这样，多半年的时间，我不是住院就是复检，每天往嘴里填一大把药，除了维持血小板指数，还要保肝、养胃、补钾、防骨质疏松等等，身体健康指数下降，精神状态不佳，心理上也承受着很大压力，日子过得很糟糕。

我是个心事很重的人，尽管自己的身体如此糟糕，还是放心不下父亲。我原打算检查完身体，若没什么问题，马上就回家，准备做长久打算陪伴父亲。在职时忙，虽然每年都回去几趟，但都是

第六章

来去匆匆，从未像样地在床前尽孝，现在退休了，不老不小，身体还行，应该好好补补课。2019年"十一"放长假，我拖着少气无力的身子，携全家回了一趟老家，去看望父亲，因为我的身体原因，只在家住了一夜，第二天就回京了。我记得那次见面，父亲还很精神，临走的时候，父亲抓着我的手说：着急走干什么？好不容易回来一趟，在家多待几天呗。从内心讲，我也是想留下来陪陪父亲，但我实在是力不从心，我要回家好好养身体，再回来陪父亲。

我从老家回来这一个月的时间里，心里从未放下过父亲，三天两头给两个弟弟打电话，在秋冬交接的时候，一定让父亲保暖，防止感冒。屋里要提前生火，室内温度要保持在二十度左右。电热宝、电暖器，都要用上，再就是防摔倒，只要出门，就要有人搀着。我苦口婆心，嘴皮子都快磨破了，说得他们也有些不耐烦了。但我毕竟远在他乡，鞭长莫及，最担心的问题还是发生了。

父亲先住的骨科，检查出肋骨被摔裂。据三弟说，父亲是晚上睡觉起来小解时从床上摔下来的，当时并没多疼，父亲也没太当回事儿，可过了两天感觉疼了，喘气也受影响，后来又感冒了，这等于是摔伤并发症，最可怕的不是摔伤，而是感冒。因为卧床，不能起坐，肺部容易感染，咳痰就会成为问题，这是我最为担心的。果然，父亲由骨科转入呼吸科，高烧、低钾、咳痰等一系列问题都跟上来了。

263

父亲病了

我清醒地认识到，就我目前的精神状态，即使回到父亲床前，也难以尽孝，而且来回路途劳顿，会加重我的病情。我现在能做的就是电话遥控弟弟们，如何照顾好父亲，减轻他的痛苦。我马上打电话让二弟找护工，正好二弟认识一个护工正准备去天津打工，我说你把他留下，他在外出挣多少钱，我们就给他多少钱，甚至还可以多给。要知道，在农村，找一个专业护工是不太容易的。护工很快上岗，我心里踏实了一些，眼下，他就等于替我尽孝。

护工找到了，钱也打过去了，不是给父亲看病的钱，是陪护人员的生活费，我出不了力，只能拼命地出钱，这样心理就平衡一些。

11月12日一早，我让儿子开车送我回家看父亲，父亲住院已经十来天了，我还没露面，他老人家会怎么想？重要的是，我心里能安稳吗？日子能过得踏实吗？

我记得大约十点半到的家，在献县中医院八楼16床，我终于见到了父亲。父亲躺在床上正在输高压氧，他闭着眼睛，似睡非睡。护士问：你看谁来了？父亲稍睁了一下眼睛，声音微弱地说：大儿子。说完，又把眼睛闭上了。前些天，我在视频里看过父亲，感觉状态还可以，但现在是不行，不想睁眼，不想说话，呼吸也有些急促，看来父亲的病情不容乐观了。趁父亲被推出去吸痰的工夫，我来到医生办公室，见了主治医生，他跟我介绍了父亲的病情，让我看了各项检查结果以及治疗方案，我问他：有没有生命危险？他说：这么大年龄，很难说，如果被一口痰卡住，说不定就走人了。他说：以后要吃流食了，包括鸡蛋、瘦肉、牛奶、蔬菜、水果等等，必须做到营养均衡，大量用抗生素会对老人各种器官造成伤害，可不用抗生素，体温又降不下来，没办法。医生最后对我说：反正你们要做好最坏的心理准备。我点了点头，一再向医生和护士们表示感谢。

我给陪护的家人们开会，表明自己的态度，对老人的治疗坚持"三个一"：一不转院，老人岁数太大，折腾不起；二不进重症监护室，老人太受罪，也不一定能治好，白搭钱；三不放弃，只要有一线希望，就尽百分之百的努力，不算经济成本，不惜一切代价。所有的开支，都由我一个人承担。

中午，父亲吃了半个包子，喝了一碗小米粥，是我喂的，但他始终不爱睁眼睛，也不想说话，只用点头和摇头来回答别人的问话。

我的身体状况，不允许留下。临别前，我把身子俯下对着父亲的耳朵说了一阵子的话，告诉他我的身体状况：我不能守在您身边伺候您，您别怪我，我回去好好治病，治好了，就回来伺候您。我还说：现在医学发达，您的病一定能治好，您一定要有信心，积极配合医生的治疗。父亲点了两次头，可就是不说话。我告诉他，我要回北京了，您有什么话要说吗？我等了好一会儿，他没说话，我又大声重复了一遍，他还是没说话，看他的表情很痛苦，

父亲病了

是不想说话，我就不再问了。

回到北京，我的情绪很不稳定，精神无法振作。晚上睡不着觉，瞎想乱想，回去见父亲的每一个细节，都反反复复地在眼前闪现，越是强行让自己规避这些，越是挥之不去。我愈发感到，父亲是难以逃脱这一劫了。如此高龄的老人，本来各种器官就严重老化，再用这么大剂量的抗生素摧残，肯定是扛不住的，即使保住性命，也没有以前的质量了。

一夜未眠，我觉得，自己不能这么消沉下去，应该尽自己的力量为父亲做些什么。我打电话给陆军总医院呼吸科的专家，从治疗和护理方面进行咨询，然后把有关经验转达过去。比如告诉护工，要每隔两个小时翻一次身，按摩拍打后背要用空心掌，另外，我还联系北京中医医院的老中医，让家人把父亲的舌苔照片传过来，让老中医下方子，再把熬好的汤药快递回去。还有，我花高价购买了富硒灵芝宝，本来是为自己增加免疫力的，我暂时不用了，先顾老爹吧，全部寄了回去。

又过了两天，家里来电话说，有天津、沧州的呼吸科专家为父亲做了会诊，换了药，退了烧，痰也少了。另外，在堂弟西超的安排下，老李家的晚辈们开始排班轮流守护父亲。除了护工，父亲每天身边都有一两个人，二弟和三弟也能轻松一些了。我好高兴，当天睡了一晚好觉。

父亲住院的第二十天，又传来好消息：父亲由传染科转入呼吸科，而且是单间病房。医生说观察一下可停抗生素，只输蛋白营养液，另外高压氧也可以撤了，换上普通氧气。听到这些消息，等于我的病也好了一半，莫非，我的老爹真能逃过此劫，转危为安？

我每天都写日记，说是写日记，实际上信手拈来，随心而写，这些日子，写的全部内容都关于父亲的，有的时候，只写一些祈祷和祝福的话：为父亲祈福，求上帝保佑！愿好人一生平安。老爹安康，老爹万福！

我还给乐乐录了视频，他举着拳头喊：老爷爷，加油！老爷爷，加油！

虽然得到父亲病情好转的消息，但我还是不放心，担心会反复。我每天至少打一个电话，询问情况，或者等家里来电汇报情况，我既想得到新的消息，又怕得到坏消息，就这样，一天一天地煎熬着。

没过两天，二弟打来电话，父亲又发烧了，又要输抗生素了，又要输高压氧了。我的担心，又成了事实。没办法，我只能再打钱，以此尽自己的义务，并嘱咐陪床的弟兄们吃得好一点儿，要注意勤换班，倒替休息，别疲劳驾驶。父亲的病，一时看不到结果，不能再把陪护的人累病了。另外，也要注意个人防护，呼吸道疾病是容易交叉感染的。我还嘱咐二弟，注意病房消毒，保持清洁，减少人员探视。还有，在病房里放一盆水增加室内湿度，等等。我不知道自己能操多大心，能操多少人的心，反正我这辈子

父亲病了

就是操心的命。操心老得快，可能死得也快，我顾不了那么多。

我的人在北京，可整个心，都在父亲那儿。这种活法儿很折磨人，回到父亲身边，自己力不从心；远离父亲，又丝毫放心不下，这是什么日子？

我终于下决心，再次回家看父亲。

那一天，大概是 12 月 7 日，父亲住院已经一个多月了，还是儿子送我，这次同行的有老伴儿。早上五点半，我们一家人就出发了，还好挺顺利，我们七点多一点儿，就到达了任丘服务区。我们吃了早点，买些水果食品，便上了高速，而一上高速就起了大雾，没走几公里，前面就封路了。真倒霉，越着急上火，越容易碰上麻烦。我下车跑到前面探问情况，并训斥把守在路边的交警，你们封路为什么不提前发布消息？现在上不来下不去，让我们怎么办？交警不理我。

我们在车上等了两个小时，那真是度时如年，干着急，没着儿。我不住地给二弟打电话，他劝我耐心等待。后来，我看见有车移动了，我让儿子跟上，他说：那是非机动车道。被拍了会罚得很厉害。我说：那也跟上，罚多少，你爹顶着！

我们从前面出口下了高速，上了 106 国道，雾大，车多，开不快，快十二点了，才到医院。

到了医院门口，我忽然停住脚步，不是因为一路焦躁与疲倦，需要调整自己的情绪，而是我怕上楼，有一种"近父情更怯"的

第六章

感觉。我怕见到痛苦中的父亲。

父亲早就知道我来看他,也可能早就埋怨我迟迟不来看他。我来到父亲床前,喊了两声爹,说我回来了。父亲慢慢睁开了眼睛,朝我点了一下头,仿佛还笑了一下,算是给我的见面礼儿,可就是不说话。

我坐在父亲床前,拉起他的手,说:爹,我在北京又给你找了一位好中医,人家是太医院的,祖辈是给宫里人看病的,你张张嘴,吐下舌头,让我拍下舌苔,给医生发过去。

父亲听明白了我的话,慢慢把嘴张开了,可他嘴里插着胃管,舌头伸不出来,只能通过别人帮忙才拍成,我轻轻地说了声:谢谢爹。

父亲身上插着胃管、导尿管,还吸着高压氧,输着液,表情十分痛苦,我不忍多看一眼。

父亲活了近百岁,除了五十多岁的时候摔伤躺过病床,再没进过医院,虽然身体偏瘦,但没什么老年基础病,血压、血糖、血脂、心脏都很正常,平时很少吃药,健康指标甚至比我都好。可现在,我的父亲,耄耋之年的父亲,却躺在病床上,被七七八八的医疗器械封锁着,被不堪忍受的病痛折磨着。据二弟说,每天晚上父亲都要高声喊,声音很凄惨,有两次趁人不注意,把身上的管子全拔了,我听了心里好痛,好难受。

临走的时候,我又俯下身子对父亲说:爹,您得了这个病,就

父亲病了

得受点儿罪，到哪儿也得这么治，谁得了这病，也得这么治。我知道你难受，可我替不了您，您一定要坚强，一定要忍住，一定要配合治疗，相信自己一定能好起来。

父亲点点头，接着又摇了一下，再没反应了。看来他知道自己的病情到了什么程度，他知道，我说的话完全都是用来安慰他的，是骗人的，他根本就不相信。看来，他对自己也失去信心了。我坐在那儿，不再说话了，我知道，我再说，也是谎话，是安慰人的话。一生聪明过人的父亲，是不会相信我的鬼话的。

我身体支撑不住，心里又十分难受，欲走还留，如同四十年前告别摔伤卧床的父亲。我在走廊里走了几个来回，又俯下身子问父亲：对我有什么话要说吗？我预感到，如果父亲说给我听，那一定是最后的遗言了，但父亲始终没说话，甚至没睁一下眼。

我回京了，留下老伴儿替我床前尽孝。

一上车，我就躺在后排座上，浑身像散了架，一点儿劲儿也没有。

第二天，我想了一个主意，再次住院，全面检查一下身体，每天这样少气无力，心慌气短，只是激素的副作用吗？会不会又添了什么要命的病，父亲现在这个样子，一旦有那一天，我是长子，我顶得起我的角色吗？活着不能尽孝，死了再无法尽终，我这样的儿子还要得吗？

我又住进了陆军总院干一科。很巧，还是上次那个病房，医

270

第六章

生护士都跟我熟，主动跟我打招呼，我强打精神向大家微笑。主治医生还是曹丹阳，对我不错，更了解我的病情，我向他汇报了家里发生的情况。她说：你主要还是心病。我很快做了各项检查，除了骨密度由骨量减少下降到骨质疏松以外，别的没什么变化。血小板计数还有40，可那时每天吃4片激素药，副作用还是很明显的。曹医生让我看心理医生，心理医生递给我一张表让我填，其中一项内容是家族成员有无精神病患者，我填上了姐姐曾得过此病，但不相信自己的精神或神经出了问题。填完表，医生让我做心理测试，在电脑上答题，一共600多道，问得五花八门，莫名其妙。比如，你有没有婚外恋，你想没想过自杀，等等，挺蒙人的。答案只有是和否，而且给的时间很短，看你脑子反应如何，或者是否错乱颠倒。我觉得我答得还是很流利的，没被套路进去。接下来，就是跟我谈心，还谈到弗洛伊德，正好我读过他的《梦的解析》，于是，跟她聊得很畅快。最后，我要加她微信，她犹豫了一下拒绝了，她说：我们还是保持普通医患关系为好，我怕将来说服不了你。

第二天，曹医生了解到了我和心理医生的交流，她转达心理医生的话，说这个患者的病不好治，他太明白了。我不明白是什么意思，太明白了，反倒不可救药了，什么逻辑？曹医生也跟我谈心，说我必须断舍离，我知道她说的是日本山下英子创作的家庭生活类著作，基本的概念是：断等于不买、不收取不需要的东

271

父亲病了

西；舍等于处理掉堆放在家里没用的东西；离等于舍弃对物质的迷恋，让自己处于宽敞舒适、自由自在的空间，实际上是倡导一种健康的生活方式，也是一种心灵修行术。通过改变肉眼看得见的世界，从而改变看不见的世界，让人从外在到内在，都彻底焕然一新。这书我走马观花地读过，作者的用意我也明白，曹医生此时提起这本书的用意，我也明白，无非是让我减少精神上的负担，静心养病。明白归明白，可让我把躺在病床上的老爹忘个一干二净，自己心无旁骛地养病，我确实做不到。曹医生说：你看吧，就你这人，即便老人走了，在你心坎儿上也过不去。你回来还得看心理医生。我觉得没那么严重，我懂得面对现实，不会总和自己过不去。

住了十天院，各项检查结果都出来了，无大碍，我身上的症状，一是药物的副作用所致，再就是心病，更重要的就是心病。我要求出院，既然没什么大问题，我就把心放回肚子里，振作一下精神，准备再次回家。

即使在住院期间，我也每天跟家里保持联系，随时掌握父亲的病情。我出院的第二天，二弟打电话说，人家医院开始撵人了，我当即决定，出院，让父亲回家，让他老人家在自己家里安安静静地离去，这是佛愿，也一定是父亲的心愿，他还在清醒的时候，就一再要求回家，既然怎么也治不好了，就别躺在医院受罪了。不孝就不孝，我是长子，我做主了，所有的责任，我一个人

272

承担。还有，那么多李家晚辈长期在医院轮班守护，我心里也不落忍，父亲一生没给晚辈添过负担，他也不想躺在病床上麻烦这么多人。

我听二弟电话里说，父亲回到家，精神状态好多了，既不发烧，也能进食，还能睁开眼睛，偶尔还能说句话。莫非有起死回生的奇迹要在父亲身上发生，老天保佑，但愿如此。

我感觉身体好一些了，又踏上回家之路。我想如果身体允许，这次就在家多待些天，老家比医院安静，也相对安全。在医院呼吸科，我害怕交叉感染。我的身体感染不起。

父亲回到了二弟家，此时农村也集体供暖了，但温度不太高，在父亲的房间，又开了暖风，门口吊了棉门帘儿。这样一来，屋里的温度能保持在二十多度。我天生怕冷，温度低了受不了，我想，父亲更需要一个温暖舒适的休养环境。

还跟我上次回来一样，见我回来了，父亲睁开了眼睛，还是不说话。的确，躺在自己家床上的父亲，脸色好看了许多，身上撤了所有的管子，不发烧了，不吸痰了，他轻松了许多，踏实了许多，但这只是精神层面的。从病理上看，父亲还是处于非常危险的状态，因为他丧失了肠胃消化功能，配上食品水果按量通过鼻饲打进去，基本上都吐了出来。大便呈黑颜色，不成型，也无臭味儿，说明根本就没消化。回到家里，当然也有弊端，没有主治医生了，不知如何用药，化验大便要取标本跑到医院去做，然

273

父亲病了

后听医生嘱咐如何用药。住院时，主治医生是呼吸科的，遇到问题，可以找其他科的医生会诊，再调整治疗方案，但在家没这些条件，只能靠村里的医生，也就是以前的赤脚医生。尽管这样的医生，每个村都有，还不止一个，但他们的水平、经验和设备，都无法跟医院的医生比，可回到家，就是这个条件。

在老家，一般情况下，病人被医院撵回来，就是回家等着了，等什么，就是等死，尤其像父亲这么大年纪的老人，只能是活一天算一天，没什么治疗意义了，可我不情愿，不死心。我回来了，我就要做这个主心骨儿，做父亲的主治医生。我打电话跟北京的消化科大夫请教，像父亲这种情况该怎么办？还把父亲的排便拍照给他看，他答复我，既然不消化，就用补营养液代替鼻饲进食，补充氨基酸、脂肪乳，再就是喂米汤，吸收一点儿是一点儿，只能靠这种办法维持，我寄回的灵芝粉照样用。

但是，我的劳苦用心，并没在父亲身上发挥作用，喂进去的米汤，一会儿就吐出来了。大便还是原样地拉出来，一点儿消化的迹象也没有，看来真的没办法了。民以食为天，人是铁，饭是钢，一个人一点儿食也进不去，那不就等死了吗？

不行，我还是不死心。

父亲现在的状况，西医已经不能接受了，什么药也起不了作用，什么营养食物也消化不了，那就求中医吧。我通过电话找到了陆军总院的中医李德俊，李德俊是中医世家出身，在部队经常给一

274

些老首长看病，好多人都信服他，他看病相当认真，只要给你诊过脉，就留下小纸条儿做档案记载。无论过了多少年，你再来找他看病，他都会从一大堆小纸条儿中把你的给找出来。我二十多年前就认识他，吃了他的药，很管用。李中医在手机上给我传来了一个方子：一根人参（最好是野生的），外加焦山楂、炒豆芽，煮上半小时，喝下去，如果能存得住，精神状态就能改变。我想到，前年我回家曾给父亲带过人参，而且是野生的。我让二弟找了出来，很快按方子要求熬，父亲很听话地喝下去了，但没多久就全吐出来了，解下的大便，仍无半点消化痕迹，甚至带血，又拿到医院做化验，大便潜血，消化系统停止工作，神仙也没办法。

人虚弱到这个程度，不能进食，还能维持吗？

还有什么办法呢？

我四处打电话，到网上查百度，到医院消化科找专家咨询，都没得到好的办法。该用的办法都用过了，看样子父亲的病真是没救了，一个月的抗生素把他的各个器官都摧垮了，他的老底子，也都耗尽了。

我心里好无助，趴在父亲床前一边给他按摩，一边看他的模样，听他的呼吸。父亲很安静，呼吸也很均匀、通畅，一两天没吃东西了，即使吃了也是一点儿不剩地吐出来，输进去的营养液，也都顺嘴流出来。他胃里估计一点儿东西也没存留了。我小声问：爹，你饿吗？我以为他没听见，又问了一句，父亲突然睁开眼睛

275

父亲病了

说了声：饿。我好高兴，这是我回家几天来听到说的唯一的一句话，虽然只有一个字，但我听了却觉得值千金。

我马上去给父亲做饭，可做什么呢，我又发愁了，因为吃什么东西都不能吸收，想了想，还是熬米粥吧。熬得时间长一点儿，稠稠的，黏糊糊的，熬好了，一勺一勺地喂下去。父亲大概是真饿了，喝得很乖，半碗米粥，全喝下去了。半个小时，一个小时，两个小时，父亲没吐，真是太好了。我喜极而泣。

在家待了五天，我的中药喝光了，加之身体虚弱，觉得力不从心，家里人怕我支撑不住，劝我回京。我左右为难，走了，说不定再回来就见不到父亲了；留下，又怕时间长了，自己的身体顶不住，还会成为别人的负担。经过反复权衡，我决定先回去，临走那天晚上，我在父亲身边待到十点多，最后被劝走。

自古以来，孝顺分为两种，一是养口体，二是养心智。养口体是伺候在父母身边照顾衣食住行；养心智是远走高飞有所成就让父母引以为荣。我显然是后者，养心智，而我的养心智不只是让父母引以为荣，还要给他们挣钱，解决他们的后顾之忧。记得还有两句话，叫作"穷不怪父，孝不比兄"，我该尽的孝尽了，问心无愧，不担心别人攀比。这样想来，心里便踏实了许多。

第二天一早，二弟送我去沧州坐高铁。出发前，我又来到父亲床前，我觉得自己像是对父亲最后的诀别，我没再像前两次那样，说一些安慰他，甚至欺骗他的话。我知道，就父亲现在这种

276

第六章

状况，挺不了多少天了，虽然他偶然能吃点儿东西，但他肠胃里存不下多少。我们现在所能做的，就是临终关怀了。我再次提醒护工，一定要按时给他翻身、按摩，不能让他身上任何位置硌伤，等等。说到底，我是让父亲尽量减少痛苦，就是有那一天，也要很有尊严地离去。

我俯下身子给父亲按摩，可怜我的亲爹，本来就是个瘦老头儿，这一两个月折腾，浑身上下，一点儿肉也没了。隔着被子几乎找不到他的肢体，臀部几乎就像一个扇面儿，两条腿就像去了皮和肉的棒骨儿，真是太可怜了，我每捏一下，心就狠狠地被揪一下。

列车开动之后，我闭上眼睛，再也止不住泪水了。我把头扭向窗外，任泪水奔流不息。我断定，再也见不到活着的父亲了。我也定性自己这次离家，是在逃避，不是逃避责任和义务，是逃避精神煎熬……

回到家，还是老样子，打电话，等电话，一会儿好消息，一会儿坏消息，今儿睡好，明儿失眠。日子就是这样的日子。

2020 年 1 月 1 日到来了，坚强的父亲在病床上迎来了新的一年。我在心中默默地为他老人家祈祷。

父亲病了

父亲走了

2020 年 1 月 13 日夜间一点十分左右，似睡非睡的我，听到手机铃声响起，我打开一看，是堂弟西超打来的，我立马意识到，这个时辰打来的电话意味着什么。电话里说：大哥，老人情况不大好……我知道，不大好的潜台词是什么。最后他又说：你们不用急着往回赶，反正也看不见了。这话已经说明了。

这些日子，我一直怕接到这个电话。我知道，这个电话迟早要来，我上次回家见到父亲，估计老人家是挺不过去了，但我希望他能挺过春节，我再回去给他磕最后一个头。看来，老人家等不到了，不给我这个机会了。

我放下电话，闭上眼睛，强迫自己镇静了一下。尽管我有充分的思想准备，但这一天真的来临的时候，我还是有些难以接受。

我把老伴儿和儿子叫醒，打点行装，星夜兼程，为父奔丧。

夜路，泪眼蒙眬中，我脑海里涌现出诗文：

一月十三日，
家里传噩讯。
慈父驾鹤去，
伤痛如锥心。

278

说好活百岁，

食言是何因？

举目问苍天，

何处觅至亲？

凌晨五点多，我们到了家，二弟家的大门敞开着，院内的灯是亮着的。我第一个进院，见院里堆着沙发和一些杂物，我才认定，父亲是真的走了。我不要再抱任何幻想了。

我进屋的时候，父亲已躺在灵床上，弟弟和侄子们跪在灵前，我再也忍不住失声痛哭……

被拉起来之后，我小心翼翼地掀开盖在父亲脸上的烧纸，细细地端详父亲，父亲的脸很安详，表情很平静，没有留下痛苦的模样。我摸了一下他的脸，没有了一点儿温度。再摸摸他的肢体，仿佛也没到我上次见时瘦得可怜的那种地步。从面部表情，到他舒展的身体，完全回归了他得病之前的状态，这是怎么回事？我的父亲，在经历了两个多月的疾病和精神的煎熬之后，在告别这个世界，进入天堂之前，留下了他的体面，保留了自己的尊严。我的父亲，您给自己的人生画了一个圆满的句号啊。

我在父亲灵前长跪不起，并赎罪般地哀号：爹，对不起，我对不起您呀……

这声对不起，是我早就准备好的。打父亲得病住院之后，我

279

父亲走了

就有心理准备。有可能，父亲熬不过这一关。我每次回来，都想听他跟我说点什么，算作遗言，但一次又一次，他张不开口，只是在我第一次回来的时候，别人问他，这是谁，他睁开眼睛，说了声：大儿子。之后再没说一个字。大儿子，儿子前面加个大字，我想，这不是我的排位序列，而是在他心目中的位置。我知道，虽然我不在他身边，但我始终是他心灵的依靠、精神的寄托。当他很无助的时候，心里一定想到过我，或许得到我的帮助，或许得到我的安慰，可他始终没向我表达，哪怕诉说他的痛苦，表达他的无助，但他却丝毫没有给我一次机会。母亲弥留之际，我没在跟前，没听到她留给人间最后一句话是什么。现在父亲离世，又是这样，我没看到他老人家的眼睛是怎样闭上的。人的一生中，从血缘上，跟自己最亲的，莫过于父母，不管什么原因，父母告别人世的时候，儿女不在身边，尤其长子，是一生中的遗憾，而且，一辈子也无法弥补。

我长跪不起的忏悔，是发自内心的，也是无可替代的。

我双腿跪酸之后，回到属于自己哭灵的位置上，闭上眼睛，任泪水放纵地流，默默地流，让它慢慢流干、流净，这样，我心里就稍好受一些。肝胆欲碎的感觉稍好一些，我长叹一口气，默默地安慰自己：父亲走了，对于他来说，是一种解脱，他活下来也只剩下受罪了。让他走吧，天堂没有病痛，或许，父亲是去享福了。

第六章

早饭过后，在四叔的主持下，我们弟兄几个商量如何办好父亲的后事。我是长子，我首先表明态度：父亲一辈子不易，一定要把他发送好。但我又表明：父亲一辈子节俭持家，低调为人处世，无须对他的丧事大操大办。我们弟兄们当中，有不少是吃官儿饭的，不要造成不好的影响。大家都同意我的意见，在商量具体项目时，去掉了放鞭炮和搭台吹打唱戏两个大项。说实话，第二项我真想保留，因为父亲这辈子喜欢热闹，喜欢演唱，每年三月初三的百草山庙会，无论刮风下雨，他都一次不落下，每次都是年龄最长的观众，也是最忠实的观众。父亲一辈子算得上文艺范儿的农民，早年在天津南市受过戏剧熏陶，回到家乡登过村里的舞台，这样的农民是不多见的。作为长子，我和父亲也算作知音，知悉他的爱好，他活了近百岁，寿终正寝，算是喜丧。我们做孝子的，应该成全他的爱好，不留遗憾地把他送走。再说，在农村，吹吹打打办丧事，已是司空见惯，但我们家不同，我要顾全大局。

后来，我想出了一个弥补的办法：把父亲的照片、视频做一个小短片，配上背景音乐，通过电视，在灵堂里滚动播放，有画面，有音乐，有同期声，父亲虽然去了天堂，可他的音容笑貌却鲜活在人间。这种祭奠方式，在农村几乎没有，但对于父亲来讲，我们可以给他开这个先例。我手里有父亲几百张照片和视频，完成这个任务，可以说是举手之劳。

281

在外甥、侄子的帮助下，这个短片很快就制作成功了。我想了一下，背景音乐，选用的是《梨花颂》：梨花开，春带雨，梨花落，春入泥……乐调儿稍有些悲切，但不哀婉，也就是说，其效果是悲而不痛，哀而不伤。父亲一生最喜欢的是京戏，用这种旋律送他，应该说是遂其心愿。

我在手机里反复翻看父亲的所有照片，最后锁定一张做遗像，那张照片上的父亲，穿着蓝色的中山装，慈眉善目，笑容可掬，手里夹着一根烟，动作很自然，是他最本色的日常表现。记得是在十几年前，我用相机拍的，对这张照片，我很满意。遗像很快做回来了，我们又在父亲遗像和遗体前摆满了以百合为主色调的鲜花。这样一来，整个灵堂便一下子鲜活起来，如果父亲看见，也一定会高兴的。

接下来是挽幛，在农村办丧事，一般不挂挽幛。也许是在我们家族，有我这么一个文化人，叔叔婶子们去世，我都为他们量身定制创作挽幛。对于父亲，我早就创作好了，本来是我为父亲做的百岁寿联，如今却只能删减成挽幛：

走津门闯关东进粮站回农村四世同堂多富贵
垂风范重孝道睦乡邻严家教三星吉照上高峰

这是一副藏尾联，父亲的大名"贵峰"分别藏在了上下联的尾字。记得当年我创作这副对联的时候，写给父亲看，征求他的意见，他看了几遍之后，对我说，下联有些抬举了，让我改，我没动。我认为这是对父亲最客观的评价，如今也成为对父亲的盖棺论定。

挽幛挂起来了，上联挂在屋门右侧，下联挂在屋门左侧，从房顶垂到地下，庄严肃穆，大气磅礴。我站在院内看了看，觉得满意，但又觉得灵堂里，还像缺点儿什么，我对着父亲的遗像想了想，又构思出一副挽联：您把笑容带天上；您把慈爱留人间。挽联很快做出来了，挂在父亲遗像两侧，再看效果，我就十分满意了。鲜花簇拥着父亲的音容，挽联诠释着父亲的一生，而流动的影像和低缓的音乐，又寄托着我们孝子贤孙的哀思。这样的方式，这样的表达，这样的效果，是我对父亲最后的孝道。我内心的伤痛渐渐缓解。

农村的丧葬礼仪是比较复杂的，从烧倒头纸，到报庙、辞灵、入殓、行礼、出殡、到下葬等等环节。在这些环节中，我作为长子，是主要角色，很多项目由我独立完成。好在爷爷、母亲入殓时，都是我担当的这个角色，还算懂得规矩。比如，入殓开光，父亲躺在棺材里，我要为他的眼耳鼻嘴开光，我的台词是：开眼光，亮堂堂；开鼻光，闻八方；开耳光，听八方；开嘴光，吃八方。说这些台词的同时，用棉团蘸上香油分别放在父亲开过光的五官上，做这些动作的时候，我不能掉眼泪。开完光，用镜子在

父亲走了

父亲身上，从头上到脚照一下，然后把镜子放在棺材底下。在这个过程中，镜子不能把光面朝上，这些做法，有什么说道，我不得而知，但我知道，在北方农村，都有这样的习俗，而且只有长子或长孙才有这样的特权。由此我想到，为什么有长兄如父的说法，就是因为作为长子在孝敬父母方面承担的角色不一样。开完光，即将为父亲盖棺论定，也是我对父亲最后的诀别，这一刻，总是要到来的。我看着躺在棺材里的父亲，默默地与他告别。也就是在这一刻，我忽然想到了父亲还应该有随葬的物品。父亲活了近一个世纪，在这个世界辛劳了一辈子，可属于他自己的物件，却寥寥无几，也可以说是一无所有。我想到了他挂着的拐杖，这是十几年不离手的，即便是去北京，登山观景，也是挂着它，一个很平常的拐杖，还有就是一副眼镜，父亲的眼镜其实就是一副道具，他的眼睛不近视，花得也不太厉害，戴不戴，都不影响看书，但他还是偶尔戴上。他风趣地说：这样显着有学问。我觉得，除了这两样东西，再没有属于父亲的了。再后来，我曾后悔，应该再把父亲读过的我的书放入棺内，或许就更圆满些了。

农村出殡，一般是五天，这五天，对孝子贤孙的心理承受力、支撑力等，都是一种考验。回来之前，我做了充分准备，买了护膝、护腰、棉手套、棉袜子等保暖衣物，使自己瘦弱的小身子骨儿能顶得住风寒。父亲不在了，我更要懂得心疼自己了。

是的，有了这些准备，我可以在行大礼的时候，长跪不起

第六章

在大街上，长达二十分钟也能坚持得住。我可以把手里的幡高高擎起，可以把父亲棺椁前的盆儿摔得叮当粉碎。那是我做长子的荣耀。

那是一个长长的送殡队伍，我作为长子，在儿子的搀扶下，走在最前面，但我也感觉到了这支队伍的浩浩荡荡、川流不息。

到了李家坟地，我趴在最前沿往墓穴深处看去，母亲的棺椁裸露出来，因为时间久远，她的棺椁已变形，但还算完整，我又见到母亲了。

父亲的棺椁被绳索捆绑悬在高空，在我眼前呼啸了一下，坠入墓穴，与母亲的棺椁并排在一起。时隔二十一年，父亲母亲在另一个世界团聚了。对于我们来说，是别离，可对于父亲母亲来说，也可能是福分。他们夫妻团聚了，又可以在吵吵闹闹中过庸常的日子了。

我在这一刻才真实地感到，六十岁出头的我，没爹了，没娘了，没家了……

父亲走后的我

按虚岁，父亲可以被称为百年老人了。

在付庄村，在十五级乡，乃至整个献县境内，活这么大岁数的老人很不多见，可以称得上既健康又长寿。我们做晚辈的，应该为他老人家骄傲，或者，对于他的离世，不用过分悲伤，可我做不到。有人说，老人的死，是从儿女们忘记他的那一天算起的。我认为，此话不无道理，我也想等那一天，再为父亲的离世做一个结算。可我不知道，那一天，什么时候到来，或者说，会不会有那一天，也许是我失忆的那一天。后来，我悄悄劝自己，不要等那一天，也不要刻意铭记那一天，让那一天的概念，永远是模糊的、生疏的。

我为什么如此蒙蔽自己呢？因为我至今感觉，父亲的离世是突然的，出乎我所意料的。

我是在给父亲烧完"头七"的当天下午赶回北京的。路上我盘算了一下，有这么几个日子，要在父亲坟前烧纸：三七、五七、清明、百日、中元、忌日、春节。我知道，我不可能都回得来，但清明和忌日是必须回来的，这也要看自己的身体状况，给父亲送终七日，我熬过来了，回来后会是什么状况，不得而知。

我做好了再去住院的思想准备。在家里有事硬撑着，现在解脱了，可能病会找上来，以往冬天回家尽孝大都是这样。这次待的时间长，受的煎熬苦，情感折磨重，肯定跑不了。

然而，我真的挺过来了，没撂倒。

可是，也就是我从老家回来的第三天，武汉爆发了新冠病毒疫情。没过几天便封城，很快，全国疫情迅速蔓延。交通管制，全民口罩，北京也不例外。如果父亲晚走两天，不仅没有出殡的那

286

第六章

番光景，我们也会被滞留在家。

我没病倒，又躲过了疫情，我感觉是父亲的大仁大德保佑了我。

很快到了春节，这是没了父亲之后的第一个春节。自母亲去世后的二十年内，我大部分春节都是回去陪父亲过，有时是带全家回去，有时是自己回去。每次在家都待不久，一是有工作牵扯，二是怕身体吃不消，但无论在家待多久，有几件事要完成。一是临走前给父亲买齐过春节的衣裳，开始是买中山服，后来是唐装，从头到脚，从里到外，全身全套。父亲年轻的时候，家里穷，再加上母亲的针线活儿不济，父亲没穿过什么像样的衣裳。那些年，我的经济条件也不宽裕，寄回家的钱，大部分用于母亲看病吃药，或买营养品，父亲基本上捞不到花，更别说做套新衣裳。后来，我的经济条件好一些了，除了让父亲吃好喝好，再就是穿好。尤其是过春节，一定把他打扮得精精神神，利利索索，鲜鲜亮亮，不让村里任何老人比下去。尤其后来换上唐装，就更显精神，而且不论穿得新旧，每年春节必换一套新的，每年的款式、颜色都不一样。二是在三十晚上给父亲准备好压岁钱，每次回家之前，我都会提前在银行取一些新钞，帮父亲分好，第二天早晨，挨个发给晚辈儿，那一刻，父亲脸上放着红光。三是初一早晨，我们做晚辈的依次给父亲磕头，我是长子，我先下跪，父亲坐在饭桌前，笑容可掬地接受我们的跪拜。这大概是他一年中最有幸福感的一

父亲走后的我

刻，那一刻，也是我回家陪父亲过年的主要目的，给父亲磕头，同样是有幸福感的。

那些年，我往家跑得很勤，很累，也很骄傲。像我这个年龄的，父母大都不在人世了，也没回家过年的必要了，每每见我赶着回家过年，家里还有九十多岁的老人，大家都很羡慕。

我每次临近春节跟领导请假，就坦诚地说：你让我回去，哪怕给老爹磕完头，马上就返回来都行。好在文艺创作室，没什么战备值班任务，我又是回家看老人，每次都回来得挺快，领导都会网开一面。我知道，春节回家给父亲磕头，是尽孝的最佳表达方式。平时回不回去无所谓，大年初一，少一个儿子磕头，老人心里是有遗憾的，何况我是长子。

可是，我今年却没回家过年的理由和动力了，一下子觉得很不适应，只能回想以往陪父亲过年的点点滴滴，而越是回忆，心里越不是个滋味儿，看来我得慢慢适应没有父亲的日子，慢慢适应不回老家过年的日子。

我算了一下，父亲的百日（去世一百天纪念日）和清明节都在 4 月份，如果可能的话，我在清明节前回去，等烧完百日再回来。可是，北京的疫情一直未缓解，老家也有疫情，两地管控得都很严，来回都要隔离，我想了想，这个险，我不能冒。好在家里有弟兄们替我尽孝，每个纪念日，父亲坟前都有化为灰烬的纸钱。我呢，就在纸上记下要对父亲说的话，等着回去的那一天，再在他坟前烧掉。

父亲离世后的第一个清明节，就不能回去烧纸，我怅然长叹：怎么回家尽孝就这么难哪？以前，我很不在意上坟祭祖、清明扫墓之类的事。母亲去世之后，我只是春节回家陪父亲过年的时候，在大年三十随族人一道上坟祭拜，没有专门在清明节回家扫墓。我认为，对于自己的老人，活着的时候，拼命孝顺，一旦不在了，就尽量减少一些形式上的追思祭拜。你烧多少纸钱，他也收不到；摆多少供品，他也吃不到；诉说多少话语，他也听不到；不如把他（她）们渐渐忘却，阴阳两界，各自平安。从2008年开始，清明节正式成为法定的节假日，放假一天，体现了政府对先人们的尊重，对中华民族传统文化的尊重。让青少年们以扫墓祭祖的形式，来感念先人，追思先人。自此，人们不再认为扫墓祭祖是什么封建迷信活动，而是生者与逝者的一次心灵对话，是有意义的纪念活动。父亲走了，我退休了，有足够的理由和时间，用扫墓祭祖来弥补床前尽孝，可疫情又无情地阻止了我的脚步，怎么办？还是写吧，用文字，用心灵表达吧。

清明不遥远，

惧怕来眼前。

未能去看您，

289

吾心倍熬煎。

人生离别苦，

梦境两颜欢。

来世做父子，

上帝保平安。

父亲活了近百岁，我陪伴了他六十多年（当然不是天天在身边）。在他有生之年，我该尽的孝也尽了，因为作为作家，我更理解"树欲静，而风不止，子欲养，而亲不待"的道理。如今，父亲平平安安地走了，按常理，我应该平平静静地接受，然后是慢慢忘却，可是我发现自己却做不到。几个月过去了，几乎天天是在睡觉前在脑子里回放一下父亲的音容笑貌。夜里总做同样的梦，醒来便责怪自己，假如我不得病，假如我提前为父亲找了保姆，假如我在父亲身边，父亲就会……这样的扪心自问，这样的自责自怨，总也挥之不去，甚至还憧憬着给父亲过百岁大寿的场景。记得我住院的时候，把父亲的病情讲给主治大夫曹丹阳听，她说：就你这样，就是老人有了那一天，处理完了，你还是解脱不了，说不定还得回来住院。当时我没表明自己的态度，但我想我不至于，无论遇到什么事儿，我都有纠结的过程，但这个过程不会太长，慢慢就会过去，也无须他人劝说或者宽慰，一切顺其自然。但对父亲去世这件事，我确实一时半会儿走不出来。

第六章

后来，我想到了写作，把心里积郁的话落在文字上，会不会好些？以前经常在电影上或电视上，听到这样的台词，说出来吧，说出来心里就好受了，或者哭出来心里就好受了。这样的话，放在我身上，是不是都管用呢？佛说，过去的事，丢掉一节是一节；现在的事，了却一节是一节；未来的事，省去一节是一节。我写出来，吐出来，不就等于丢掉了心里积郁的这一节吗？但又在犹豫，一旦写出来，有没有勇气去读，会不会被误为赚取他人的眼泪？记得那一年，我写了一篇追思文章《永鸣，你去哪儿了？》，好友柳建伟批评我，以后少写这些撕心裂肺的东西！作家的感情，往往是最丰富的、最柔软的、最脆弱的，甚至是悲天悯人的。但也有心"硬"的，比如周大新痛失独子后，就写了长篇小说《安魂》，我是用一个整夜的时间读完的，读的过程中，不知擦湿了多少纸巾，我真佩服他，要是我，肯定不敢。

思想反复斗争了几天，我还是下决心写，并且找到了一个点，围绕小弟车祸去世，十几年我们一直隐瞒父亲，十几年父亲一直心知肚明，我们父子却心照不宣。这个点，有些痛，字字句句，都几乎戳我的心，撕我的肺，拧我的胆……但我还是坚持这样写，而且是一气呵成，题目叫作《父亲，我想对您说》，很快在《中国作家》第七期上发表了。接着，又有多个公众号转载，读者们纷纷留言，接连不断有朋友打电话，或发微信，安慰我节哀顺变。还有人说，真没想到，你心里藏着这么大这么痛的秘密，还有人

291

父亲走后的我

佩服我，胆子大，有勇气，敢写。

过后，我真有如释重负的感觉，还暗暗庆幸自己，会写作，有发泄的渠道，说出来，心里好受多了。

就这样，熬到中元节，也就是阴历七月十五，全国各地的疫情都缓解了，我能回家为父亲上坟了。

中元节，俗称"七月半"，也称"鬼节"，是汉族人祭祀亡故亲人，缅怀祖先的日子。以前我不太重视这个节日，甚至对它有些生疏，也从来没在这个节日回过老家。在老家，对两个节日最重视，一个是春节，一个是中秋节，春节是举国同庆的日子；中秋节是阖家团圆的日子。离家的人，大部分是在这两个节日回去。父母都不在了，加上疫情的原因，我被迫选择了这样一个中元节回家。

虽然离家只有半年多的时间，我却对老家，这个生我养我的地方，产生了莫名的陌生与敬畏，这样的感觉，是以前从未有过的。我曾在一篇文章里写道：每次回老家，我都像第一次见到天安门一样，激动无比。可这种感觉却荡然无存，有的，只是畏惧，我到底害怕什么呢？

记得以往回老家，我都提前打电话告知父亲，无论住在哪个院，父亲大老早拄着拐棍在大门口张望等候，我先下车，搀着他回屋。父亲有时问我：道儿上冷不？有时不说话，只是默默地抓着我的手，一步一步向前挪。他每次都把我的手抓得死死的，进了屋才舍得松开。那双手，虽然粗糙，但攥着踏实。可今天再也没有这一幕了，我再推开大门的时候，只觉得空空荡荡，冷冷清清，我用目光四下逡巡，企图寻找却又怕发现父亲的某件遗物，脑海里浮现着父亲佝偻的身影，瞬间，生发出一首诗：

> 西去两不见，
> 北来一雁孤。
> 再踏门槛去，
> 谁与相搀扶？

没了爹娘，自己觉得成了一只孤雁，内心充满悲凉，身心无处安放。

上坟那天，我没买太多的冥币，因为，父母一生节省，给他们多了，也舍不得花。我把这些日子写的日记，拿到坟上烧了。那些文字，都记着对他们的思念，烧了，化为灰烬。我也念叨了一阵子，那都是我憋在心里的话。我这样做了，心里便踏实了。以此为界，再也不过纠结阴郁的日子了。我相信我能做到，一定。

给父亲上完坟，烧完纸，祷告完，按计划，我想再看看老宅，再到父亲生前的房间坐一坐，或许带走父亲的一件遗物，因为上次回家为父亲发丧，走得有些匆忙。经过思想斗争之后，我把这些计划都免掉了，轻装上阵，打道回府。

293

父亲走后的我

回京之后，我感到轻松了许多。

某日，翻看《曾国藩家书》，看到这样一段话：物来顺应，未来不迎，当时不杂，既过不恋。意思是说，心中没有牵挂，事情来了就顺应它；事情没有来，就不要主动寻求；事情来的时候一心一意，心无杂念；事情一旦过去了，就不要再想它。我把这段话抄在了日记本上，可作为座右铭。

我要重启我的生活：读书、写字、创作、外出拍照、公园散步、哼唱京剧、含饴弄孙……

有人说，父母在，家在；父母离世，家就没了。仔细想想，此话不无道理。父母在，家是完整的，作为儿女，你的心，也是完整的。无论你离家多久，无论你是否与父母经常互通信息，你心里是自信的，因为你始终有家的感觉，时刻有回家的念想。回到家，无论贫穷与富有，无论父母健康与疾病，你都会感到，家是幸福的港湾，是心灵的栖身地。有父母在，你无论多大年龄，都感到自己还是个孩子，你可以耍耍性子，撒撒娇，哪怕犯犯浑，父母也不会责怪你，别人也不会笑话你。你吃苦、受累、遭罪、奉献，都觉得是值得的，也是心甘情愿的。可一旦父母双双故去，作为儿女，你的心便感到支离破碎，精神迷茫，无所寄托。你再回到家，会感到，人虽回来了，可心却无处安放。尽管也享受家人鸡鸭鱼肉、热情有加的招待，但那种踏实感，那种幸福感，却不复存在了，感觉父母真的把家带走了，带到了那个父母棺椁并排的墓穴里。那是我亲眼看见的，也是刻骨铭心的。

马尔克斯说：没有了父母，就好像失去了一个世界，再也没有了依赖。

父母真的把家带走了吗？没了父母，就真的没有家了吗？

懂点儿哲学的人都明白，任何事物都是相对的，包括对家的理解。

我是作家，我觉得自己不能把"家"的含义，理解得那么狭隘。父母不在了，故乡还在，故乡就是家的载体，也是家的象征。按照生老病死的自然规律，父母不可能总陪伴着我们，他们迟早要升入天堂，包括我们，也不例外，可故乡是永远存在的，是搬不走的，因为对于我来说，故乡不仅是一个地理概念，不仅是一个自然空间，而且是一个精神平台，是一个心灵栖所。我出生在那个叫付家庄的家乡，生我养我的地方。十八岁远行，四处漂流，最终定居他乡。所以，从理论上讲，家乡就变成了故乡，家乡也好，故乡也罢，一个游子，终究要叶落归根。这里说的叶落归根，不一定是要回到故乡生活，或者死后，把自己埋在故乡，而是把思故乡作为一种享受，把回故乡作为一种期盼，把写故乡作为一种幸福。不是么？故乡给了我很多很多的精神养分，给了我很多很多的苦乐悲欢，给了我很多很多的创作素材。仔细盘点起来，许多知名作家都与自己的故乡有着千丝万缕的联系，比如鲁迅笔下的绍兴、沈从文笔下的湘西、老舍笔下的老北京、莫言笔下的高密

295

县东北乡、贾平凹笔下的商州，包括肖霍洛夫笔下的顿河、马尔克斯笔下的马孔多镇、福克纳笔下的密西西比河……这些作家一生都在以故乡为精神平台写作，把自己的激情与希望，爱恨与绝望，甚至把自己的精神与灵魂，都献给了那片土地，在那个邮票大小的故乡里用文字垒起了一砖一瓦，建构了一个文学世界，独立王国。他们在精神上与故乡密不可分，才让他们才思泉涌，也使他们的作品流芳百世。

反观我的创作轨迹，何尝不是如此？我的长篇、中篇与短篇，小说、散文与随笔，洋洋洒洒几百万字，都是以故乡为叙事平台的。在我作品中反复出现的献州地名，明白人一看就知道就是献县，我在《百草山》中用了献州七里冢的地名，还差点惹了官司。我在创作中感觉到，每当写到故乡以外的任何地方，就生涩艰难；每当写到故乡，便才思泉涌，一发不可收。即便是写他乡生活，也是"竹门松菊何年梦，且认他乡作故乡"，我必须把他乡的生活强拉回到自己的故乡，把自己的感情全部投入自己的故乡，才能进行创作。

说起故乡，会想起一个符号，或一种象征物。我思想半天，觉得对我来说，故乡在我心目或灵魂中存在的意义，一是父母双亲，再就是老宅。回故乡的目的是什么？当然是探望父母双亲。如今，我的父母双亲不在了，最能勾起我想起父母的是老宅。我生在那里，受父母呵护打骂在那里，娶妻生子也在那里，我回家后，总

296

是满怀激动的心情，跟跟跄跄地奔向那里。

我们家老宅在付家庄村东北角，离百草山很近。那个院就是当年三爷花两千块钱买下的，我们家的房子坐北朝南，与别人家大致无异，但格局却有所不同。别人家的大门一般都朝南开，而我们家的大门却是朝北，而且是穿过一个门洞，才进入院中。外人看着多少有点儿别扭，从风水学上来讲，也是忌讳大门朝北开的。北为阴面，入户门朝北，不吉，为玄武门，风水学上有败北之意。那时，我不懂这些，想必父辈们也不一定懂，或者因为家境贫寒，顾不上讲究这些，或许是因为地理位置的原因，别无选择。我们当兵后，弟弟们成家立户，一个一个搬出老宅，只有父母还守着老宅。直到母亲去世后，父亲才搬出老宅，跟弟弟们轮住，从那以后，老宅便闲置起来，开始，勤劳的父亲经常光顾老宅，在院里栽了许多果树，品种繁多，有枣树、杏树、梨树、柿子树等等，简直成了植物园。到了秋天，瓜果满树，小院飘香，惹来孩子们攀爬采摘，小院没人住，倒也有热闹的时候。后来，父亲年纪大了，力不从心了，老宅就没人打理了。日久天长，也就荒废了，再后来，由于风吹雨淋，管理不善，老宅开始坍塌，先是墙头，后是门洞，再后来，三间房的屋顶都塌陷了。屋里的各种物件都裸露在光天化日之下，屋将不屋，院将不院了。

每次回老家，不管待的时间长短，我都到老宅看看。进屋进院，一边看一边拍照，一边企图踅摸什么物件。我知道，家里穷，父

父亲走后的我

母没留下什么值钱的东西，东西屋各摆着一个大躺柜，是家里最能盛东西的家具，那里面都是些破衣烂衫，一家人谁的都有，现在恐怕当作破烂卖，都没人收，再加上几十年没人打开过，里面的东西早就发霉了。还有，我一进屋，心就是颤抖的，我不敢触摸任何一个物件。

我手机里存了老宅的很多照片，重复的，删了不少，但有价值的，还有百十来张。我把老宅复制在了我的手机里，也等于镌刻在我心上，从而成为我精神上的老宅。得闲便进去逛逛，不管岁月把老宅摧残成什么样子，哪怕变成废墟，夷为平地，我心目中的老宅始终是历久弥新的。

父亲去世之后，我再没看老宅，不是它已经不成样子，是我心里的畏惧感加剧了，看老宅的勇气削减了。

曾有一段时间，我打过老宅的主意，想把它们推倒重盖。把西邻的老宅（也已荒废多年）买下来，连成一个院，大门朝西开。自己手里攒了点儿钱，把房子盖好，哪怕把门脸儿修阔一些，都是能做到的。我记得曾跟父亲提起，他觉得没什么意义。他说：你在北京安了家，又不常回来住，破费那些钱干什么？另外，父亲一生低调儿，他常说的一句名言是，这世界上，就怕小人掌了权，穷人有了钱。如果真把门脸儿修阔，他一定反对，尽管村里早就有人盖小洋楼了。后来，我就慢慢放下了。再后来，听说有不少人在老家买房，或者在老宅上盖新房，有的作家甚至搞了"故

298

第六章

居"什么的。我不为之所动，我一向不做标新立异或者羊群里出骆驼的事儿，至于狡兔三窟，三宫六院，那是人家的日子，我只求居者有其屋，可对于故乡，对于老宅，我始终患有纠结的情绪。

后来，尤其父亲离世之后，我彻底想通了，一切顺其自然吧。父母苦熬了一生，为我们操劳了一生，那座老宅，那几间老屋，屋里的那些老物件，看来不值钱，可那是父母一生的遗产，让它们始终保持父母健在时的状态，静静地待在这里吧。春夏秋冬，日月星辰，让岁月慢慢把它们埋葬，如同父母并排的棺椁。

我感觉到，父母虽然不在了，但故乡的路，依然蜿蜒地通向我心中那永远也放不下的老宅。在我的梦里，那座老宅，就像一个大大的子宫，我卷曲着身子，幸福而懒散地躺在里边。

日后，我常想，老宅留在村里，父母埋在坟里，我就有常回家看看的理由。实际上，我回家的理由远不止这些，比如，家里还有族中老人，还有同胞兄弟，还有同学战友，还有街坊邻居，还有儿时伙伴儿。进了村，跟蹲墙根儿的老头儿聊聊天，到邻居家串串门儿，找同学伙伴儿们喝喝酒，在街上有一搭无一搭地转转，拍些有念想的照片，骑上自行车，或者步行，到漫洼野地里瞅瞅看看，认认当年的地名，挖野菜，打猪草，捡柴禾，找找恰同学少年时的感觉，重新体会"汗滴禾下土"的艰辛。还有，我当兵前，因为根治海河认识过好多房东，再去找一找，寻一寻……

由此我可以推断，对于故乡，我是割舍不掉的，在精神上，是

父亲走后的我

永远难以分开的。所以，不论父母是否在世，故乡还是故乡，无论我离开多久，距离多远，故乡的路始终在我脚下延伸着。我的心，也会一定被故乡死死地撕扯着、纠缠着……

300

后
记

　　一晃，父亲去世已经整整五年了。这五年，我都做了些什么呢？父亲刚去世，就闹了三年疫情。在这期间，一个退休的作家应该静下心来写自己的作品，如果用心用脑，或许会写出《霍乱时期的爱情》之类的旷世之作，然而我却是稀里糊涂地过来的，如果写些文字，也就是现在呈现出的这近二十万字的作品，叫长篇散文也好，叫随笔、纪实文学也罢，名分并不重要，反正把我内心积攒多年的东西都抖搂出来了，我心里轻松了许多。

　　扪心自问，这些年没写什么东西，首先是懒，得过且过，再就是怕重复自己。这之前我写了小说、散文、报告文学拢共六七百万字，对于一个专业作家来说，不多不少，而对于我来说，该写的东西，都写得差不多了，说江郎才尽，有点儿残酷，但拿出些新东西来，或者颠覆以前的创作，有过想法，但真正做起来却不是那么容易。说实话，写到这份儿上，相当痛苦，不写，不干，半点儿马列主义也没有，对不住一级作家的称谓，而重复自己，把这个口袋的东西掏出来，放到另一个口袋里，再拿出来显摆，糊弄自己，欺骗读者，良心上说不过去，面子上也不好看。关于父亲，对于我来说不是一个新鲜的命题，若干年来，我已经写过很多以父亲为原型的作品，但我觉得还是没把这个题材写透，没有把父亲的油水榨干，现在捣鼓出这些文字，似乎有"为赋新词强说愁"的感觉，但我确实是别有一

父亲走后的我

番滋味在心头啊。我是个心事很重的人，遇到哪怕丁点儿纠结的事儿，就失眠，翻来覆去折腾自己，不客气地说，自己抗打击能力比较差，我最怕触动自己内心最柔软的痛点，比如父母离世，比如小弟三十二岁遭遇车祸（后者是我的锥心之痛），二十多年不曾触摸，这次我狠下心，一次性触碰了一遍，以毒攻毒，以痛治痛，以后就再也不怕痛了，就像红军战士经过了爬雪山、过草地，志愿军战士经过了一把炒面一把雪的艰难岁月，以后就什么困难也不怕了，活下来，就一个个长命百岁了。

另外，我觉得《父子书》讲述的不单单是我和父亲的故事，父亲是农民的代表，我是军人的代表，这样的父子关系，很有普遍性。我觉得，我是在通过叙述父子之间的故事，来完成一个游子的精神寻找，彰显一位军人的家国情怀，不知读者以为然否？

我还差几年不到七十岁，快够着古稀之年了，看到同龄作家们依然笔耕不辍，有的还像井喷一样爆发，我羡慕，汗颜，坐不住，我想在保重身体的前提下，再为自己拧上一扣，有生之年，把想写的、该写的东西都写出来，免有遗憾。

最后，对北京燕山出版社的同仁们表示最真诚的感谢，亲切地道声：你们辛苦啦！

后记